百年广西多民族文学大系

BAINIAN GUANGXI DUOMINZU WENXUE DAXI

（1919—2019）

诗歌卷

（1919—1949）

总 主 编 ◎ 黄伟林　刘铁群

本卷主编 ◎ 李咏梅

⑫

GUANGXI NORMAL UNIVERSITY PRESS

广西师范大学出版社

·桂林·

出版统筹：罗财勇
项目总监：余慧敏
责任编辑：花　昀
助理编辑：梁文春
责任技编：李春林
整体设计：智悦文化

图书在版编目（CIP）数据

百年广西多民族文学大系：1919—2019：全 18 册 / 黄伟林，刘铁群总主编．—桂林：广西师范大学出版社，2019.12
　　ISBN 978-7-5598-2282-6

　　Ⅰ．①百… Ⅱ．①黄…②刘… Ⅲ．①中国文学－当代文学－作品综合集－广西②中国文学－现代文学－作品综合集－广西 Ⅳ．①I218.67

　　中国版本图书馆 CIP 数据核字（2019）第 217639 号

广西师范大学出版社出版发行

（ 广西桂林市五里店路 9 号　邮政编码：541004 ）
　网址：http://www.bbtpress.com
出版人：张艺兵
全国新华书店经销
广西广大印务有限责任公司印刷
（桂林市临桂区秧塘工业园西城大道北侧广西师范大学出版社
集团有限公司创意产业园内　邮政编码：541199）
开本：720 mm × 970 mm　1/16
印张：591.5　　　字数：9420 千字
2019 年 12 月第 1 版　　2019 年 12 月第 1 次印刷
定价：2800.00 元（全 18 册）
如发现印装质量问题，影响阅读，请与出版社发行部门联系调换。

目　录

导　言

·1930 年代·

导　言

　　广西多民族文学新诗，是在中国新文化运动中孕育、萌芽的。在这场创造与新生的新文化运动中，参与其中并积极实践的是走出广西投入大时代的广西文化先驱者，他们在中国新诗的襁褓时期探索、耕耘。在2019年的盛夏，回顾百年广西多民族文学新诗发展历程，回望历史的起点，重温探索者的诗篇，我们发现，广西多民族文学新诗创作，是由走出广西的诗人起步的，是与大时代同步的。

一、到异域去：走出去的广西诗人

　　中国的新诗创作，始于五四新文化运动。在这场文学革命中，新文学的创作实践以新诗的创作为突破口。就广西新文学而言，其新诗创作是由"走出去"的广西籍文化人完成的。广西早期的新诗创作有两个特点：一是起步不低。广西最早的新诗作者梁宗岱和韦杰三，他们的新诗创作是整个中国新诗发展的一个组成部分。二是多民族特性。梁宗岱是汉族，韦杰三是壮族。

　　目前能查到的梁宗岱最早的诗歌作品是1921年创作的三首诗，分别是《夜深了么？》《小孩子》《登鼎湖山顶》，《夜深了么？》创作于1921年1月11日，梁宗岱还是广州培正中学的学生，这是他最早的新诗尝试，也是广西新诗的开山之作。

　　　　夜深了么？

为什么我底床前却好像霜一样地亮着？

月亮儿从窗儿透过——

照着我底床；

映着我底眼；

令我睡也如何睡得下。

月亮儿啊！

你怎么这样地多情？

你怎么这样地缠绵？

你爱我么？

你恋我吗？

你可怜我这个苦人儿

在这静悄悄底深夜伴着我么？

只是伴着我，

倒令我一腔底伤心事从我底胸中涌出来了。

倒令我满眶底眼泪儿从我底眼里迸出来了。

况且你底光终是照不透我底心儿底幽暗的。

唉！……罢了！

我也不睡觉了！

我也不瞇眼了！

就使我瞇着眼儿，

恐怕仍是见着那愁城苦海罢！

两年以后，梁宗岱谈起自己最早的这三首时还十分汗颜："我两年前也曾把我最初学作的几首诗来发表——如《夜深了么?》《小孩子》《登鼎湖山顶》，简直不成东西。如今思之，不觉汗流浃背！（固然现在作的也是幼稚得很；不过总不至那么坏罢了。)"① 客观地说，这首《夜深了么?》比较直白，也缺乏诗的意境和语言的锤炼，但是相比较两年前的中国早期白话诗人如胡适、俞平伯的尝试作品，则进步许多。正如早期白话诗的创作者对新诗尝试和探索作品开风气之先的创新意义远远大于诗的本身，梁宗岱的《夜深了么》等三首诗，对于广西新诗的意义是值得铭记的。

在梁宗岱开始白话诗创作时，中国的新诗已经走过了尝试阶段，开始了"开一代风气"的新诗创作。正是在这个大时代背景下，梁宗岱的创作激情一发而不可收。1921年，他参加了文学研究会，连续在《学艺》《文学旬刊》《太平洋(上海)》《小说月报》等刊物上发表新诗，这些新诗于1924年结集由上海商务印书馆列为《文学研究会丛书》出版，名为《晚祷》。《晚祷》是广西文学史上第一部新诗集，也是梁宗岱唯一的新诗集，收录了梁宗岱1921—1924年新诗作品。《晚祷》收录的诗作仅19首，但"却能以质取胜，抵抗得住时间尘埃的侵蚀，保持其青春的鲜艳与活力"②:

> 我不能忘记那一天，
> 夕阳在山，轻风微漾。
> 幽竹在暮霭里掩映着，
> 黄蝉花的香气在梦境般的
> 黄昏的沉默里浸着
> 独自徜徉在夹道上
> 伊姗姗地走过来
> 竹影萧疏中，
> 我们互相认识了，
> 伊低头赧然微笑地走过，

---

① 《时事新报·文学》1923年8月20日第84期。

② 璧华:《梁宗岱的文学成就》，载《梁宗岱文集》(诗文卷·法译卷)，中央编译出版社，2003，第221页。

我也低头赧然微笑地走过

一再回顾的，——去了。

在那一刹那里——

直到如今犹觉着——

心弦感着了如梦的

沉默，羞怯，与微笑的颤动。

这首发表于《小说月报》1923年第14卷第1期的《途遇》，曾由梁宗岱本人译成法文，易名"Souvenir"（回忆），发表在罗曼·罗兰主编的《欧洲》（*Europe*）月刊1927年12月第60期上，成为中国新诗"走出去"的早期精品。

韦杰三是广西新文学史上第一个壮族诗人。从小家庭贫困、生活在广西大山之中的韦杰三，他的走出广西外出求学、走进大时代的历程，是一个地处穷乡僻壤的时代进步青年的真实写照。他短短的一生，是用生命在书写对现代文明、对新时代的渴望。在家乡，他与贫穷抗争、与包办婚姻抗争、与愚昧落后抗争，坚定地走出广西，走向五四文化发源地的北京，成为清华大学的学生。在清华大学，他积极投入学生运动，在运动中被段政府枪杀，他的名字永远为清华大学铭记。韦杰三短暂的生命中，留下了数十首诗作。他牺牲后，清华大学为纪念烈士，由梁启超题写书名，结集印制了他的全部诗作。

纵观韦杰三的全部新诗作品，我们可以感受到作者是在用生命写作。他的诗作是一个觉醒的五四青年对时代、对故乡、对家庭、对自己身世的反思。诗中，有对不幸身世的哀叹（《儿时的回忆》），有风急雨大中没有伞的孩子的无助（《在风雨飘摇中》），有对包办婚姻的抗争，更有对故乡的眷念以及对故乡落后的无奈和痛恨（《留别小友们》），这种无奈和痛恨正是爱之深痛之切的体现。韦杰三用他短暂的青春生命，为广西文学留下了充满时代气息的新诗作品。

进入1930年代，欧查、曾平澜、胡明树登上诗坛。他们继梁宗岱、韦杰三走出广西的脚步，自觉地从广西走向全国、走向世界。在中国文坛上，留下了他们的声音和足迹。

> 烟水寻常事，
> 荒村一钓徒。
> 深宵沉醉起，
> 无处觅菰蒲。

这是鲁迅先生的《酉年秋偶成》，作于1933年12月30日。这是一首赠诗，赠给广西诗人欧查的。在1939年7月7日桂林《中国诗坛》新2号，欧查发表了鲁迅这首诗，并有附言说明：

> 好几年以前，因为我家在乡间建造一间新屋子，很高兴地请鲁迅先生写（了）一幅字画，他立刻答应了。现在鲁迅先生已逝世了差不多两周年了，他的新作已不复为世人阅读，这是很遗憾的。特将我的珍藏，贡献诗坛，想为关心鲁迅先生创作者所爱好，这是我笔录的意思。

欧　查

一九三九年五月八日曲江

欧查是广西容县人。从广西走出去的欧查先是就读于复旦大学外文系，后留学日本，回国后在上海从事文学工作，是中国左翼作家联盟成员。1933年欧查在上海创办《现代妇女》杂志，丁玲是其作者。今天，欧查似乎是一个被文学史遗忘的作家，但是在我们爬梳历史的过程中，可以清晰地看到，在中国现代文学史上，欧查是比较活跃的女作家。上海《女青年月刊》1934年第13卷第3期为《妇女与文学专号（特大号）》（编辑顾问为谢冰心），在《研究》栏目里，有《我的创作经验谈》一文，收入七位女作家的笔谈，她们是庐隐、凌叔华、赛珍珠、王莹、白鸥、欧查与冰心。与庐隐、凌叔华、赛珍珠、王莹、冰心这些名震一时的女作家并列，可见当时欧查的活跃度和影响力。本卷中，我们选了欧查1930年写于日本的新诗《给初访者》以及作者抗战时期写的《暴风雨之夜》《寄与一个新兵》等作品，从中可以感受到女诗人充沛的感情和才情。抗战时期，欧查也是桂林文化城的重要人物。

曾平澜，广西扶绥人，广西新文学史上第一个壮族女诗人。曾平澜出生于诗书世家，自幼受过良好教育。曾平澜走出广西是与民主革命息息相关的。她1925年投身民主革命，在广东政府跟随何香凝从事妇女运动。大革命失败后，曾平澜东渡日本留学，后回乡创办学校、从事教育工作。曾平澜曾出版《平澜诗集》，收录新诗33首。作为觉醒的新女性，曾平澜的诗，"都是感情十分兴奋时随手写成的，她对于技巧不甚注意。然而韵节天然，令人读之，朗朗上口。并且命意舒情，都是站在时代的前头"[①]。这是1935年《平澜的诗》出版时广西邕宁乡师徐敬五先生做的"序"中评价。今天看来，这个评价十分精准。"站在时代的前头"是曾平澜诗歌的特点，更是曾平澜生命的写照。《平澜的诗》中，《逃》是反对旧式婚姻的呼声，《冷然》是确立人生态度的宣言，《故乡》《别父》写乡土骨肉依依之心情……"《到上海去》一首，词意尤为新颖，把现阶段的中国经济现象——农村经济的破产，都市工业不振具体地表现出来了。"[②]《到上海去》这首在当时被评价为"新颖"的作品，是当时社会现实的真实反映。

早期走出去的广西诗人中，发表新诗作品最多、创作时间最长的要数胡明树。出生于广西桂平的胡明树1934年到东京政法大学学习文学。在日本留学期间开始诗歌创作。抗战爆发后胡明树回国，先后在上海、广州、桂林等地从事写作。他出版的诗集有《朝鲜妇》、《难民船》、《原上草》、《若干人集》、《微薄的礼物》（儿童诗集）等。胡明树的诗歌作品多而质量高，1948年开明书店出版的《闻一多全集》卷四所附闻一多亲选的《现代诗钞》[③]，选了胡明树《二百立方尺间》和《检讨的镜子》两首诗歌。此外，胡明树还有8首诗入选北京大学中文系和北京师范大学中文系共

---

① 徐敬五：《平澜诗集序》，载《平澜的诗》，三管图书局，1935。
② 徐敬五：《平澜诗集序》，载《平澜的诗》，三管图书局，1935。
③ 朱自清、吴晗、郭沫若、叶圣陶编《闻一多全集（四）》，开明书店，1948，第595—598页。

同主编的中国现代文学史参考资料《新诗选》①。

胡明树的诗歌创作涉及的题材面广，他写故乡的风俗《五月的龙舟》，他写难民《难民船》，他写英勇抗战的战士《梅林中的葬礼》《夜急行》，他的儿童诗充满童真和民俗、科学气息。他也写战时的桂林：

这狭隘的城墙被挤破了

拆下它的砖石

建筑着沟通两岸的桥梁

拆去城墙

就没有视线的障碍了

筑了桥梁

于我也大有益处：

诗的思路

也再不会为两岸所打断

我更将穿上九年流浪的破靴

阔步而过

高亢而歌

莫嘲笑我的姿态吧

我的姿态也会嘲笑你的

我曾数次地投向你

但你却数次地把我抛开

你是爱的吝啬者

你是旱海呀

————————

① 北京大学、北京师范大学编《中国现代文学史参考资料·新诗选》，上海教育出版社，1979。

但是

我的爱你还胜过我的憎你

当你不再吝啬你的爱

当你把嘲笑沉到了海底

——《旱海》（原载《诗》1940年新2卷第1期）

这首诗记录了战时桂林拆城墙在漓江上建桥梁的情形。我们且不去评价当时拆城墙搭桥梁的"功过"，这首诗有着记录历史的力量。作者把当时"拆墙建桥"的事件以及城墙拆后的视野及桥上行走的心理真实地记录下来，从某种意义来看，这首诗的史料价值大于它的艺术价值。"旱海"是胡明树对桂林这座城市喀斯特地貌的称呼，体现了作者对桂林这座城市独特地貌的科学思考：

许是连历史系

也无法考知的年代吧

你——

是一片汪洋的大海呵

而独秀峰

只不过是海底的

一暗礁罢了

大虾与硕蟹

漫游其间

许是旱了九年吧

许是空神战胜了海神吧

海水尽变为盐

大虾变鹤

硕蟹变鹰

由独秀峰上飞过

——《旱海》（原载《诗》1940年新2卷第1期）

在编选本卷诗歌时，诗人徐力衡的《旱海风（八章）》引起了编者的注意，这是写桂林山的组诗，诗中写象鼻山、牯牛山、老人山、鹦鹉山、独秀峰：

连历史家也不能考知的年代之前

它该是一只海，不通大洋的海呵

后来，海水枯竭了，风来填补。

没有了海水的海，我们怎么来称呼它呢？

……

不属于雅的一类

不属于颂的一类

而是属于风的一类的

旱海的风！

这组诗，"风"的特点浓郁，几乎每一座山，在书写山的形状、山的环境的同时，作者都挖掘了附丽于这些山的地方民间传说，赋予其民间文化的灵性和内涵：

——牯牛山上有十三坡，每坡中有十三缸，每缸中有十三块金子，每块金子有十三斤——谁人得到了它，万代不愁穷。

——民间传说

它是一匹牯牛，富有的牯牛

它是一匹害了"孤阳病"的牯牛

它饱喝了相思水

就伏卧于相思畔

仍为性的饥渴而喘息着……

一定有了一个可怜它的医生

为它开了一条方子——

雇来了一班管弦乐队

每晚为它举行一次演奏

（在这场合它就是一匹听琴的牛了）

音乐响了，在它的面前

火车就跳着一泻千里的滑冰舞……

每天早上

那一群音乐家

就一定有一部新的集体创作——

"国际""国内""省市""广告"的四部合奏的

"K·S日报"

——《旱海风·牯牛》（原载《诗》1942年新3卷第2期）

这组发表于1942年的《旱海风（八章）》与胡明树1940年的《旱海》一脉相承。作者徐力衡引起了我们的兴趣。在抗战桂林文化城的许多刊物上都有徐力衡的诗歌作品，当时他显然是一个比较活跃的诗人。在编选这组诗的过程中，我们查阅了许多研究资料，得到的信息是"作者生平不详"。在研究的"山重水复"中，忽现"柳暗花明"——经过多方查阅历史文献及认真比对，我们确认：徐力衡就是胡明树。这是编选这本大系过程中发现的许多惊喜之一。

工农兵学商，

一齐来救亡。

拿起我们的铁锤刀枪，

走出工厂田庄课堂。

到前线去吧，

走上民族解放的战场！

脚步合着脚步，

臂膀扣着臂膀，

我们的队伍是广大强壮。

全世界被压迫兄弟的斗争，

是朝着一个方向。

千万人的声音高呼着反抗，

千万人的歌声为革命斗争而歌唱。

我们要建设大众的国防，

大家起来武装。

打倒汉奸走狗，

枪口朝外向！

要收复失地，

打倒日本帝国主义，

把旧世界的强盗杀光！

——《救亡进行曲》(原载《战歌(绍兴)》1939年第1期)

这首作于1935年"一二·九"运动前夕的歌词《救亡进行曲》，由孙慎作曲，抗战前后流行全国，每一个中国人都耳熟能详。歌词的作者是广西罗城人周钢鸣。走出广西的周钢鸣是在革命的熔炉里成长的。他随军参加了北伐战争，1932年在上海参加中国左翼作家联盟和左翼戏剧家联盟，1934年4月加入中国共产党，在党的直接领导下从事左翼文艺运动。《救亡进行曲》与田汉词、聂耳曲的《义勇军进行曲》一道风靡全国，成为抗战音乐的经典之作。千百万爱国青年唱着《救亡进行曲》《义勇军进行曲》走上抗日前线。

二、战地黄花："涌进来"的"战时广西人"

在编选这本《百年广西多民族文学大系·诗歌卷》之初，许多原则性的问题让我们煞费苦心：比如1937—1944年，是抗战桂林文化城时期，也是广西文学史上最繁荣时期，这个时期的广西文学显然已经超越了地域的范畴，成为中国战时文学的主战场和中心，从全国各地沦陷区来的作家在这里避难生存创作，他们共同成就了广西文学史上一段特殊的辉煌。这些作家中有许多在桂林生活了五年甚至更长，我愿意用"战时广西人"来称呼这些作家，他们是韩北屏、黄药眠、彭燕郊、郑思、刘雯卿、胡危舟、周为等。编选百年广西的新文学大系，如果缺失"战时广西人"的作品，这一段文学史是不完整的，也是不符合历史事实的。

"战时广西人"中，在广西时间最长、发表作品最多的诗人要数彭燕郊。彭燕郊1941年来到桂林至1949年离开桂林，几乎整个40年代，他都是在桂林度过。9年的桂林时期，他的创作始终高产，创作激情从未熄灭。桂林时期的作品，奠定了彭燕郊在中国诗坛的地位；桂林时期，成为诗人一生创作的重要时期。

彭燕郊的诗，有写战时百姓苦难的《贫家女》《半裸的田舍》《小牛犊》《殡仪》《村庄被朔风虐待着》，有为抗战勇士而歌的《在这边，呼唤着……：献给"第七连"作者的英灵》《突围在收获的秋天》，有抒写爱情的《相思的国度》《耳语》，有感于桂林的生活点滴的《十字街》《家庭事》《鸡鸣》《冬日》《正午》《黄昏》《雪天》《雨后》。下面这首诗写的是桂林的渔人生活：

空明而阴静

江水里有一些凝滞的云块

几只蜻蜓

单调地反复画着抛物线

从岸边的樟木林里

渔夫把被水泡黑的竹排拖出

轻轻地放进水里

混浊的江水已涨得跟岸身一样高了

几片草叶的尖稍颤动在波纹间

他把网罟放在竹排上

又安置了筐篮和鱼鹰

那些水上的忠实的猎犬

咻咻地唱唤着

发出一阵难闻的骚臭

随着推涌向前的急流

很快地他的竹排就到达江心了

从岸上看过去

显得这样渺小，这样遥远和苍茫呀

而他的女人，手里抱着乳儿

站立在泥泞的江边的路上

很久地，很久地注视着他……

——《岩石及其他·掳鱼排》(原载《文艺杂志（桂林）》1945年新1卷第1期)

寥寥数行，如同水墨画的寥寥数笔，将船家江边的景致勾勒出来。在诗人的笔下，寻常的船家生活充满着诗意。在众多研究彭燕郊诗歌的文章中，这首小诗似乎从未被提及，但它风格清新，构思流畅，意境悠远，体现出作者的创作功力，是彭燕郊在桂林时期的诗歌精品。

我们熟悉的黄药眠是著名的文艺理论家，其实黄药眠还是一位诗人。黄药眠开始登上诗坛起步就不低。1927年第3卷第32期《洪水》发表了黄药眠的诗作，创造社著名诗人王独清专门撰写了"编者按"，隆重介绍这位"最有希望"的广州青年诗人。黄药眠的早期诗歌"突出表现了浪漫主义的生命创造、理想追求和个性表现等特征。"[1] 王一川称"对于做一名诗人，黄药眠先生自己实际上是怀有近乎神圣的憧憬的。"[2] 抗战时期，黄药眠两度旅居桂林，前后5年时间，属于"战时广西人"。桂林时期，是黄药眠诗歌创作最旺盛的时期，先后发表了《欢迎呀，新来的五月！》《让影子向着光明狂舞吧》《野火》《寄给北方的朋友》《恋歌》《唉你倒下去了！》《重来（外一章）》等充满时代气息和战斗热情的作品，以及全景式描述"湘桂大撤退"的长篇叙事诗《桂林底撤退》。

长篇叙事诗《桂林底撤退》"是血，是火，是史，是檄。这里有犀利的讽刺和愤怒的诅咒，有深沉的悼念和热情的礼赞；有大笔如椽的总体勾勒，有精妙入微的细部刻画。它是抗战那个大时代中最凄惨的一页——1944年桂林大撤退的全景描绘，也是亲历其境的诗人的情感历程的忠实记录，无论是对于现代文学史还是对于药老个人的创作来说，它无疑都具有相当重要的意义"[3]。"湘桂大撤退"这段历史，文学作品有片段的记录和描写，而全景式描述这段悲惨历史，黄药眠用诗做到了。《桂林底撤退》共二十九章，一千六百多行。本书节选了其中十四章："桂林——无忧之城""难民群的进军""谣言，谣言""疏散""乱离""祖国的儿女们""墓地似的

---

① 黄大地：《黄药眠创造社时期的诗歌创作——纪念黄药眠诞辰100周年》，《北京师范大学学报》2004年第5期。

② 王一川：《革命的浪漫诗人文论家——黄药眠先生诞辰110周年纪念》，《艺术评论》2013年第12期。

③ 白少玉：《大时代的历史图景——读黄药眠的诗〈桂林底撤退〉》，华中师范大学学报（哲学社会科学版）1988年第4期。

街上""漓江的夕暮""夜奔""火车""这好像是世界的末日""难民交响曲""逃难，逃到什么地方""火星"，这部鸿篇巨制发表于1947年。作为"桂林底撤退"亲历者，作者以创作史诗的严谨和激情构思作品，用史诗笔法对这一事件的全景式的展示，使这首诗可以作为史料去研究"湘桂大撤退"时桂林的社会环境和自然环境。随着时间的推移，这部长诗的历史价值将愈发显现。

来自湖北的刘雯卿在"战时广西人"中是特别值得书写的。首先，刘雯卿是女性，这在"战时广西人"中不多见。其次，抗战前夕，大学毕业的刘雯卿即到广西谋生，抗战爆发后，刘雯卿即随广西学生军走向杀敌战场，成为有战场经历的"战时广西人"。这位"花木兰"式的英雄一身戎装，开赴前线，冒着敌人的炮火采访、创作，在战场上写下了鲜活的战地诗篇，结集出版《战地诗歌》。刘雯卿在《战地诗歌·自序》中说，这些诗"多是在战地撷取的一些新鲜的、热腾腾的资料，有时见到战士们的血，正从伤口冲喷，有时听见大炮声，还在震动耳膜，我就把它记录下来了，因为我的热情和战士的热血，是同源的奔流，即流出我的生命：集成《战地诗歌》一册"，这些诗跟着作者"在战马上奔腾""爬山越岭"，作者是"抱着满腔的热血，捧着诗本，愿把它贡献在战时的文坛上，当作祭奠我们英勇牺牲者的礼品"。①

从战场下来的刘雯卿梳男头，着男装，"有时还穿着一身军服、皮靴，自称花木兰"②，成为战时桂林文化城一道风景。柳亚子、欧阳予倩称之为"将军诗人"③。

"战时广西人"是特殊历史时期的产物，客观上将刚刚起步的广西新诗创作推向了一个与全国新诗创作比肩的高度。"战时广西人"的新诗作品，丰富了广西诗坛，使得1930—1940年代的广西诗坛创作以队伍之强大、新诗作品数量之多、水准之高成为战时中国诗歌创作的高地。

---

① 刘雯卿：《战地诗歌自序》，《大公报（桂林版）》1942年5月4日第4版。

② 赵平：《章亚若在桂林》，《文史春秋》1995年第2期。

③ 蔡定国、杨益群、李建平：《桂林抗战文学史》，广西教育出版社，1994。

三、广西新诗发展的基石：广西本土诗人

"走出去"的广西先驱者是在异域发现并参与中国新文学，"涌进来"的"战时广西人"在广西这片土地上繁荣发展中国新文学。与先驱者不同，新一代的广西诗人在本土得到了新文学的滋养，他们在与"战时广西人"交流中，重新认识广西，发现自我。

陈迩冬，广西桂林人。1937年广西师专毕业后投身抗日救亡运动，1938年参加中华全国文艺界抗敌协会，先后任该会桂林分会理事。陈迩冬出版过诗集《最初的失败》，叙事诗《黑旗》。他的诗作《猫》《空街》被闻一多先生辑入《现代诗钞》[①]。

> 左右江儿郎早就一片喊：
>
> "跟刘二去，跟刘二去安身立命"
>
> 斩过"凤凰"，把小指尖咬破，
>
> 滴血进酒杯，喝——交互地喝：
>
> 不要梁山水泊，不立瓦岗寨；
>
> 陈涉吴广也是起身蒿莱；
>
> 黑旗并非是赤眉或黄巾；
>
> 不学黄巢杀八百万颗头颅；
>
> 李闯只想坐北京城第一把交椅；
>
> 张献忠把女人的小脚堆成山丘，
>
> 可是一碰鞑子兵什么就完了；
>
> 让洪秀全，杨秀清给后辈人
>
> 叹息罢，他们自家杀自家……
>
> "跟刘二去！"兔子不吃门前草！

---

① 朱自清、吴晗、郭沫若、叶圣陶编《闻一多全集（四）》，开明书店，1948，第482页。

要飞得远，冲天翅儿飞得高，

一窝蜂，飞出十万大山，飞出

水口，平而，镇南三头，落下安南。

——《黑旗》(原载《诗创作》1942年第11期)

这是陈迩冬的长诗《黑旗》，取材于19世纪末刘永福黑旗军援越抗法、保卫南疆的历史。这些"左右江儿郎"保家卫国个个热血，作者以此为题材显然与那个时代有关。与梁宗岱、韦杰三等广西诗歌先驱者不同，陈迩冬不需要走出广西即能获得新文学的滋养。如果说20世纪20年代的广西尚是一片封闭的古旧文化的土地，那么，进入30年代，随着大批"战时广西人"的出现，这片封闭的土地也开始了八面来风。在中小学阶段，陈迩冬接受的还是传统教育，然而，1932年广西师专成立，陈迩冬成为这所新式高校的学生。由于陈望道、沈起予、沈西苓等新文化人的涌入，陈迩冬获得了在广西本土接受新文学哺育的机会，发现了对于他而言全新的新文学。这位旧学功底深厚的学生，开始了他生命历程中特别值得纪念的新文学创作经历。

1930—1940年的诗坛，广西本土诗人在与涌入广西的"战时广西人"的交流中重新发现广西，发现自我，他们根植广西文化，抒写广西题材，吟咏广西山川，奏出广西旋律：

沽水河打哪里来？

沽水河打大明山的左边来。

红水河打哪里来？

红水河打大明山的右边来。

大明山左边的人民在灾难里流泪，

他们的泪便汇成了一条沽水河。

大明山右边的人民在灾难里流血，

他们的血便汇成了一条红水河。

沽水河的河水为什么这么清？

因为那是人民的泪。

红水河的河水为什么这般红？

因为那是人民的血。

因为那是人民的血，

所以红水河的水味儿腥。

因为那是人民的泪，

所以沽水河的水味儿咸。

大明山左边的人民啊！

你们的泪流到什么时候？

大明山右边的人民啊！

你们的血什么时候才停止流？

——《传说》（原载《诗地》1947年第1期）

这首《传说》的作者严杰人是广西宾阳人，从这首诗可以感受到广西的山歌旋律。1939年，17岁的严杰人考取《广西日报》内勤记者，结识了战时"涌进来"的范长江、周钢鸣、芦荻等著名作家，并参加中华全国文艺界抗敌协会。战争中，严杰人深入昆仑关战场等抗敌前线，写下了《夜袭》《月照昆仑关》《指挥所里的参谋长》《播音部队》等战地诗篇：

大地跳动了

好一个狂飙夜啊

习惯于搜索前进的一群

心头在为没有接近敌人而焦急

迷漫的黑夜

是我们的烟幕弹

待驱逐了黑夜的明朝

战友们再狂欢地吃胜利的早餐

敌火旺了

我们的阵线起了动摇

队长下令：散开

于是，弟兄们各个跟进

"谁临阵逃亡

就吃我一枪！"

当攻击开始时

傻歹头给他的伙伴打死了

阵线崩溃了

像决堤的水

阵线稳定了

像一座铁长城

不向正面冲锋

偏从弱处杀进

黑暗中胡乱斫了

自己也算不清的敌人

——《夜袭》（原载《中学生》1940年第21期）

1941年至1943年间，严杰人先后在桂林出版了两个诗集《今之普罗米修士》和《伊甸园外》，可惜诗人英年早逝，否则的话，他还能为中国诗坛创作更多优秀的诗篇。

从1921年梁宗岱发表他的第一首新诗，到1948年麦紫发表《小牛犊》，二十八年的时间，广西新诗经历了从"走出去"到"涌进来"再到"里应外合"的过程。首先是走出去的广西诗人在他乡起步、发展，这些先驱者的努力使广西新诗的发轫赶上了时代步伐；然后是全面抗战期间广西成为战时文学中心；正是在"走出去"和"涌进来"的交流中，广西诗人与广西诗歌逐渐成长与成熟。梁宗岱、韦杰三、曾平澜、胡明树、欧查之后，陈迩冬、严杰人、秦似、麦紫、阳太阳等一批广西诗人出现，他们与"走出去的广西诗人""涌进来的战时广西人"一道，共同书写了20世纪30年（1919—1949）广西的新诗发展史。

李咏梅

1920年代

夜深了么？

梁宗岱

夜深了么？

为什么我底床前却好像霜一样地亮着？

月亮儿从窗儿透过——

照着我底床；

映着我底眼；

令我睡也如何睡得下。

月亮儿啊！

你怎么这样地多情？

你怎么这样地缠绵？

你爱我么？

作者简介

梁宗岱（1903—1983），汉族，广东新会人。1903年出生于广西百色，童年在百色度过。著名的诗人、翻译家、学者。早年留学法国，回国后先后执教于北京大学、清华大学、南开大学、复旦大学、中山大学。抗日战争胜利前夕，到广西与友人创办广西西江学院，任代理院长。1950年10月出席广西人民代表大会。翻译过莎士比亚的诗歌和歌德的《浮士德》等名著。代表作有《梁宗岱文集》、诗集《晚祷》等。

作品信息

原载《学艺》1921年第3卷第6期。

你恋我么？

你可怜我这个苦人儿

在这静悄悄底深夜伴着我么？

只是伴着我，

倒令我一腔底伤心事从我底胸中涌出来了。

倒令我满眶底眼泪儿从我底眼里迸出来了。

况且你底光终是照不透我底心儿底幽暗的。

唉！……罢了！

我也不睡觉了！

我也不瞌眼了！

就使我瞌着眼儿，

恐怕仍是见着那愁城苦海罢！

外面底风，你为什么只是呼呼地吹着？

远村底狗，你为什么只是汪汪地吠着？

树上底叶，你为什么只是沙沙地叫着？

树上底枝，你为什么只是咯咯地响着？

你怨么？

你慕么？

还是有什么伤心事，

要告诉给苦人儿听么？

还是我底爷，我底娘，我底弟弟，

忍不住我底苦，托你们来探问我么？

爷啊！妈啊！

你可迟了！

当日我不是苦苦地央求你么？

我底弟弟不是苦苦地哀告你么？

只是你以为这样就是爱我，

这样就是再大没有地爱我。

唉！你可错爱我了！

我也太随你摆布了！

本来呢，你家庭养育，恩情高厚，

我哪里敢违背你！

更哪里敢怨恨你！

只是——

你不该贪那人底富贵；

你不该恋那人底奢侈；

拆散我底好人儿

弄我到这般田地！

我底好人儿啊！

你是在家中么？

你是在学校里么？

你是在念我怨我么？

去年中秋底月下

不是我们俩诀别底日子么？

恨只恨——

你还是不能自立底男子；

中国底社会，

又不能容能自立底女儿。

我要逃走么？

哪里逃得去！

我要死么？

我底父母恩情，又哪里报得了

只得拼着我一身，

做我父母底一个孝顺儿子。

谁知一错再错，

竟错到这般田地！

你可看见我在这里受痛苦么？

要是你看见我，

恐怕你也要怨恨我了。

还是不怨恨我，

还是怜悯我，爱惜我呢？

鸡叫了！

多情底宝月也离我去了。

窗儿上已透出一片曙光

来替代那月亮儿底光了。

树上底寒鸦哑哑地乱叫——

天就要亮了。

我底心儿却仍是一样地幽暗着！

我底手如雪冷！

我底面如黄蜡！

我底心似死灰！

我底湿透了我底两颊！

唉！我要离开你了，可怜底世界！

唉！可怜底世界，我要离开你了！

一九二一年一月十一日，于广州培正学校

| 创作评论 |

《晚祷》收录的诗作仅19首，但蕴涵深厚，特具抒情气息，风格自成一家。诗集主要表现理想幻灭后精神的痛苦和痛苦的升华、沉潜，具有深度开掘的暗示美和力度美，显示象征主义的诗美特征。这种诗美追求，构成梁宗岱后来留学法国，接受象征主义诗歌的主体内在动因。奇异的是，《晚祷》写于20年代初期，却完全没有初期白话新诗的平实黏滞、粗糙直露之弊端，显示了较高的诗美品格。

——陈希：《天鹅绝唱：论梁宗岱的文学史意义》，《文学评论》2005年第4期

| 作品点评 |

近人发表创造的诗或小说未免太滥了，有好些只是初学的东西便胡乱拿来发表，比方我二年前也曾把我最初学做的几首诗来发表——如《夜深了么？》《小孩子》《登鼎湖山顶》……简直不成东西。如今思之，不觉汗流浃背！（固然现在做的也是幼稚得很；不过总不至那么坏罢了。）

——梁宗岱：《杂感》，《时事新报·文学》1923年第84期

此诗大概是书写了一个反抗包办婚姻、追求爱情与独立并意欲自杀的青年女子在深夜的思绪，自是彼一时代之流行主题。值得注意的是《学艺》和这份杂志的主办者丙辰学社。丙辰学社与少年中国学会相似，亦是彼时纷纷成立的青年团体之一，郭沫若诸人曾较晚加入这一团体，并在《学艺》上发表作品。不过，查阅《学艺》，并未发现梁宗岱的入社记录，发表作品也仅仅只此一次，或许仅是投稿。

——陈均：《梁宗岱早年的三首集外诗》，《现代中文学刊》2013年第1期

哀慧真

梁宗岱

嫁了！嫁了！

万恶的金钱把你断送了！

罢了！罢了！

你今生再也不闻那自由之钟了！

你枉有如花似玉的美丽，

徒供那爱你的双亲礼物般的敬奉：

你枉有冰雪聪明的天资，

徒供那守财奴玩具般的耍弄。

你十八青春的妙龄，

谁使你和那四十大年的老头子做伴？

你从未见面的夫君，

谁把你和他做不情愿的结联？

作品信息

原载《文学旬刊》1922年第36期。

你惯游的炫缦碧绿的花园，

在你的沉沉的酣睡中可也梦见？

你同学的晴喧旭丽的青年，

你可还有忘不了的丝毫的留恋？

我们都正在自由飞跃，

可怜你已猪狗般卖了！

你岂不也正在欢喜快乐？

怎么一刹那便猪狗般买了？

卖了！卖了！

万恶的金钱把你断送了！

买了！买了！

你今生可能再闻那自由之钟了？

一九二一年一日十三日，于广州培正学校

深夜的 Violin

梁宗岱

在那昭苏的春日载阳，
千啭的黄莺儿溜溜地歌唱，
心琴的回答，
也带着喜溢的声浪。

在那将曙未曙的清晨，
司晨的公鸡儿咯咯地骚动，
灵魂儿也会，
惊醒从沉沉的酣梦。

就是钢琴，当他叮咚地响，
也会引起人们进取的精神；

作品信息
原载《太平洋（上海）》1922年第3卷第5期。

就是军乐，当他雄壮地吹，

也会令人们有奋斗的心。

独你这哀吟的 Violin，

偏在这静悄悄的深夜哀吟，

给我以无限的懊恼，

惊扰我不定的灵魂。

你究竟有什么伤心事？

究竟有什么事伤你的心？

为什么你只这样地悲咽？

为什么你只这样地低沉？

你有如此美丽的颜色，

冰雪聪明的天资，

难道也事非其主，

住不得其好伴侣？

还是觉得这世界的混浊，

不圆满的事常引起你的愁恨；

特地里发出几声叹气，

来表示你的"哀矜勿喜"的怜悯？

Violin 啊！

我恐怕你未能把这大地安慰，

你的琴上早已断了弦了；

那时任你用尽了你的哀矜，
恐怕也难再续那已断的线了！

倒不如把你的歌声深深地收没了，
让这大地好过他的死寂的生活了！

一九二一年七月二十二日，于广州培正学校

羞怯的月亮

梁宗岱

圆澄的月亮，

偏给云儿深掩；

羞怯的容颜，

不敢出来相见。

像你温柔和蔼的光，

为什不清清地大放，

来普照这漫沉沉的世界，

却在流泪的黑云里暗藏？

难道你这清凉皎洁的月，

战不胜那满天乌黑的云；

作品信息

原载《学艺》1922年第4卷第2期。

只在那朦朦胧胧的影子里，
隐约地向海洋微微地谈心？

还是怕这沉沉的狂色嘲笑，
要把你的银白的光吸收了？
像你瑟缩的胆志，羞怯的容颜，
我实在也为你汗颜地羞了！

唉！你既敢向海洋微微地谈心，
为什不敢把这大地明明地普照？
你有心而不敢实行，
我问你羞呢抑还不羞？

羞！羞！
我望你快快地收藏或大放，
休再迟疑不决，犹豫不进，
要把我也生生地羞死了！

呀！正当我把诗写完时，
她已飘然地清光大放了！
羞怯的月亮可出来了，
但不知她的心却怎么样了？

泪 歌

梁宗岱

——写我一个朋友的心境——

一

既然我的眼泪是流不尽的，

悲哀，又怎能靠我的泪珠洗得净呢？

要是想真的洗净我的悲哀，

除非待我的泪儿流干了呵！

二

你把你的红玫瑰花赠给我，

作品信息

原载《太平洋（上海）》1922年第3卷第8期。

一会儿你又把伊夺去了。

爱情要是因闲话而可以消失的，

我又何用这爱情为呢？

三

一瓣一瓣的，你插在我胸前的红玫瑰花，

如今，也由伊枯萎而消散了。

但我仍愿把伊谢了的蕊儿，

紧紧地向胸前压着。

四

你虽毅然地舍弃我，

我终不忍舍弃你。

你光荣呵，我就暗地里欢喜；

忧愁呢。我也暗地里为你悲伤呵！

五

人人都说你是不道德的；

但我终肯原谅你过去的罪恶。

要是你依旧爱我呵，

我的心泪就自然地由快乐之泉涌出来了。

六

你既毅然地舍弃了我，

怎么还要把你的秋波不时地柔注我呢？

像你那样软射柔注，

我全身的神经真不禁战栗呵！

七

近来你无心听讲，

总无精打采地把笔在桌上乱画。

有时我偷觑你，呵，原来是——

"我光荣的女郎，曾经是我所爱的，哪儿去了呢？"

八

"我光荣的女郎，曾经是我所爱的，哪儿去了呢？"

这是你常唱的诗句，无足怪的。

但是，你胸中也有了幽怨了么？

还是为我抒写我的忧郁呢？

九

把美目来柔盼我，把微笑来赞美我，

这是你从前所以待我的。

可是，现在呢，美目他顾了；

你赞美的微笑，又哪儿去了呢？

十

怕是因——倘不是闲话——你娘的严命罢？
这是我常常在心里自解的。
可是，我终不敢相信我猜得中呵；
因为，我想，真情人必不因外力而移动呵！

十一

他们都这样劝我——
教我不必为你而悲哀了；
因为你已掉头不顾我了，
虽死，又有什么益处呢？

十二

但是，我呵，全能的上帝！
我又怎能这样地忍心呢？
虽然是痛苦，
我也情愿把我的心泪灌遍全身的血脉呵！

一九二二年四月十二日，于广州

森严的夜

梁宗岱

连绵不绝的急雨，

请你滴着低低的音调，

把你的指尖敲着我窗上的玻璃吧，

如此森严的夜，

教我的心弦好不战栗哟！

通宵不住的狂风，

请你唱着柔柔的歌声，

把你的掌心轻轻地拍着我的屋背吧。

如此森严的夜，

教我的魂儿怎样安眠哟！

一九二二年一月三十一日，夜作

作品信息

原载《小说月报》1922年第13卷第6期，收入《梁宗岱文集·诗文卷》(中央编译出版社2003年9月出版)。

进入大学的第一天

韦杰三

——我自己的想象——

流浪漂泊的我，

本还想再读一年中学，

才升大学。

争奈——

一年前，我同班的

作者简介

　　韦杰三（1903—1926），壮族，广西蒙山县人，中国现代文学史上第一位壮族作家。1917年秋考入梧州道立师范。1919年春前往广州，考入培英中学半工半读，并任校刊《培英杂志》编辑和校学生自治会干事。1921年转入东南大学附中任《学生自治会周刊》编辑。1923年回蒙山县立中学任教。1924年考入上海大学英文系，积极参加反帝爱国斗争。1925年考入清华大学学习。1926年3月18日，参加北京各界群众在天安门举行的抗议八国通牒的国民大会和示威游行，遭到段祺瑞反动政府枪击，身中4弹牺牲。在韦杰三短暂的创作生涯中，发表的作品和译作达250多篇，其中包括新诗55首。为纪念烈士殉难，1927年清华大学编印了《韦杰三烈士集》，收入了韦杰三烈士生前创作的文学作品。韦杰三作品中表现出来的民主、科学和反对封建礼教的思想，体现了强烈的五四时代精神。

作品信息

　　原载《学生杂志》1923年第10卷第9期。

"豹"，已进了汇大预科，

"洪"，已进了岭大预科，

同级的那三十个，在本月里

又高弹着毕业调了——

这四面楚歌——有暗势力的楚歌，

也就把我扛到大学里去了！

可怕的环境哟！

无自主力的我哟！

民国十二年（1923年）六月二十四日晨，吴淞校前

| 文学史评论 |

他（韦杰三——编者注）是壮族第一个写小说的作家，也是第一个用白话文写作的诗人。他短短的二十三岁生命之树，结下如此众多硕果，表现出惊人的创作热情和才能，堪称奇才。作为"五四"时代的一位进步青年，韦杰三烈士的诗跳荡着毁坏旧世界、追求民主科学和个性解放的激情。他的《答小友》《留别小友们》《哀华北灾民》等作品，或忧患民生疾苦，或矢志"去为前程奋斗"，决心做一个旧世界的叛逆者。他的一些抒情诗或爱情诗，也折射出时代的精神。

——梁庭望：《中国诗歌通史·少数民族卷》，人民文学出版社，2012，第666页

| 创作评论 |

韦杰三君是一个可爱的人；我第一回见他面时就这样想。这一天我正坐在房里，忽然有敲门的声音；进来的是一位温雅的少年。我问他"贵姓"的时候，他将他的姓名写在纸上给我看；说是苏甲荣先生介绍他来的。苏先生是我的同学，他的

同乡，他说前一晚已来找过我了，我不在家；所以这回又特地来的。我们闲谈了一会，他说怕耽误我的时间，就告辞走了。是的，我们只谈了一会儿，而且并没有什么重要的话；——我现在已全忘记——但我觉得已懂得他了，我相信他是一个可爱的人。

——朱自清：《哀韦杰三君》，《朱自清散文：你我·匆匆》，浙江文艺出版社，2006，第42页

在诗歌形式上，韦杰三做了大量的探索。他善于吸收古今中外诗歌的形式，为壮族文学引进了具有五四时代特征的自由体诗歌形式。我们知道，壮族古代文人诗歌大都是古体诗，较多受中国古代诗词格律的限制。由于语言和文字不统一，古代壮族文人运用汉文来创作已经非常不容易了，再加上必须严格执行格律诗的形式，这就给壮族作者带来很大的困难，阻碍了壮族诗歌的发展。韦杰三的诗歌充分打破旧格律诗的束缚，在诗歌形式上进行大胆的创新。他的诗歌，诗行长短不一，字数不定，根据内容的需要安排结构，如《别忆》，长达76行，而《短诗》则只有两行；他的诗歌，有整齐排列的，也有参差不齐的，如《侯信归来》，全诗8节，每节4行，每行5个字，是典型的方块诗。而更多的是"诗无定行，行无定节"的自由体，有平行排列的，也有有规律地采用参差错落的形式进行排列的；他的诗歌，有押韵的，也有不押韵的，有一韵到底的，也有中间换韵的。这些诗歌形式，充分体现了自由体诗歌的特点，把壮族诗歌创作带进一个全新的领域，促进了诗歌创作的繁荣和发展。

韦杰三还善于吸收壮族民间文学创作的各种表现手法，建设自由体诗歌的新形式。如反复、排比、拟人、对比和比喻是壮族民歌最常用的表现手法，韦杰三把这些表现手法充分地吸收到他的诗歌创作中，增强新诗的形象性。

——黄可兴：《论韦杰三文学创作对壮族文学现代化的贡献》，《广西民族学院学报（哲学社会科学版）》2004年第6期

　　韦杰三的诗作是他的"性情"的形象表现，燃烧着激越、深沉的感情，往往又笼罩着一层淡淡而又深切的哀愁和怨恨之情。韦杰三还没有达到以无产阶级世界观为指导，精确地抒写现实人生的高度。然而，他又确实完成了他所能完成的表现历史的创作使命。这种表现是"五四"新文化运动包括文学革命的直接产物，从诗的思想内容到形式风格都深深打着那个时期的烙印。这就是二十年代初壮族现代文学史上第一位新诗人韦杰三，是"做不出他人的我"的韦杰三，是"做我自己的我"的韦杰三。这就是由环境其及身世所熔铸的性格化了的韦杰三的诗。

　　——欧阳若修：《壮族现代文人文学的先驱——韦杰三和他的诗》，《学术论坛》

　　　1984第1期

　　从认真创作到壮烈牺牲，韦杰三不过度过了六七年的创作生涯，又处于紧张而艰辛的求学时期，但他短暂的生命之树，却结出了累累的文学硕果，生平刊印发表的作品、译作竟达二百五十多篇约数十万言。其创作热情和卓越才华以及勤勉的精神由兹可见。

　　——钟军红：《韦杰三及其创作》，《广西民族学院学报（哲学社会科学版）》

　　　1986年第2期

答小友

韦杰三

我愿

做那冰天雪地中的阳光，

白昼来陪你们坐；

在你们被寒威侵袭的时节。

我愿

做那更阑人静里的秋月，

晚上来陪你们睡；

在你们感着寂寞孤苦的时节。

民国十二年（1923年）十一月廿九日，斜阳里蒙山县立高小

作品信息

原载《清华周刊》1926 年第 26 卷第 4 期。

| 作品点评 |

伟大现实主义诗人，都有着这种痛苦和崇高的怀抱。这种愿望的实现有待于推翻人剥削人的制度。韦杰三虽然还没有达到这样明确的思想高度，但是他表示要做"阳光""秋月"。《答小友》是他一九二三年十一月在蒙山县立中学任教时写的，要把自己的光和热献给"被寒威侵袭""寂寞孤苦"的小友。

——欧阳若修:《壮族现代文人文学的先驱——韦杰三和他的诗》,《学术论坛》
1984 第 1 期

途　遇

梁宗岱

我不能忘记那一天，

夕阳在山，轻风微漾。

幽竹在暮霭里掩映着，

黄蝉花的香气在梦境般的

黄昏的沉默里浸着

独自徜徉在夹道上。

伊姗姗地走过来。

竹影萧疏中，

我们互相认识了，

伊低头赧然微笑地走过，

我也低头赧然微笑地走过

一再回顾的，——去了。

作品信息

原载《小说月报》1923年第14卷第1期。此诗曾由梁宗岱译成法文，易名"Souvenir"（回忆），发表在罗曼·罗兰主编的《欧洲》(*Europe*) 月刊1927年12月第60期上。

在那一刹那里——

直到如今犹觉着——

心弦感着了如梦的

沉默，羞怯，与微笑的颤动。

一九二二年十二月八日，广州

| 创作评论 |

1930年代，在《诗刊》（美国芝加哥）、《天下月刊》（上海）、《北平纪事》（北京）等刊物上已零星有中国现代诗歌译作发表。其中《天下月刊》在1935—1936两年间刊登了10首中国现代诗歌英译作品，包括邵洵美的《蛇》《声音》、闻一多的《死水》、卞之琳的《还乡》、戴望舒的《我的回忆》《秋蝇》、李广田的《旅途》《流星》、梁宗岱的《途遇》《晚祷》，主要翻译者为英国诗人、学者哈罗德·阿克顿（Harold Acton）和北京大学西语系学生陈世骧。

——李刚、谢燕红：《中国现代诗歌的英译传播与研究》，《南京师范大学文学院学报》2017年第4期

| 作品点评 |

梁宗岱1919至1924年赴欧洲前在广州读书时写的诗，结集为《晚祷》，多是情诗，有青峦笼雾、碧水浮烟的幽美。《途遇》（1922）是一首抛弃了格律但又有着内在节奏的自由诗，暮阳萧竹的背景、轻芬惹梦的春意、无声契默的情爱，留与读者含蓄深隽的回味，是"五四"情诗的精品。

——陆红颖：《奔流中的回旋——"五四"情诗的古典承衍》，《诗探索》2007年第3期

归故乡

韦杰三

何处是故乡！

家产之地？

亲戚之邦？

何处是故乡，

精神所安托！

灵魂所归藏！

我何所恋于亲戚？

更何恋于家产？

那我又何必归故乡，

我又何必归故乡！

我除了眷眷不忘的朋友，

作品信息

原载《民国日报·觉悟》1924年第10卷第23期，《清华周刊》1926年第26卷第4期。

和我俩俩相思的情人——

凝眸渴望我的山，

含情远睇我的水，

点头迎我的草，

微笑吻我的花；——

我又何必归故乡。

归故乡，归故乡，

我的故乡在那里，……那里——

"山之村"，

"水之湾"，

"草之园"，

"花之地"。

民国十二年（1923年）八月十一日，晨，鸳江，开棹后的小民船中

| 作品点评 |

诗人对故乡的一花一草、一山一水却是无限恋念的。对自然美丽的故乡和黑暗不堪的故乡，表现得爱憎分明，情辞深切感人。

关心民生疾苦，愿意为之献身；对黑暗现实的抗议，交织着对故乡山水的热爱，是韦杰三诗作中富有社会意义的一部分。在艺术表现上则以深沉、凝重为其特点。

——欧阳若修：《壮族现代文人文学的先驱——韦杰三和他的诗》，《学术论坛》

1984 第 1 期

韦杰三对故乡落后的感慨之作也表现出他忧国忧民的思想。1923 年，韦杰三回

到阔别多年的故乡，"一进故省门，惨景增烦恼"，他按捺不住地向友人倾吐他的感慨。五四运动过了好些年，家乡仍是如此落后、黑暗，这叫诗人怎不忧虑、失望！

——钟军红：《韦杰三及其创作》，《广西民族学院学报（哲学社会科学版）》1986年第2期

春　柳

韦杰三

她罩着淡黄的帽，

披她嫩绿的袍，

束着她的轻腰，

带着她的微笑，

很逍遥地在春风里进行她的舞蹈；

她何曾贪惹了人们的非自然的爱好。

你爱她

她也是这样；

你恶她

她也是这样。

她何曾因人的爱恶

而欢乐

而惆怅。

作品信息

原载《清华周刊》1926 年第 26 卷第 4 期。

这是何等的远观呀！

春柳——无抵抗的春柳哟，
还忆得去岁的繁霜吗？

民国十二年（1923年）四月廿二日，午，泸淞车上

| 作品点评 |

在春风中袅娜起舞的春柳，不因为人的爱恶而改变自己欢乐逍遥的舞姿，也不因为去岁繁霜的袭击而不再萌出嫩绿的新芽，她总是如此地美丽，如此地自信，如此地超脱，如此地达观。春柳，就是诗人的自况！诗作以娴熟自如的象征手法，自然流畅的节奏，创造了一种欢快轻盈的意境。诗人在美术方面的造诣，他的出色的美感，他对事物特点的敏锐的捕捉能力，又使他准确地把握了春柳的色彩和舞姿，几个色彩鲜明的词语（淡黄、嫩绿），几组性格化、拟人化的描摹（束着轻腰、带着微笑、逍遥地舞蹈）以及几句由衷的赞叹，便勾出了一幅春柳起舞图，写出了外柔内刚的春柳性格，写活了可爱可敬的春柳形象。但诗人又不为写春柳而写春柳，而是通过春柳的形象，委婉地抒发了作为一个进步的小资产阶级知识分子在与封建势力作战时，虽然压力重重，但仍奋战不息，执着追求的情怀。诗作形象生动，寓意深刻，无一字提及自己的奋斗，而奋斗之情却跃然纸上。

——钟军红：《韦杰三及其创作》，《广西民族学院学报（哲学社会科学版）》
　　1986年第2期

留别小友们

韦杰三

朋友们：

有话就尽量地说来，

这是我们临别最后的一刻了！

看！"一年，两年，三年，……十年，"

又将跑马般过去；

到那时，

不过只剩下些不堪回忆的泪痕，

倘若我们不及早努力。

"我"，

就是自己的命运的创造者；

"他人"，

是难有帮忙的可能呀。

作品信息

原载《民国日报·觉悟》，1924年第10卷第23期，笔名一苇，后选入《清华周刊》1926年第26卷第4期。

朋友们：

去！——去为前程奋斗，

去为命运努力；

别了，

珍重。

　　　　民国十二年（1923年）十二月廿四日，晨，枕上，蒙山县立高小

| 作品点评 |

　　这样激励人心的诗句，不仅是当时"个性解放"的有力回响，而且意味着要求一种社会地位的改变，要做"我"的主人。别林斯基在一八四七年六月致果戈理的信中指出，一个真正的作家应当"在人民中间唤醒这么多世纪以来委弃于污泥和粪土中的人类尊严"。这里，唤醒"我"的尊严，喊出了人民心中的感情、理想和意志。这里的"我"，是人民这个有机整体的一个细胞，是当时千千万万要求冲破种种陈腐的牢笼、进行创造和努力的中国青少年和人民大众。自己掌握自己的命运体现着时代的要求和民族解放的要求。这无疑是为"五四"时期的狂飙突进的精神所激荡而产生的诗篇。

　　意识到"我"的存在和力量，这是一种可贵的觉醒。

　　——欧阳若修：《壮族现代文人文学的先驱——韦杰三和他的诗》，《学术论坛》

　　1984 第 1 期

儿时的回忆

韦杰三

我在十岁时的一个除夕，

因为

得的是一双粗劣的新鞋，

便眼泪汪汪地负气想：

"倘若母亲还在，我又何致于这样呢！"

九年前死去的母亲，

跟着就到我的脑海中居住着，

而且永远在我脑中居住了。

民国十二年（1923年）十一月，卅晨，蒙山

作品信息

原载《民国日报·觉悟》1924年第10卷第9期，入选《清华周刊》1926年第26卷第4期。

别　忆

韦杰三

"阿妹"

他不曾忘记，

你可晓得？——

当妈妈在做保姆时，

他已默默地认识你——你的精神

叫他这样的。

可是礼教还是从旁插嘴说：

"他是男，

你是女！"

所以你在他的心目中，

也不过是千万个高贵女儿中之一，

敢有什么希冀？

作品信息

原载《民国日报·觉悟》1924年第10卷第17期，笔名劲庐，后收入《清华周刊》1926年第26卷第4期。

"阿妹"，

他不曾忘记，

你可晓得？——

"阿哥"和他同窗时，

你和妈妈一次曾来到他楼底。

那时你们还客气，

不肯来到房里来相识，

他只暗中诅咒，

恨不能把人间隔膜

—鼓铲除——

"阿妹"

他不曾忘记

你可晓得？——

他曾把第十卷第八号的青年杂志

大胆地竟叫"阿哥"转寄你。

那时节

他只知道你的学校是"澄光"，

更无缘晓得你的名字。

"阿妹"，

他不曾忘记，

你还忆得？——

他第一次回到"新家庭"，

"阿哥"用手指着你

一面却向着他说：

"这是我的阿妹"
他心里哼的一声答：
"我早就晓得了，
还用你来介绍？"

"阿妹"，
他不曾忘记，
你还忆得？——
他到家来已半天。
还眼斜斜地不敢正视着你，
羞答答地不敢和你多说几句。
半夜里虽则大风大雨，
然心中仍充满着幸福，
哪有一些儿的不得意。
毕竟风雨猛相侵，
他才垂头丧气地舍去！

"阿妹"，
他不曾忘记，
你可忆得？——
他苦离别你们，
把说未尽的心绪，
寄之于书；
把抽不尽的情丝，
发而为诗。
直到收得你的信儿时，

他的灵魂才有个寄处！

他感谢你的爱他。

他更乐意和你多研究些文艺。

"阿妹"，

他现在正在回忆中，

你可念及？——

今早他回家来告暂别，

先领了你一微笑的厚意。

你来为他做渡人，

你来给他做医师。

临去的一握——

只一刹那间的相握；

终究时间催人，

使他怅怅登途！

他现在正在回忆的轮轴中，

你可念及？

你可虑及？

民国十二年（1923年）七月，午夜，广梧轮船上

| 作品点评 |

写于1923年7月的《别忆》一诗柔中寓刚，曲尽封建礼教束缚下那种初恋的微妙之情，从思想到艺术，都是一首成功之作。

"他只暗中诅咒，恨不能把人间隔膜，一鼓铲除。"要把礼教所铸造的男女之间

的隔膜"一鼓铲除"，是"五四"彻底的反封建精神的表现。

——欧阳若修：《壮族现代文人文学的先驱——韦杰三和他的诗》，《学术论坛》

1984第1期

在韦杰三的诗中，数量最多是表现爱情的诗篇。其中，又以《别忆》写得最好。

《别忆》是一首长达七十六行的叙事诗，诗中的"他"，是一个受五四思潮影响，大胆追求爱情的青年形象。全诗共八节，诗人以倒叙的手法描写了一对青年男女的纯真的初恋……在封建藩篱面前，"他"只能"暗中诅咒"，恨不能"一鼓铲除"那男女间的"隔膜"。后来，在爱情的鼓舞下，他置封建礼教于不顾，开始了大胆的追求……终于，"你"通过哥哥的介绍认识了"他"，两颗年轻的心也开始了互相间的碰撞，而对文艺的共同爱好，又使两颗年轻的心黏得更紧，爱得更深，即使是临别时的"一微笑""一刹那间的相握"，都深藏着初恋情侣的万般情意，都是那么的纯真甜蜜，那么的铭心刻骨。

《别忆》中，诗人正是通过对甜蜜的初恋的回忆，通过描写"他"为获得这珍贵的爱情对封建礼教所进行的大胆的冲击，从而表现了五四时代的青年强烈要求冲破封建藩篱，追求个性解放、恋爱自由的共同愿望。

在形式上，《别忆》跳出了五四情诗的窠臼，以第三人称代替第一人称，以亲切的口吻直呼其名，以重复运用而又稍有变化的句式作为每节的开头，使全诗萦回着恋意绵纤、情丝缕缕的氛围，更使诗作产生了一种真实亲切的艺术魅力。在描写上，诗人也以细腻贴切而又典型生动称胜，如"他心里哼的一声答，我早就晓得了，还用你来介绍"的心理描摹，又如不知姑娘名字却大胆寄去杂志的行动描写等等，都恰如其分地表现了一个受新思潮的冲击，大胆追求爱情的青年的性格。

——钟军红：《韦杰三及其创作》，《广西民族学院学报（哲学社会科学版）》

1986年第2期

到故乡之后

——寄燕京游侣

韦杰三

你要问故乡怎样；

黑暗！

不堪！

他们见了语体文的"告示"，

也便涂以猪屎；

教我能不失望（？）

你要问故乡怎样；

黑暗！

不堪！

若是你邀人出外读书：

病了他父母怨你，

作品信息

原载《民国日报·觉悟》1924 年第 6 卷第 29 期，后选入《清华周刊》1926 年第 26 卷第 4 期。

不成功时，骂你，

久不归来，咒你，

死了，更加问你；

教我能不失望（？）

你要问故乡怎样；

黑暗！

不堪！

他们教我纳妾，

教我任她一世守空房，

养着当猪羊；

他们教我可以永久不归乡。

要是我一提着离婚，

他们就说：

"这是坏名誉的事，

我们蒙山不惯，

免讲，——免讲。"

教我能不失望（？）

你要问故乡怎样；

黑暗得不堪！

灰心到失望！

朋友，

你说！

我何苦把感情

再贱卖给这一样的故乡（？）

我何苦把感情

再贱卖给这一样的故乡（？）

——民国十二年（1923年）九月二日，上午十点，新墟，家里

| 文学史评论 |

《到故乡之后——寄燕京游侣》中对旧社会的黑暗进行了无情的揭露和猛烈的抨击。

反对旧道德、提倡新道德，提倡白话文，是五四新文化运动的重要内容，它必然遭到旧势力的顽强抵抗和攻击。那时新文化的战士们奋起回击，从诗里我们可以闻到五四运动的"硝烟"。其实诗人非常恋念自己的家乡，他在《归故乡》里眷恋着家乡的山之村、水之湾、草之园、花之地。他愿意为光明献身，并把未来的希望寄托在小朋友们的身上，在《留别小朋友们》中呼吁："朋友们：去！——去为前程奋斗，去为命运努力。""我，就是自己命运的创造者。"

——梁庭望：《中国诗歌通史·少数民族卷》，人民文学出版社，2012，第667—668页

桃花憔悴了

韦杰三

（一）

"来了——来了"的春信，

吹到耳旁，

把桃花惊醒了！

坐伊的——有东风，

饮伊的——有阳光；

溶和在春念里，

怎教伊不蒙眬醉去呢？

红涨了脸颊笑窝活现，

仿佛迷离半睡的佳人；

真叫蜂蝶们要向往呀！

作品信息

原载《民国日报·觉悟》1924年第10卷第19期，笔名一苇，后收入《清华周刊》1926 年第26卷第4期。

真叫蜂蝶们要向往呀！

浓栏不讨好的春雨，

斜眼盯着桃花，

不说什么，

乘更阑人静，

把桃花打个零零落落！

民国十二年（1923年）十二日，念一晨

（二）

桃花果然是可爱；

但春风稍一拂了伊的意，

也就纷纷地落了。

桃花果然是可爱；

但人们把污浊的口气呵了伊，

也就慢慢地憔悴了。

民国十三年（1924年）一月，念三晨

| 作品点评 |

《桃花憔悴了！（一）》铺陈的是春信惊醒了的桃花的可爱形象，唯其可爱，却遭到了"春雨"的"斜眼"与打击，因而诗意显得更深厚。

《桃花憔悴了！（二）》同《桃花憔悴了！（一）》相比较，则又显出构思新颖，匠心独运。从桃花的纷落与憔悴，写出桃花的高洁，同时也多少表现了一种林黛玉式的孤标傲世。而这又恰是韦杰三性格的一种表露。

——欧阳若修:《壮族现代文人文学的先驱——韦杰三和他的诗》,《学术论坛》

1984 第 1 期

在诗人的奋斗过程中,不知遇到了多少阻力,经受了多少磨难,于是,这方面的情景在他的诗作中也有所反映,如《胜了》、《桃花憔悴了》(一)(二)、《杂感》(一)等诗。值得重视的是,在这些诗中,尽管诗人描绘的是黑暗势力的暴虐和落后思想对进步力量的摧残,但诗中不仅没有丝毫妥协、退却的表示,反而流露出诗人对黑暗社会和封建势力的愤懑和蔑视。

——钟军红:《韦杰三及其创作》,《广西民族学院学报(哲学社会科学版)》

1986 年第 2 期

晚祷（一）

梁宗岱

——呈泛、捷二兄

不弹也罢，

虽然这清婉潺湲

微飔荡着的

兰香一般缥缈的琴儿。

一切忧伤与烦闷

都消融在这安静的旷野，

无边的黑暗，

与雍穆的爱幕下了。

让心灵恬谧地微跳

深深地颂赞

作品信息

《晚祷（一）》作于1923年6月13日，原载《晚祷》上海商务印书馆发行，1927年版。收入《梁宗岱文集·诗文卷》(中央编译出版社2003年9月出版)。

造物主温严的慈爱。

一九二三年六月十三

| 作品点评 |

在他所有的诗中他最喜爱这一首，直至晚年亦如此。当一九二四年上海商务印书馆为他出版诗集时，他就用了这诗的标题做集名，也许因为这首诗表达了他与大自然、宇宙的心灵的默契使他对它特别偏爱吧。

——张瑞龙:《诗人梁宗岱》,《新文学史料》1982年第3期

晚祷（二）

梁宗岱

——呈敏慧

我独自地站在篱边。

主呵，在这暮霭的茫昧中，

温软的影儿恬静地来去，

牧羊儿正开始他野蔷薇的幽梦。

我独自地站在这里，

悔恨而沉思着我狂热的从前，

痴妄地采撷世界的花朵。

我只含泪地期望着——

祈望有幽微的片红

给春暮阑珊的东风

作品信息

《晚祷（二）》作于1924年6月1日，原载《晚祷》上海商务印书馆发行，1927年版。收入《梁宗岱文集·诗文卷》（中央编译出版社2003年9月出版）。

不经意地吹到我的面前。

虔诚地，轻谧地

在黄昏星忏悔的温光中

完成我感恩的晚祷。

一九二四年六月一日

| 作品点评 |

  《晚祷（二）》(1924)诗行是对十四行诗的尝试，而诗境迷蒙了悠远的歌挽情调，寻觅已逝之爱的落红片影，于向晚的苍茫里孤独追思。其他同收在《晚祷》中的《散后》(1922)等短诗，都运笔轻柔，灵气四溢。

  ——陆红颖《奔流中的回旋——"五四"情诗的古典承衍》，《诗探索》2007年
  第3期

白　莲

梁宗岱

一个仲夏的月夜——

我默默无言地

倚栏独对着

那滟潋柔翠的池上

放着悠澹之香的白莲……

见伊惨淡灰白的

在月光的香水一般的情泪中

不言不语地悄悄地碎了。

一九二三年六月二十三日

作品信息

　　原载《晚祷》上海商务印书馆发行，1927年版。收入《梁宗岱文集·诗文卷》（中央编译出版社2003年9月出版）。

| 作品点评 |

在这首诗中浮现的意象不仅新鲜富含活力,而且具有繁复的象征意义。此诗前半段写实,描写在澈淞碧绿的水池上,散发着悠远清淡香味的白莲的形象,后二句则是想象。想象中,由于美学中指出的移情作用,在月光涟涟清泪中,碎落了的苍白的花魂与茫茫情海中消殒的缱绻诗魂已经无间地融合了。月色、花香与泪光交织在夜空的温馨的气氛里。我们听到诗人的心灵声响与大自然脉搏合奏的和音:"天若有情天亦老",万物莫不有情,正是这种柔情的丝缕,把一件件本来孤立的物体缩住,使得宇宙如此美好,如此和谐:这是《白莲》一诗所要传达的弦外音,也是少年宗岱其他许多诗作共同的哲理性主旨。其诗歌技巧的圆熟与内容的深刻由此可窥一斑。

——张瑞龙:《诗人梁宗岱》,《新文学史料》1982年第3期

告劳动者

高孤雁

可怜无靠的劳动同胞们啊，

快起来团结哟，

快起来团结哟，

什么大权威，

什么旧制度，

都是你们颈上的枷锁；

什么自由，

什么平等，

都是你们梦里的南柯，

作者简介

　　高孤雁（1898—1927），原名高炳南，字文客，壮族，广西龙州人。1920年中学毕业后，回家乡当小学教员。任教期间，阅读了《新青年》《向导》等进步书刊，受到民主革命思想的影响。1925年冬赴广州，在恽代英、萧楚女等共产党员的启发下，投身于革命斗争，后受指派回南宁从事革命工作。"四·一二"反革命政变时被捕，1927年9月在南宁英勇就义。

作品信息

　　此歌谣1920年代起流传于广西左右江一带，现根据梁文华主编《左右江革命根据地红色歌谣》（广西美术出版社2009年12月出版）版本录入。

你们岂甘心受着罪过，

他们耀武扬威横敲直剥；

他们暖衣饱食，

你们挨饥抵饿；

他们享有酒池肉林，娇妻美妾，

你们度的奴隶岁月，牛马生活；

你们男耕女织纳租献税，

他们脑满肠肥，杀人放火。

同胞们呀，

这重魔障，

你们不自己打破谁打破，

同胞们呀，

别再怯懦怯懦，

敌在眼前，

枪在手里，

我们快起来团结哟，

团结哟。

| 文学史评论 |

《告劳动者》发出捣毁旧世界、创造光明未来的号召。这铿锵有力的呐喊，像冲锋号角一样振奋人心，从中可见诗人满腔的爱国热忱及其许身国家民族的伟大抱负。

——梁庭望：《中国诗歌通史·少数民族卷》，人民文学出版社，2012，第668—669页

与曾平澜相比较，高孤雁的诗歌视野更为宽阔，更关注整个社会的发展和劳苦

大众的命运；曾平澜的诗歌则多从个人遭际出发，再涉及社会人生。这是他们不同的出身和人生道路的艺术反映。高孤雁的诗歌不仅思想内容有自己的显著特征，而且在创作方法上有自己的艺术特色。纵观全部诗作，现实主义是他创作方法上的最大成就和特色。他直面社会，直面人生，关心国家的命运，关心民族的前途，抒发真情实感，吟咏忧患苦难。这是他的生活际遇及其所处的时代所使然的。

    ——周作秋、黄绍清、欧阳若修、覃德清：《壮族文学发展史》，广西人民出版
    社第1270页

| 作品点评 |

这是革命者高孤雁亲笔作词的一首歌谣，无疑也是宣传革命的一篇力作。作者十分注意对词句的雕琢，整篇歌词用语考究，通过用典、比喻、排比等修辞手法把劳动者的悲惨遭遇、剥削阶级的丑恶反映得淋漓尽致。而一系列的对比更是把劳动者受压迫剥削的社会现实、旧制度的黑暗和旧社会的反动刻画得入木三分。语音的搭配和处理也使整首歌曲体现出音韵和谐、抑扬顿挫的特点。

    ——梁文华主编《左右江革命根据地红色歌谣》，广西美术出版社，2009，第
    56页

这诗激情澎湃，一泻无遗，是造反的呐喊，是冲锋的号角，从中可见诗人革命思想产生了巨大的变化和质的飞跃！到了这个时候，他不大声疾呼就难以倾吐胸中愤懑、沸腾的激情。他揭露统治阶级的腐朽糜烂，同情劳动人民的贫穷苦难；他抨击旧制度的罪恶镣铐，号召老百姓把新世界创造，语言文字虽有标语口号之嫌，但从总体上看，它是高孤雁投身革命洪流，誓挽狂澜的力作。

    ——周作秋、黄绍清、欧阳若修、覃德清：《壮族文学发展史》，广西人民出
    版社

在风雨飘摇中

韦杰三

一

"啊啊：

风这么大，

雨这么急，

我没有伞，

我奔走不及。

扶一扶罢，

我的弟兄！

等一等罢，

我的友朋！"

作品信息

原载《新同德》1925年第1卷第6期，后选入《清华周刊》1926年第26卷第4期。

二

噢噢，

朋友，

你也不必埋恨，

你也不要悲泣，

有谁能听到你的怨声，

有谁能看见你的泪滴。

弟兄？

除脱了共血统，

还和你有什么关系！

朋友？

除脱了相认识，

还和你有什么关系！

噢噢，

朋友，

你不能走，

便在此蹲着罢。

你可别再悲叹，

悲叹徒觉惘然，

谁教你出门不带伞！

三

"啊啊！

风这么大，

雨这么急，

母亲不把我伞，

我奔走不及。

母亲不来啊，

你教我到哪里去！

伞子没有啊，

我怎再能往上去！"

四

噢噢，

朋友，

你也不必埋恨，

你也不要悲泣，

有谁能听到你的怨声，

有谁能看见你的泪滴。

母亲？

亏你没有享受的福分，

伞子？

亏你母亲没得来遗赠。

噢噢，

朋友，

你不能走，

便在此蹲着哩；

"各人打扫门前雪"，

这正是生存的惯例，

更奢望着谁会拿同情来给你！

五

"啊啊！

风这么大，

雨这么急，

我十分害怕，

我奔走不及。"

六

无母的我呵，

无伞的我呵，

无母无伞而狂跑着在风雨飘摇中的我呵！

一九二四年九月廿日，阴晦之日

| 作品点评 |

《在风雨飘摇中》，作者塑造了一个在风雨飘摇中孤立无援的抒情主人公形象……诗的结尾，诗人发出了"无母的我呵，／无伞的我呵，／无母无伞而狂跑着在风雨飘摇中的我呵"这样的喟叹，表达了在绝境中孤立无援而萌生出对"各扫门前雪"的"兄弟"和"朋友"的怨恨。但是，即使在这种困境下，诗人还不断地自我安慰："你可别再悲叹，悲叹徒觉惘然""你也不必埋恨，你也不要悲泣"，表达了诗人不愿向命运妥协的达观态度。全诗情感细腻，真切感人。

——黄可兴：《论韦杰三文学创作对壮族文学现代化的贡献》，《广西民族学院学报（哲学社会科学版）》2004年第6期

1930年代

给初访者

欧　查

一

永久的花瓶中

插上初开的雏菊，

黄的，白的，

朱的，赤的，

像圣母座前的一般整齐；

一般的庄严美静！

二

朋友，可曾知道，

作者简介

欧查（1911—1980），又名黄振球、黄波拉，笔名欧查。广西容县人。曾就读于复旦大学外文系，后留学日本。回国后在上海从事文学工作，中国左翼作家联盟成员。1933年创办《现代妇女》杂志。1933年12月30日，鲁迅书赠她《酉午秋偶成》诗一首。

作品信息

原载《现代妇女（上海1933）》1933年第1卷第1期。

这是为谁插下的？
那是聪明的姐姐，
听说有初次的访问者时，
从园丁的手中，
采来献给远来生客的——你。

三

我们一别数天了，
那些雏菊，
也和你一别数天了，
可是耐久的它们，
至今还不曾憔悴，
而我们都却印上了那回的画图了啊！

四

今早起来，亲手把那两瓶
严静的花儿，换了新水。
对住花前的镜子，
泛着满意的微笑，
从镜子里可以看见它们
点缀着人类"初交的友情"！

一九三十年九月，于日本东京

黄花节

李文钊

黄花节，

黄花节，

当年志士何壮烈？

——复兴我民族，

先将雠仇灭；

抛掷了头颅，

飞溅了赤血，

以身许革命，

作者简介

李文钊（1899—1969）广西临桂两江人，广西法政专科学校毕业。学生时代即具有强烈的民主意识和爱国主义思想，参加过五四爱国运动，1926年赴莫斯科孙逸仙大学学习，1929年回国。1932年任第四集团军总政训处宣传科长，主编过《创进月刊》。1937年至1944年，李文钊积极投身于桂林抗战文化运动，与来桂著名进步文化人田汉、欧阳予倩、焦菊隐、熊佛西等均有密切往来，参与策划组织许多大型文化活动，对桂林抗战文化运动做出过许多有益的贡献。李文钊是新中国剧社创始人，曾任国防艺术社社长、中华全国文艺界抗敌协会桂林分会常务理事、《诗创作》月刊社社长。

作品信息

原载《南方青年（南宁）》1934年第2卷第12期。

拼死完功业。

今日凭吊黄花岗，

今日纪念黄花节，

英骨长埋荒冢间，

谁不唏嘘与悲咽？

不须悲，

不须咽；

但继先烈志，

白铁与赤血，

使我中华雄立宇宙间，

长放光辉并日月！

一九三四年，黄花节日

瑶山姊妹

曾平澜

这时代的巨轮，

从未曾向那荒凉的瑶山转过。

看到这瑶山姊妹的影像，

才知道人间有这样荒凉的一角。

她们脸上挂着的苦笑，

分明不满这时代把她们撇落。

在那里世世代代，

只是与草木鸟兽为伍。

作者简介

　　曾平澜（1896—1943），女，壮族，广西扶绥人。出生于诗书世家，年少时受过良好教育。1925年投身民主革命，在广东政府跟随何香凝从事妇女运动。大革命失败后，东渡日本留学。1931年回国后曾先后任广西普及国民基础教育研究院《日刊》主编。抗日战争期间曾一度流亡南洋，1943年病逝于家乡，时年47岁。曾创作过小说、诗歌、杂文、戏剧等。出版《平澜诗集》，收录新诗33首。

作品信息

　　原载《创进月刊》1935年第3卷第1期。

所谓伟大的文化，
就是那几件老样的竹编物，

四周的环境，
尽是山石和草木。

年年一样的鸟语花香，
年年一样的山青水绿；

既不知本土以外，
还有更大的天地；

更不知，
自己是人类中低级的民族。

什么文明建造，繁华风景，
从来曾入过她们的眼影。
人类学者给她们以美评：
"天真纯朴"，

同时又赐她们，
"苗瑶"的称呼，

这是未开化的标志？
还是人类的侮辱？

如今她们苦笑的面影，

带到返繁华的市都；

也许给人当作怪物赏玩，

也许引起人类同情的扶助；

同情的扶助，

将社会巨轮推向荒土。

使今日的苗瑶，

也许将来能走上光明的路途。

一九三五年八月十五日，于教育研究院

| 文学史评论 |

　　曾平澜的诗作大多表达了对黑暗社会的不满和对妇女命运的关注，回响着时代最强音，在《逃》《这路上》《女人》等诗篇中曾平澜从女性视角，书写了自身的人生体验，同时也表达了妇女对封建礼教的不满和冲破其束缚的渴望与决心。"逃逃/一逃/再逃/踏断这礼教的镣铐/向着那自由之路奔跑/不管去路是荆棘或远遥。"这种觉醒，表达了冲出家庭桎梏的决绝，秉承了五四女性诗歌中追求自我解放和自由的传统，表露了革命年代中女性不输男儿的激荡情怀。女性命运伴随着纷飞战火在战争中漂泊，也在战争中走向了成熟。曾平澜自己就是那时女性的榜样，她冲出家庭生活的羁绊，逃离旧家庭为她择订的亲事，投身革命和社会工作，因为"怎么女人只是做男子温情的绿酒/只会把芳琴细奏?/女人虽不要做社会的中心/也要把整个的人生想透!"（《女人》）作为革命中成长起来的民族诗人，其创作和革命经历密不可分。她将细腻的女性视角融入宏大的时代叙事，以一个女诗人特有的敏锐和热情传达着时代的呼唤。"我厌倦了人间虚伪的呻吟／我爱听那狂风暴雨的声音／听，那里萧萧飒飒／是风雨在吹打树林／听，那里澎湃汹涌／是波涛在袭击船艇"（《雨夜》）。《在黑夜里》《到上海去》《失业的人们》等诗篇感时愤世、忧国忧民，充溢着强烈的革命政治激情，真实反映了三十年代中国人民的悲惨生活和黑暗现实。对阶级革命和民族解放运动的投入，使得曾平澜能够将家庭、性别与族群的多重视野置于国家、民族层面，其诗作体现出三十年代普遍的政治关怀和价值取向，虽没有刻意的民族自我认同感，但人物的民族性格、文化心理和壮族人热情、坚强的品质，民风民情在其诗歌中都有自然的流露，如《村人》，就具有较为浓郁的壮族民歌风味。

——钟进文主编《中国少数民族文学基础教程》，中国民族大学出版社，2011，第212页

作为一个新时代的女诗人，曾平澜的诗作首先深切关注妇女生活及其命运，表现了女性在黑暗社会中对封建礼教的不满和冲决一切罗网的决心。

作为一个民主革命者，曾平澜的诗歌更表达了一种同情人民、揭露黑暗、抨击丑恶的战斗情怀。她写人民的困苦和贫富对立："你不见富者餐费千金，贫者因饥饿丧命！你不见许多别墅，长满了苔痕，却有人在寒夜里露宿，霜雪覆身！"她写反动派的残暴和对他们的仇恨："疯狗，你是人间凶丑的东西，张着你那紫色的大嘴，露出你那肮脏的牙齿，伸着你那麻木的舌，拖着你那坠落的颓尾。因为人是你的异类，便疯狂地乱噬"，"可是啊，疯狗，总是你咬死的人，血流成河，尸积如山，亦补不了你的溃烂，只更显出你的残酷和卑鄙"。在《在京沪车上》《重遇何香凝》等作品中，对革命志士进行了真诚的歌颂。曾平澜的诗基调悲凉而激愤，感情真挚而细腻，形式自由活泼，韵律和谐优美。但凝练稍嫌不足。

——梁庭望：《中国诗歌通史·少数民族卷》，人民文学出版社，2012，第670—671页

曾平澜的诗歌创作既冲破了旧传统观念的束缚，又深受时代的召唤，继承和发扬了现实主义的传统，直面社会，直面人生，直面现实，有感而发，与时代同呼吸，与人民共命运，有独特的价值取向，时代性在她身上有鲜明的反应。她认为"诗是心的声音"，所以所写诗作多是内心感情的自然流露，诗情洋溢，亲切感人。她的诗写得自然朴实，通俗易懂，自由潇洒，灵活多变，节奏感强，韵律鲜明流畅。但艺术构思不够，手法较为单调，有些诗句显得直露，有些议论过多，诗意较为平淡，显得较为粗糙。

——周作秋等:《壮族文学发展史》，广西人民出版社，2007，第1258页

| 创作评论 |

她的诗都是感情十分兴奋时随手写成的，她对于技巧不甚注意。然而韵节天然，令人读之，朗朗上口。并且命意抒情，都是站在时代的前头。

——徐敬五:《平澜诗集·序》，原载《平澜的诗》，三管图书局，1935

平澜的诗，产生于中国社会剧烈变动的三十年代。它继承了五四以来新诗反帝反封建的战斗传统和现实主义精神，真实地反映诗人苦斗的历程，反映现实人生与社会生活，充满民主革命思想，具有鲜明时代特色。

曾平澜是位具有深沉细腻风格的作家，她的诗歌感情细腻，自然真挚，有浓郁的抒情色彩。诗人说："诗是心的声音。"她的诗是内心的自然流露，不矫揉造作，不说假话，既有诗意，又有诗情，以情感人。

——吴立德:《壮族女作家曾平澜和她的诗歌创作》，《广西民族学院学报（哲学社会科学版）》1986年第2期

在曾平澜的诗作中，没有刻意的民族的自我认同感，体现出30年代普遍的政治关怀和政治价值取向。但人物的民族性格、文化心理和壮族人热情、坚强的品质，

民风民情在曾平澜的诗歌中有自然的流露，如《村人》，就具有较为浓郁的壮族民歌风味，并有着朴素的人生哲理。曾平澜的诗歌创作历程，展示了一位壮族女性觉醒而成长为革命者的过程。她的革命经历使她对社会人生的认识有了自觉的高度，她的民族身份和性别意识，融会在诗歌中。

　　——黄晓娟：《女性的天空——现当代壮族女性文学研究》，《民族文学研究》
　　2007年第5期

女 人

曾平澜

怎么女人只是做男子温情的绿酒，
只会把芳琴细奏？
女人虽不要做社会的中心，
也要把整个的人生想透！

不要把女性特有的美，
去赚取生活的奢靡；
光为着你的貌美，
不过是偶尔的玩戏。

盛春能有几多时，
鲜花能经几阵风吹？
女人的貌美，

作品信息

原载《平澜的诗》，三管图书局1935年出版。

正如春花之易憔悴。

到了秋深零落，
过去的青春之美，
何堪追忆！
那时你将怎样自慰？

一九二九年，于东京

| 作品点评 |

革命战争的洗礼使曾平澜的视野极为开阔。她不仅是一位有才华的壮族女诗人，也是20世纪30年代初期广西妇女运动的先驱者之一。她以高昂的主体意识开始了对女性命运和社会问题的探索与思考，追求女性的社会价值，追求妇女解放的思想很大程度反映在她的诗歌当中。她的代表作《女人》中，尽管诗歌的境界不是特别宏大，但诗人用文字真实地表达了自己对世界的看法和态度，出自自觉的女性意识，实实在在地传达出追求女性独立的思想，讲述着女人在战争中成长的经历。

——黄晓娟：《女性的天空——现当代壮族女性文学研究》，《民族文学研究》2007年第5期

重遇何香凝

曾平澜

忆昔日在革命怒潮中见她，
她曾赶逐着怒潮前去，
为着沉迷不悟的妇女，
为着不平社会的组织。

曾有几多日子，
她呼唤的响应，
已成空中昙影。
她满腔的悲愤，
使得她热泪漓淋。

今日在病榻着见她，
她那慈和的颜容，

作品信息

原载《平澜的诗》，三管图书局 1935年出版。

犹不异昔日；

精灵的目光

犹能将我认识。

将近十年的别离，

山川仍旧，

人事已非；

几多朋友已成鬼，

几多朋友做了炮灰！

她说到此流下了感慨的热泪。

而今，她是病体支离，

犹不愿把责任放弃。

她说，她始终为社会，

不管能力是否细微。

更问我，前途如何，

我说，我已踏进那黑暗的路程，

不管是平坦或是险峨，

我还要前进，

前面必定有光明。

一九三四年夏，于白马湖

| 作品点评 |

在《重遇何香凝》中，诗人并没有刻意地去渲染政治以展现何香凝的形象，而是在战争的场景中刻画女性的成长："忆昔日在革命怒潮中见她，她曾赶逐着怒潮前去，为着沉迷不悟的妇女，为着不平社会的组织。"诗人以女人的命运来对女性在战争中的命运予以真实的写照，从而将特定历史时段女性的生存状态凸现出来，是战争改写了女性的生活，也是战争成就了女性的生命，女性在动荡流转的战争年代，自觉、不自觉地参与了对历史的塑造，充分地领受社会和人生的风雨的冲洗，在追求平民大众的解放中实现着女性自我独特的生命价值。

  ——黄晓娟：《女性的天空——现当代壮族女性文学研究》，《民族文学研究》

  2007年第5期

在黑夜里

曾平澜

时针的行进声，

黑夜里，

分外听得她机构的均匀。

人心中的不平，

无限的愤恨难忍！

在这黑沉沉的社会里，

是不是谁都有不平的愤恨？

我这时热血热腾，

志切牺牲。

不可思议的人们，

在叫什么"天下为公"

作品信息

原载《平澜的诗》，三管图书局1935年出版。

"爱情纯真"。

你不见许多剥削欺骗的事情，

你不见千千万万的苦人，

在那里咒骂声声？

你不见富者餐费千金，

贫者因饥饿丧命！

你不见许多别墅，

长满了苔痕，

却有人在寒夜里露宿，

霜雪覆身！

饱食终日的人们，

在追寻什么"爱情神圣"。

不去把社会的底蕴看清；

爱恋失败，

便要自杀、癫狂、消沉。

要有真正的幸福与平等，

只有大家去奋斗牺牲。

不然啊，

许你是甜蜜的爱情，

恐怕只是霎时的幻影。

一九三一年，于东京旧舍

她在上海写的诗，已经从个人小圈子中摆脱出来，由写个人转向写社会，或通过个人的感受来反映现实斗争，这是诗人创作道路上的重大变化。《在黑夜里》，诗人用对比手法，形象地表现了两种截然不同的生活，两种根本不同的命运，揭露了旧中国贫富悬殊的社会实质。读这首诗，不由使我们想起了杜甫"朱门酒肉臭，路有冻死骨"的诗句。它表明女诗人在继承我国现实主义诗歌优良传统，运用现实主义创作方法反映我国现代社会现实生活方面迈出了可喜的一步。

——吴立德：《壮族女作家曾平澜和她的诗歌创作》，《广西民族学院学报（哲学社会科学版）》1986年第2期

到上海去

曾平澜

黄华从村的那边，走到这边，

目光闪闪，

每一间屋檐，

每一家门前，

竹根，

树颠，

他都细细地观看。

这时村上，

已经昏暗；

池塘里的蛤蟆，

似在饥饿地叫喊；

无力的犬吠声

作品信息

原载《平澜的诗》，三管图书局1935年出版。

没有强烈的回响；

只有山上的瀑布，

在黑暗夜里奔流潺潺。

他为着饥肠的噪嚷，

在黑暗里摸索张皇，

踮着脚尖，

前去和鼠儿分赃；

然而所碰着的，

只是干干的锅，

轻轻的罐，

厨里灶边，

哪里得些残羹剩饭！

碗盆亮亮地响，

是鼠儿们在饥饿奔忙。

他空着手走出了这家，

又到那家去看，

谁知道，

依然是干的锅，

轻轻的罐，

得不到一些残羹剩饭。

他挂着一副饥饿的脸色，

在崎岖的村道上逡巡，

摸一摸他的全身，

只有口袋里的灰尘。

秋风从树梢吹来，

凉气透侵他的心怀，

他想起春、夏种植的辛劳，

怎么到秋来，

忍看饥饿，

在黑夜里徘徊？

更想到来日的苦悲：

秋风过雪花飞，

满地冰块，

炉里无灰，

那时村里，

卖力无处，

乌鸦都向别处飞。

他曾听得有个快活的地方——上海，

是个千有万有的都市，

各国的工厂林立；

山样大的工厂里，

需要多量的劳力。

他想入非非，

忍着饥饿来到上海。

他闪闪的目光，

跟着那辉煌的电灯旋转。

他那颗空虚的心儿，

飞上空中高悬；

他那沉重的脚步，

顿时变了异样，

那马路上的种种怪物，

吓得他淌下大汗。

繁华的上海，

依然医不好他的饥肠：

他去找寻那收买劳力的工厂，

只见一条条乌龙般烟囱，

和那森严的几气铁栏。

虽无狂吠的犬，

却有巡捕的棒，

使他畏惧彷徨。

他几次向铁栅里张望，

想向谁诉说他的衷肠；

然而那无情的棒，

不许他稍站；

把他当作瘪三（即流氓），

远远地逐赶。

他张皇恐慌，

揩揩面上的汗，

看着自己的影子，

不觉起了狐疑：

"难道我在人类里，

有什么差异？"

但是他也曾看到：

这里那里，

也有一群群的人，

一样地徘徊踌躇。

他仍忍着饥饿，

穿过那花花街市。

渐渐地，

路上行人已稀，

灯光已昏迷，

正是夜深时。

他两眼瞪着天，

叹一口气：

"唉，这么大的都市里，

那么多的洋房子，

与我有什么关系？"

他看见许多好吃的东西，

堆在店子里，

他望着，

涎沫只向肚里滴。

这一切遭遇，

使他绝望空虚。

他不知道，

他的力气，

他的身体，

将送到哪里去！

一九三四年于上海

| 作品点评 |

　　《到上海去》是一首长篇叙事抒情诗。诗中抒写一个叫黄华的农民，从破产的农村到上海找工作的经过。他"挂着一副饥饿的脸色"，在农村找不到一点残羹剩饭，他去上海找收买劳动力的外国人办的工厂，结果是被巡捕"那无情的棒，不许他稍站；把他当作瘪三（即流氓），远远地逐赶"，繁华的上海，工厂林立，依然医不好穷人的饥肠，毫无穷人立足之地。这就尽情地暴露了国民党反动统治下大都市社会的黑暗，揭露了帝国主义者、殖民主义者的凶恶面目。

　　——吴立德：《壮族女作家曾平澜和她的诗歌创作》，《广西民族学院学报（哲学社会科学版）》1986年第2期

在共同路上

曾平澜

为着这共同的使命
在那黑森森的夜时，
踏着顽沙，
向着光明的路途前进。
前进，前进，
手携着手，
心印着心，
去完成我们共同的使命。

我这时只有狂热的心情，
忘却了我内心的悲愤。
无端传来紧迫的消息，
说是有人了解我很深；

作品信息
原载《平澜的诗》，三管图书局1935年出版。

我这冷漠的心灵，

一时波起了几度喜惊。

依了多方的证明，

都说他是有人类的特性，

说他的胸襟是何等光明，

可是我心坎里只是布满了黑影。

须臾已各处一境，

纵有许多温情，

也只是在梦里追寻，

书信又何曾诉说得清。

| 作品点评 |

　　《在共同路上》一首，极其委婉曲折地描写了抒情主人公的恋爱心理。当她在革命斗争中证实有人暗中"了解我很深"时，不由"一时波起了几度的喜惊"。然而她很快就觉得这萌生的爱情蒙上了阴影，她意识到斗争的任务尚未完成，革命者应当把革命利益放在第一位，当革命需要时，必须约束自己的爱情。可以两人为了执行"共同的使命"匆匆分手了，但人非草木，革命者也有情欲，刚刚萌生的爱情始终摆脱不了，使她产生了无限的思念和痛苦。

　　——吴立德：《壮族女作家曾平澜和她的诗歌创作》，《广西民族学院学报（哲学　　社会科学版）》1986年第2期

京沪车上

曾平澜

今夜里既不翻风，

又不落雨，

然而天空中降下了层层的大雾，

迷住去路，

前面的山河模糊。

那大力的车儿，

却未曾被浓雾迷，

依旧放出如雷的吼声，

冲破那黑沉沉的夜雾。

这时我望不见前路，

看不见山河的面目，

作品信息

原载《平澜的诗》，三管图书局1935年出版。

心里竟这样想道：
今夜这意外的大雾，
莫不是将导我走入迷途？

没有听到鸡鸣声，
也没有闻到古寺的钟声；
但昨夜的迷雾，
已不知消失在何处。
只见那旋转的山林，
挂着微笑的光辉；
红血般的初旭，
映着地面上的露珠。

忽然车儿停住，
车肚里吐出大大小小的人物。
我身已倦极，
望望四处，
景色似曾相识，
但心里总觉有些生疏！
想象竟成了事实，
晤面时的无限惨苦，
向谁去诉！

一九三三年九月一日

| 作品点评 |

《京沪车上》一诗，据说是写上海民权保障同盟的同志前去营救被捕关押在南京国民党监狱的廖承志等革命志士的情景的。诗的前半部，描写火车飞奔的气势。夜雾尽管浓密，但始终挡不住那大力的车儿，它依旧放出如雷的吼声，冲破那黑沉沉的夜雾，终于冲出了雾围，"车肚里吐出大大小小的人物"。借大力的车的冲劲，象征上海革命同志团结一致，冲破国民党反动派白色恐怖和种种阻力而深入虎穴，营救战友的大无畏精神。诗末用写实手法，描绘了与被捕同志见面的惨象："想象竟成了事实，晤面时的无限惨苦，向谁去诉！"，"无限惨苦"四字，如实地记录了革命战友身遭反动派摧残的惨状，用事实控诉了国民党反动当局迫害革命志士的法西斯暴行。"向谁去诉"四字，凝聚了诗人对反动迫害的无比愤怒。

  ——吴立德：《壮族女作家曾平澜和她的诗歌创作》，《广西民族学院学报（哲学

   社会科学版）》1986年第2期

不能忘却的一日

曾平澜

这久别的面晤，
总感到生疏与隔膜，
你问我如何不发一语。
我那忍住的泪珠滚滚地下落。

你切切地，
要我把你过去的鲁莽饶恕，
像个等待宣布无罪的囚徒。
听了你许多由衷的自诉，
我已成了个不战的俘虏。

为要你尝到一点打击的痛苦，
我深深地矜持着，

作品信息

原载《平澜的诗》，三管图书局1935年出版。

未曾把真情流露，

这是我有意的报复。

可是你不等我开口，

已如战胜的勇士，

唱着凯旋的歌。

你说，永远忘不了我，

你说，今后能性情改过。

我们才热心地重新把手握着，

开始计划我们今后的生活；

要如何去开辟我们的去路，

要如何找寻我们的快乐。

晨光几何，

日已当午，

你匆匆地别去了。

要说的话还多着。

只为尊重你的任务，

未曾留你多坐；

临行嘱我晚饭莫要过迟，

五点钟重来不稍差误。

我望着你那健康的后影，

消失在那巷口的转角；

你那英勇的大步，

宛如要将这黑暗的世界踏破。

为着你的嘱咐，
我乐意地准备着你嗜好的食物，
"五点钟重来不销差错。"
但这时啊，
可怕的黑暗已布满全屋。

已是万籁俱寂的深夜，
已是众声嘈杂的上午，
一刻一刻地期待着，
怎的，没有你重来的脚步！

从黄昏以达旦，
我看守着那巷口的转角，
来来往往的人们，
我数过了的何止百十个。
疑心你在那里避躲，
有意使我空焦灼。
听得你有不利的遭遇时，
便如千刀在我心上刺戳。
更想—那残酷的到幕，
我已无泪可落。

我曾经对你说过：
个人的浮沉原不算什么。

我要追寻着你的去处；

我不能忘却，

我们走过的街头和桥河。

这么创痛的一日，

使我如何能忘却，

我疯狂地叫唤着，

我要找寻着你的下落。

一九三三年八月十八日，于上海

| 作品点评 |

　　《不能忘却的一日》《暗淡的月夜》也是描写革命者爱情生活的诗篇。前者写一对革命的恋人久别晤面，刚刚享受短暂的情蜜，却又匆匆别去。而这一去竟成了生离死别。爱人在白色恐怖中遇难了，留给她的是没日没夜的期待。但她是革命者，理智使她克制了情感，她没有在痛苦中倒下去，而是化悲痛为力量，更加坚强地挺起身来。

　　——吴立德：《壮族女作家曾平澜和她的诗歌创作》，广西民族学院学报（哲学

　　社会科学版）1986年第2期

逃

曾平澜

逃逃，一逃，再逃！
不怕那深山里虎啸狼嚎；
像只脱笼的鸟，
飞也飞得高。

逃逃，　逃，再逃！
不怕你光闪闪的刺刀，
不怕你手上的盒子炮，
不羡慕你什么富贵英豪。

逃逃，一逃，再逃！
要逃出那迷人的圈套，
要逃出那重重的围包，

作品信息

原载《平澜的诗》，三管图书局1935年出版。

永远不再回头瞧。

逃逃，一逃，再逃！
踏断这礼教的镣铐，
向着那自由之路奔跑。
不管去路是荆棘或远遥。

一九二九年，于香港

| 作品点评 |

　　"逃逃，一逃，再逃！踏断这礼教的镣铐，向着那自由之路奔跑，不管去路是荆棘或远遥。"这种类似于"莎菲"式女性的觉醒，表达了冲出家庭桎梏的决绝。曾平澜的诗歌创作，承续着五四女性诗歌当中对自由和自我解放的呼唤，表露了革命时代中女性风云激荡的情怀。女性的命运在战争的烟火中开始了漂流，也在战争中走向了成熟。

　　——黄晓娟:《女性的天空——当代壮族女性文学研究》,《民族文学研究》2007
　　年第5期

失业的人们

曾平澜

乌鸦尚在巢里温存，
有钱的人家都深深地闭了重门；
北风阵阵，
雨雪迷人。

无衣食的失业人们，
风雨里把生活找寻；
腹中饥饿，
敌不住那寒气的凌侵。

战战兢兢，
脚步不稳，
更兼衣衫单薄，

作品信息
原载《平澜的诗》，三管图书局1935年出版。

滚滚的心血都将停顿。

辗转于穷途，

又听得家中儿女啼哭，

饥寒交迫，

委实哀苦。

这是社会组织的糊涂，

并非懒惰不把事做；

工厂闭户，

处处都说工作无。

| 作品点评 |

《在黑夜里》《到上海去》《失业的人们》真实地反映了 20 世纪 30 年代中国人民悲惨的命运和黑暗的社会现实，带有鲜明的革命与政治的激情。女性细腻的心理描写与战争的惊心动魄的背景形成鲜明的对比，显现了战争中女性生命的柔情与坚韧。这些诗作由内心世界对外在世界的感受转向对外在世界的描绘，传达出诗人强烈的社会责任感和风格的多样性。

——黄晓娟：《女性的天空——现当代壮族女性文学研究》，《民族文学研究》

2007 年第 5 期

朝鲜妇

胡明树

像白帆船般的古老的

你的鞋儿，

像浪伞般的翩翩的

你的黑裙，

像孩子般的简陋的

你的衫儿。

短薄的简陋的你那衫儿，它——

敌不过迎面的冷气，

它——

作者简介

胡明树（1914—1977），男，广西桂平人。1934年到东京政法大学学习文学。在日本留学期间开始诗歌创作。抗战爆发后即回国，先后在上海、广州、桂林等地从事写作，积极参加抗日文化活动。1939年至1944年间，在桂林先后创办编辑《诗月刊》和《诗》杂志。1946年至1949年在香港从事写作，并参加民主运动。解放后先后担任广西文联副主席、广西政协委员。

作品信息

原载《前奏》1936年第1期。

刻画出了你那鹅蛋的圆圆的肚子

它——

卫护着你的怀里的

未来的新世纪的婴儿。

在怀里，你抚摸着他

在怀里，你唱着歌给他听

在怀里，你把你的奶给他吃。

眼角的皱纹

刻上了你那主涯的痕迹，

阴翳的眼海

浮上了你那生活的痛苦。

你流落在异乡

不发归还的梦

已是几个年头了啊？

你那眼角的褶纹

却留下忍辱与奋斗的痕，

你那阴翳的眼海

却深藏着希望的光。

在着忍辱中

在着奋斗中

你抚养着未来的婴儿；

在着奋斗中

在着希望中

你抚养着未来的

新世纪的战士!

一九三五年岁末

| 创作评论 |

明树诗的内容，概而言之，分为两类：一为描写抗战生活，如《一针，二针……》《再建》《春》等。一为描写农村生活，如从《草原上》节选的几首诗歌。

明树诗风，清新纯朴，淡雅标致。

明树诗善用民歌，这与明树的儿童文学，有同样的特色。例如《田间的歌声》就是活用了民歌。

在文集（《胡明树作品选》——编者注）中写得最深厚的诗，要算《难民船》。这是明树同志从上海坐难民船回香港、广州的亲身体会。

——林焕平：《胡明树作品选·序》，漓江出版社，1985，第13页

他（胡明树）是一位"多面手作家"，举凡小说、诗歌、散文、译文均有不俗表现，尤其擅长儿童文学，是中国较早创作人量儿童文学作品的作家之一。

胡明树1939年出版过诗集《朝鲜妇》，到桂林后，他写的诗作，大多收入1940年版的《难民船》中。他的诗作，反映了强烈的抗战意识。《再建》记了下敌机轰炸带来的"灾难"和"仇恨"；《一针，二针》从学生军女同志为战士缝补军衣的普通举动，写出了中国人民"缝补着 / 破碎的山河"的坚韧战斗精神；《夜急行》则渲染了急促紧张的战斗气氛；《母·子》《利市》等儿童诗，也在轻快、带着稚气味的人物对话中，反映人民的抗战心愿。他的长诗《难民船》，可以说是写得最出色的一首。这首诗记载了诗人从上海坐难民船回香港、广州的一段亲身经历。诗人笔下的"苦难的船只"，浓缩了我们国土所遭受的苦难。诗作最后以献身者的葬仪和新生儿的降临结束全诗，象征着一代战斗者的献身将换来新中国的诞生。诗作记载的

是一次真实的海路历程，但以抒情笔调写出，感情悲怆而不低沉，描写真实而不浅显。《难民船》在思想和艺术方面都显出了充实深厚的较高水平。

　　　　——李建平:《抗战时期桂林的诗歌创作》,《广西社会科学》1988年第2期

　　胡明树一生追求进步，向往光明，不满于黑暗的旧中国，他呼喊着"走我的夜路／不停步地走着走着／去迎接我从未迎接过的／然而却是久欲迎接的黎明"（《夜路》）。又唱道"我／右手撑伞／左手提灯／弯着腰／照寻我的进路"（《寻路者》）。哪怕是顶风冒雨，黑夜，泥泞，也不停步，继续前进。这是一种追求，一种奋发进取的革命激情。"我明白自己所走的路线／不是天堂／是向远方"（《铁路上的步旅》）。他也意识到，要改变现状，实现理想就要进行战斗。他终于从呐喊走向实在的战斗，参加中国共产党所领导的东江游击队，用实际行动推翻了旧中国这个黑暗的"古宅"，迎来了黎明的曙光、祖国的解放。

　　　　——魏华龄、李建平主编《桂林文史资料》第42辑《抗战时期文化名人在桂林》，漓江出版社，2000，第537页

　　"若干年前的我／他侨居在异邦／以一支多彩的笔／绘出了一幅苦斗着的'朝鲜妇'／又沉思地录下一幅／健康的风俗画'五月的龙舟'／后来终于经由了'难民船'／回到了祖国／于是又尽情地歌唱于／'绿色的地平线上'"……这是诗人与1941年出版的诗集《若干人集》中一首题为《检讨的镜子》的诗句，如实地描述了他青年时代的历程。

　　诗人对人们对人类是怀着深深的爱的，一心唱着对于"人类的情歌"。他写了许多诗歌，也创作了不少小说和童话及其他作品，据我所看到的有关资料表明，他出版的诗集有《朝鲜妇》《难民船》《原上草》《若干人集》《甘薯皮》，长篇童话有《小黑子失牛记》《小黑子流浪记》《海滩上的装甲车》，散文集《良心的存在》，短篇小说集《失意的洋服》，中篇小说《江文青的口袋》《初恨》，童话集《大钳蟹》和儿童诗集《微薄的礼物》等等。1948年开明书店出版的《闻一多全集》卷四所附

闻一多亲选的《现代诗钞》，共选郭沫若等66位诗人的作品，其中有胡明树的5首。1979年上海教育出版社出版，北京大学中文系和北京师范大学中文系共同主编的中国现代文学史参考资料《新诗选》，也选入胡明树的诗8首。此外，他还翻译介绍了不少的外国文学作品，出版有《海涅政治诗集》和日本童话《三只红蛋》等。

——韦其麟：《忆念胡明树先生》,《广西文史》2007年第4期

五月的龙舟

胡明树

在异乡

在依稀的梦里

我想起了

我的故乡的

五月的龙舟——

锣鼓咚咚的响声中

英勇的农民

哈啦哈啦地——欢呼着

坐着五月的龙舟

摇着划一的活泼的桨

急激地往前

在彼岸

插着飘飘的五月旗帜

作品信息

原载《文学丛报》1936 年第 4 期。

爆竹连千的响声中

英勇的农民

哈啦哈拉地——欢呼着

摇着划一的活泼的桨

勇往直前呀

向彼岸——

飘飘发展的大旗处

争取那先锋的大旗哟

兄弟

兄弟造更大的龙舟哟

孩子们也要参加

五月的龙舟的

站在岸根的孩子们

盼望着岁月的增加

因为他们希望——

要如英勇的农民般

摇着划一的活泼的桨

坐着五月的龙舟

急激地往前

向彼岸

飘飘的大旗处

今天

是五月

在异乡

在依稀的梦里

使我想起了

我的故乡的

五月的龙舟……

造更大的龙舟呀

兄弟让全人类都参加这

五月的龙舟吧

摇着桨

急激地往前

向彼岸

一九三六年五月

| 文学史评论 |

身处异国的诗人，从缅怀故乡五月龙舟竞渡，联想到祖国的儿女热盼能加入争取那"飘飘的胜利的五月的大旗"的行列，联想丰富自然，而对龙舟竞赛的生龙活虎场面的描绘，也颇能表现出中华儿女勇往直前的斗争精神，充满着自信与力量。不足之处是语言锤炼不够，失之粗疏，给人顺手拈来之嫌，影响了主题思想的表现。

——蔡定国、杨益群、李建平：《桂林抗战文学史》，广西教育出版社，1994，

第528页

夜　路

林焕平

天空像个幽黑的灶孔，

周遭飞洒着浓厚的霞雾；

凉风沁过你的心肺，

群鬼在你面前啸呼。

然而，你不能不赶

你的夜路！

尖刀般的石片

割裂你的脚跟

作者简介

　　林焕平（1911—2000），广东新宁（今台山）人。1930年参加左联。1933年赴日本留学，任左联东京支盟书记，1937年后历任广州美专、广东国民大学香港分校、广西大学、大夏大学教授，香港南方学院院长，广西师范大学教授、中文系主任，外国语言文学研究所名誉所长，广西文联名誉主席，中国作协广西分会名誉主席，美国传记研究所名誉顾问。出版有《林焕平作品选》、《林焕平文集》（十卷）、《林焕平诗选》、《林焕平译文集》（五卷）、《林焕平编选著作集》（五卷）等著作。

作品信息

　　原载《诗歌生活》1936年第1期。

丛密的荆棘

刺伤你的肌肤；

峻岭隐现在你面前，

断崖踏在你的脚下，

然而，你不能有

丝毫的后顾！

猛虎在你右边咆哮，

凶狼在你左边怒吼，

野狗唉着你的屁股，

毒蛇咬着你的脚尖，

然而，你不能有

半分的怯懦！

你穿牢你的衣物，

防御无情的风雾，

你壮起你的雄心，

压下群鬼的恫吓；

你握紧你的铁棒，

准备群兽的猛袭：

你挥舞你的刺刀，

抗拒荆棘的进攻！

迈着壮步

赶你的前路！

不久有那么一颗星，

一轮月，或是太阳

——光明的出现！

　　你才做

　　胜利的欢呼！

| 创作评论 |

　　林焕平先生是20世纪中国著名的左联作家、文艺理论家、批评家、报人、教育家、社会活动家，在历经乱世与坎坷中能取得著作等身、诸多文化领域颇有建树的巨大成就，与他高贵的精神品质和强大的生命活力密切相关：坚定的马克思主义信仰赋予他战胜各种人生困难险境的生命硬度；多重社会角色的自觉担当赋予他生命的饱满与丰富度。这种宝贵的精神品质与丰盈的生命活力对当下中国知识分子实现自己的人生与社会价值、建设文化强国具有积极的启示意义。

　　　　——吴成年：《独秀南国的林焕平先生》，《茅盾研究》第13辑

　　在抗日战争艰难困苦的生活条件下，在"皖南事变"后白色恐怖日渐加剧的环境中，林焕平坚持了一个革命知识分子的节操。他从许多正直、坚强、进步的知识分子身上，汲取精神力量。一次，他到何香凝先生处拜访这位革命长者。何先生因爱子廖承志被国民党特务逮捕而大骂蒋介石，林焕平深受激励。在林焕平的请求下，何先生亲笔画蜡梅一帧赠予。梅花傲寒，也就成了林焕平的榜样。不久后他作诗一首："人海的险恶有如／暴风中的汪洋／一副笑脸包着／满肚阴险／自负得天般高／把私益看如泰山。对疏于奉承的人／无端猜忌与攻讦／绊倒了朋友／当自己的垫脚石／到现在还玩当时／诬鲁迅的把戏／但朋友／迷蒙大海中必有无数同行者／只须踏着正确的航线奋进呵／事实这公平的证人／它会证明谁最坚贞。"发表于《诗创作》。从中极为清楚地看出林焕平当时的思想立场。

　　　　——魏华龄、李建平主编《桂林文史资料》第42辑《抗战时期文化名人在桂林》，漓江出版社，2000，第480页

　　林焕平先生不仅是"左联"作家及其抗战文艺作家和理论家，其著作《抗战文艺评论集》是抗战文艺的经典之作，为抗战文艺研究留下宝贵资料，而且他的鲁迅研究、茅盾研究及其现代文学史研究成果蔚为大观，成为现代文学史研究大家。

　　——李建平：《学术精神弘扬和学科传统继承——林焕平百年诞辰纪念会及其学术思想与学科建设研讨会综述》，《广西师范大学学报》2012年第2期

　　诗歌贵在真诚，或许会认为林焕平的诗歌"诗味不浓"，但不可否认的是，这是那个特殊的时代所赋予的历史印记。他的诗贴合生活，朴拙易懂，扑面而来的是一股火辣辣的革命气息，像一团燃烧的火焰，点燃那些麻木的心灵。无需过多的言辞修饰，情感自然喷涌而出，燃起民众的抗日热情。这是一个作家，一个学者在面对鲜血淋漓的惨状时采取的奋昂的态度，是对现实深切的关怀。面对内忧外患的现状，他的文字像是黑暗里激亮的号角，给人以振奋，为当时的中国注入新鲜、汹涌的血液。

　　——阮弦：《来自现实主义的思考——林焕平文学创作特点研究》，《长春教育学院学报》2013年第8期

无花的梦

周钢鸣

炽热的风啊

吹遍了原野

荒林

吹开了绿色的海

红艳的繁花

也吹来了我红色的梦

红色的梦在烽火里飞来

作者简介

周钢鸣（1909—1981），广西罗城人，青少年时代就开始接触五四时期的进步文学作品，接受反帝反封建的民主思想影响，后来随军参加了北伐战争。1932年在上海参加中国左翼作家联盟和左翼戏剧家联盟。1934年4月加入中国共产党，在党的直接领导下从事左翼文艺运动。由他作词的著名的革命歌曲《救亡进行曲》激励着千百万爱国青年走上抗日前线。抗战时期，他担任《救亡日报》记者，桂林《人世间》副主编，广州《国民（半月刊）》主编，中华全国文艺界抗敌协会桂林、香港、昆明分会常务理事。新中国成立后，历任华南文联副主任，广西省文化局局长，广东省文联、中国作协广东分会副主席。是第五届全国政协委员。著有歌词《救亡进行曲》，论文集《论文艺改造》《怎样写报告文学》。

作品信息

原载《文艺旬刊》1938年第1卷第2期。

没有忧郁和叹息

只有嘹亮的歌声

闪烁的微笑

和那璀璨的眼睛

有如蓝色海洋上翱翔的海燕

有如碧空里飞闪的流星

我望着，我望着

这红色的梦

燃烧着

我的眼，我的血，我的心

我的搏斗的感情

红色的生命

火在血管里飞腾

我看见

那一双勇敢的眼睛

两只翱翔的海燕

没有惧怯和哀愁

她向着战斗

向着自由

使我想起了

古罗马城头的月亮

威尼斯街头的流水

埃及的金字塔上

雅典古神庙门前

西班牙的血火

莫斯科的红场

高加索的欢歌

歌萨克的狂舞

祖国的大地

在一切美和战斗的旋风里

看见你在这旋风里燃烧

你　歌唱　高呼　微笑

在美和战斗的旋风里翱翔

五月的夜

有如银钩的上弦月亮

闪烁的星光

但没有夜莺的婉转

蔷薇的芳香

只有火和血

憎恨和热爱

虽然射击还未终止

且让我在血泊中来歌唱！

但我的歌喉哑了

唱不出我憧憬的歌声

我的声音嘶了

喊不出我心头千万句呼声

但我要在

原野　高山　海洋　荆棘

战壕

火海中跳跃

以战斗的热爱向红色的梦里飞腾

没有蔷薇

没有眼泪

只有战斗的剑和血

一颗向自由的心

请听我的歌声

这是为祖国解放流血的日子

我们的青春爱情，是在战斗里

我要用

狂风般的臂膀来拥抱你

太阳的光热来照耀你

火山的烈焰来燃烧你

海涛的呼啸来歌颂你

倘使我的血能凝结成一朵杜鹃花

我要将它插在你的胸头

红色的梦啊

飞腾罢

飞向原野

飞向海洋

飞向一切屈辱和苦难

飞向血火和战斗

向着光明自由的王国飞腾

钢鸣同志几乎是比我大一辈的人，当我刚刚跨进社会的时候，他已经做了许多工作了。当我还是个小青年的时候，就学唱过他在"一二·九"学生运动前为之写了歌词的《救亡进行曲》，这首歌在抗战初期曾经风靡一时。因此，当我初次和他见面的时候，很感亲切。那时他三十岁还不够，潇洒倜傥，风度翩翩，除写作外，还从事歌咏和戏剧运动，是一个社会活动家。此后，周钢鸣同志的一生，进行多方面的社会活动，始终是他的工作的一个重要组成部分。

一九四四年初，西南第一届戏剧展览会在桂林举行，以田汉同志为首，组织了一个"十人批评团"，对当时演出的每一部戏剧都进行了评论。记得参加的有周钢鸣、洪道、骆宾基、秦似等，我也应邀参加了。那时候，我们几乎每周都要聚会一两次，详细讨论每一部剧本的创作和演出，轮流执笔，公开加以批评。钢鸣同志是文学批评家，他的见解，总是十分中肯，是那时我们这个十人团的中坚人物。从那次以后，我终于认识到他对文艺上许多问题都是颇有见地的。

——秦牧：《秦牧全集》第三卷散文（增订版），广东教育出版社，2007，第78页

伟大的伤痕

刘雯卿

这是铁打的一群，

他们为了民族的生存，

曾到炮火下去拼命，

有的眼睛失明，

有的四肢受损，

但他们仍有一颗健全的心。

伸手去抚摸他们的创痕，

有一种伟大的力量，

作者简介

　　刘雯卿（1911—1986），女，湖北公安人，早年毕业于上海大学，后任湖北公安县民众教育馆馆长、苏门答腊中华中学教员、湖南《妇女日报》副刊编辑。抗战前夕，任广西南宁初中教员、南宁《民国日报》副刊编辑。抗战爆发后，任桂林广西大学文法学院女生指导员，随广西学生军开赴前线，并应国际新闻社之约采写了长篇通讯《广西学生军在广西》，惊动国内外。以后又参加战地服务团，奔赴昆仑关前线。在战斗中，写下了一首首战斗诗篇。

作品信息

　　原载《克敌周刊》1938年第29期。

弹动着我的神经；

创口的鲜血还未流尽，

在碎骨烂肉上的仇恨，

已栽种得蒂固根深！

他们口里描写阵地的情形：

子弹如雨，枪炮如林，

空中布满了火药气味与灰尘；

将士都伏在战壕里与泥土亲吻，

冲锋时又如万马奔腾，

竟使敌人胆破心惊！

战地被炸弹掘满了深井，

铁血发出极悲惨的哀鸣；

在一阵大混战之后，

便俘虏了许多敌人，

他们叩头痛哭，

恳求饶那无耻的性命。

个个都把牙根咬得紧紧，

恨不得把它们活吃生吞，

我们的长官偏偏不准，

反而那样优待它们；

发给它们一些香烟与点心，

羞愧的泪水浸湿了它们的衣襟。

伤兵述说当时的情景，

心中尤有深切的痛恨；

皱紧眉头，按着创伤呻吟，

这边最高级的军事将领，

如慈母似的去殷殷慰问，

他们心头的怒火才慢慢平静。

一个双目不见的伤兵，

他们心眼却非常光明，

他□样对受伤的同伴说：

你们还有一对能观察事物的眼睛，

不应该看敌人在中国任意横行，

赶快医好了创伤再去出征！

一九三八年九月十四日，于桂女中

| 创作评论 |

刘雯卿当时30岁左右，是一位活跃于桂林文化城诗坛的女诗人。她常有诗作发表，例如：1938年《克敌周刊》29期，发表过她的《伟大的伤痕》；1943年《广西妇女》3卷7期发表了她的《生命艺术》；1944年《少年之友》3卷6期刊载了她的《少年迎新年》等等。从其作品看，刘雯卿是铁骨铮铮的女诗人，而不是见花落泪、对月伤怀、卿卿我我的柔情女诗人。

——赵平：《章亚若在桂林》，《文史春秋》1995年第2期

和严杰人同时深入到昆仑关战场的女诗人刘雯卿，也有《血战昆仑关》《高峰坳之战》和《浴在血泊中的小战士》等差强人意的"直接描写前线描写战争"的悲

壮激烈场面、讴歌爱国战士大无畏英雄气概的诗篇。此外，就很难见到这方面的抗战诗歌了。

——黄泽佩:《不该忘记的革命诗人严杰人》,《文艺理论与批评》2003年第5期

女诗人刘雯卿抗战前夕在中学任教，并当报纸副刊编辑。全面抗战爆发后，投笔从戎，随广西学生军开赴前线，并应国际新闻社之约采写长篇报告文学《广西学生军在广西》；后参加战地服务团赴昆仑关火线，《高峰坳之战》等即表现昆仑关战役的战斗场面，其作品气势磅礴。刘雯卿在《战地诗歌·自序》中说："这多是在战地撷取的一些新鲜的、热腾腾的资料，有时见到战士们的血，正从伤口冲喷，有时听见大炮声还在震动耳膜，我就把它记录下来了。因为我的热情和战士的热血，是同源的奔流，即流出我的生命：集成《战地诗歌》一册。"

——张中良:《民族国家概念与民国文学》,花城出版社,2014

银色战场

刘雯卿

我们的战旗在寒风中飘扬，
无数的珍珠洒在战士的头上，
他们咬紧牙齿握紧长枪；
勇敢地冲过敌人的战壕，
又越过了几处阵垒山岗。

倭奴的尸体狼藉地排在地上，
四周的空气如弦上箭似的紧张，
天空洒下白土渐渐把僵尸埋葬，
这悲惨黑暗的大地，变成了银色的战场。

战场上发出了民族生命的曙光，
大家忍着饥寒尽最后的力量，

作品信息

原载《全面战》1938 年第 21 期。

披风踏雪努力地冲上前去，
把敌人的头颅拿来堵塞长江，
使那可耻的敌舰无法横行嚣张。

猛烈的炮火在不停地交响，
英勇的热血冲破了战士的胸膛，
如美丽的鲜花吐出浓郁的芬芳，
这新中国的国花
正在银色的战地开放。

血　祭

——黄花岗纪念献辞

林焕平

黄花岗——

七十二烈士的血

在我国几千年来腐烂了的

专制政治废墟上

培育了民主自由的花苞。

黄花岗——

七十二烈士的血终于

冲毁了封建的异族统治，

民主自由的花苞

结成了独立的中华民国了。

作品信息

原载《狂潮》1938年第1卷第6期。

中华民国，它是
二十七岁的青年了——
七十二烈士的血
没有白流，不，在中国
历史上缀上辉耀的光芒啊。

可是，这位青年——
中华民国是先天不足；
异族的专制统治
不又是在半壁河山
建立起来了吗？

四万万五千万的神明华胄——
七十二烈士的后死者，
正在用血去冲洗
辽阔而绵长的黄河！

七十二烈士！
你们的血淹没了
满清的血将淹没了
大和的侵略群魔！

不是江南草长的时候了吗？
这是我们的血给
你们浩气长存的英灵报告的
春之消息啊！

一九三八年三月廿四日，广州

斗争的五月

林焕平

前奏曲

中国!
五月在你的身上
特别的红。
那是先觉者用血涂成的。
"五一"的解放还差得远,
侵略的强盗就用
二十一条
绑在你的颈上。
"五四"得挣脱了
要加上你脚上的镣铐,
并推你走上了

作品信息
原载《华侨战线》1938年第1卷第5—6期。

德赛二先生的进步道路;

但是一切侵略的强盗

是要你做它们的奴隶;

虽然有革命政府的成立

五卅的血不又是

阻止你的前进吗?

固然,你是有种的,

革命精神引导着你

不屈不挠地前进。

国民革命的雄师

要直捣幽燕了,

日寇的侵略血手

又涂抹了济南城头!

这以后,

九·一八,一·二八,

热河,长城,绥远……

你翻开了一串

沉痛又悲壮的史页。

现在,岂唯是东北华北?

京沪之间,济南城头,

还飘扬着血腥的太阳旗!

你背起一面有史以来

最耻辱的历史,

它要你明耻奋起,

用台儿庄歼敌的勇威

争取鲁南二次大会战的

新胜利。

让运河黄河的血流泛滥

淹灭了济南城头的敌旗，

让温曙的春风招展起

长白山顶的青天白日国徽，

辉映着那必将升起的

富士山上的新旗帜吧。

救亡进行曲（歌词）

周钢鸣

工农兵学商，

一齐来救亡。

拿起我们的铁锤刀枪，

走出工厂田庄课堂。

到前线去吧，

走上民族解放的战场！

脚步合着脚步，

臂膀扣着臂膀，

我们的队伍是广大强壮。

全世界被压迫兄弟的斗争，

作品信息

此诗作于1935年"一二·九"运动前夕，由孙慎作曲，抗战前后流行全国。原载《战歌（绍兴）》1939年第1期。后选入雍桂良主编《中国爱国诗词大词典》，时代文艺出版社1991年12月出版、解放军红叶诗社选编《抗日烽火诗词选萃》，解放军文艺出版社2007年7月出版。

是朝着一个方向。

千万人的声音高呼着反抗，

千万人的歌声为革命斗争而歌唱。

我们要建设大众的国防，

大家起来武装。

打倒汉奸走狗，

枪口朝外向！

要收复失地，

打倒日本帝国主义，

把旧世界的强盗杀光！

| 作品点评 |

周钢鸣作为一名左翼文艺战士，早在1935年，便满怀激情地创作了《救亡进行曲》，他大声疾呼："工农兵学商 / 一齐来救亡 / 拿起我们的铁锤、刀枪 / 走出工厂、田庄、课堂 / 到前线去吧 / 走上民族解放的战场。"这首歌从城市到农村，从内地到边疆，人们都在高声歌唱。它点燃了人们心头爱国主义的火光。

周钢鸣说："用歌曲来表达我们救亡的呼声，是目前新音乐运动的唯一任务。而一般所要求于音乐的，亦是救亡抗敌的战斗歌曲。"他号召音乐工作者向中国新音乐运动的奠基人聂耳学习，用音乐去充分表现"大众反帝抗日的战斗呼声，把大众引导到广大的斗争场面中去"。他还指出："抗日救亡运动是我们一切政治、经济、文化的总汇"，一切的文化都不能脱离这个抗日救亡的"总汇"。作为文化形态的文学艺术更不能离开这个"总汇"。应该自觉地投入这个总汇之中，与人民大众一道为挽救祖国的危亡、民族的生存而努力奋斗。

——丘振声：《抗日时期周钢鸣在文艺理论上的建树》，《广西社会科学》1996年第2期周钢鸣刀枪之鸣的力作是由他作词、音乐家孙慎谱曲的《救亡进行曲》，这首歌与田汉词、聂耳曲的《义勇军进行曲》同创作于1935年，同时风靡全国，同为红色音乐的经典之作。请听"工农兵学商，一齐来救亡，拿起我们的铁锤刀枪，走出工厂田间课堂！到前线去吧，走上民族解放的战壕！"它是时代的呼声，战斗的号角，感召着千百万炎黄子孙慷慨悲歌奔战场，舍身不恤求解放。

　　——戈英：《铁骑突出刀枪鸣——〈救亡进行曲〉歌词作者周钢鸣扫描》，《广西党史》2005年第3期

　　"那时候，我大约二十五六岁，已经成为光荣的共产党员了。在工作中接近了广大的人民，特别是工人群众，时时刻刻为他们迫切要求抗日救亡的情绪所激动、所鼓舞，心中热血沸腾，心头好像有那么一首歌呼之欲出。于是，我禁不住拿起笔把它写出来：'工农商学兵，一齐来救亡。'"这是《救亡进行曲》词作者周钢鸣弥留之际写下的话。那一年，全国抗日运动风起云涌，周钢鸣就目睹了各阶层组织的运动，心潮澎湃之时写下了这首歌。

　　——柴逸扉：《嘹亮抗战歌声背后的故事》，《人民日报海外版》2015年08月14日第7版

　　钢鸣除了从事左翼文学活动之外，他也用很大一部分精力来从事救亡歌咏运动。从1935年起他开始写歌词。他主张歌词要口语化，"大众的歌要用大众的语言来写，使大众一听就明白"。他的歌词如《救亡进行曲》《射击手之歌》等，确实具有这一特点，同时在思想性和艺术性上又都达到一定的高度，可以说做到了用浅显的语言表达了深刻的思想内容。

　　为了团结更多的歌词和歌曲作者创作救亡歌曲，周钢鸣积极参加有着统一战线性质的"词曲作者联谊会"的活动。词曲作者联谊会每月碰头一次，各自带着自己创作的歌词或曲子到会上朗读和试唱，然后由大家发表感想和意见，供作者参考。

方式极为自由，既增进了相互间的理解也促进了歌曲创作的发展。钢鸣和我合写的《救亡进行曲》也拿到了联谊会上听取意见。钢鸣创作这首歌词的意图是为了适应群众游行时歌唱的需要。他把这首歌词交给我这个作曲起步不久的人作曲，大概是觉得我和他一起都投身于当时轰轰烈烈的救亡运动之中，都参加了历次的群众大游行，对群众强烈的抗日救亡要求有深刻和切身的感受。事实确是这样，我不但身处群众之中，而且本身就是群众的一员。因此，我把这种群众的高昂情绪融入他的这首歌词中，通过音乐迸发出来了。《救亡进行曲》在联谊会试唱后，得到吕骥的肯定，并且认真地把一些词曲结合得不好的地方进行了修改。还将曲子的最后一段加以反复，使高潮的气势进一步加强，整个歌曲显然因此得到完善和提高。这首歌曲在业余合唱团演唱后，吕骥又把它编入沙千里、徐步主编的《生活知识》月刊的"国防音乐"的特辑之中，《救亡进行曲》后来在全国广泛传唱开来，成为群众喜爱的一首歌曲。这是钢鸣和我事先所没有想到的。当然，这也是和吕骥同志的热心帮助分不开的。

——人民音乐出版社编《孙慎曲文集》（下），人民音乐出版社，2015，第70页

四月的早上

陈迩冬

四月的手上

只有鸟雀啁啾

它是安闲的

有如一片池水

城北的老妇是习惯于早起的

习惯于查看天色

作者简介

陈迩冬（1913—1990）著名学者，诗人，古典文学评论家。广西桂林人。1937年大学毕业后投身抗日救亡运动，1938年参加中华全国文艺界抗敌协会，先后任该会桂林分会理事、重庆分会理事和监事，同时在桂林和重庆的中学和专科学校任教。曾任《战时艺术》《拾叶》《风雨》等刊物主编，《桂林日报》、桂林《力报》、重庆《新民报》副刊编辑，与人创办《诗创作》。20世纪30年代开始发表作品，抗日战争期间出版历史剧本《战台湾》、传记文学《李秀成传》、叙事诗《黑旗》等。1947年起任广西艺术专科学校教授兼广西省立艺术馆主任，出版短篇小说集《九纹龙》。中华人民共和国成立后任山西大学中文系教授，1954年调入人民文学出版社任古典文学编审。高级编辑。出版《苏轼词选》《韩愈诗选》《宋词纵谈》及普及读物《苏东坡诗词选》等。

作品信息

原载《顶点》1939年第1卷第1期。

用安闲的言语

说"夜晚下雨日里晴

晒得柴干米又平"

唪，等一会你便否定四月的早上是安闲的

卡车以最奔忙的声音掠过

驮马以最奔忙的声音掠过

流亡人以最奔忙的声音掠过

不曾浪亡的人也以最奔忙的声音掠过

给四月的早上以彩色的渲染

城北的老妇也嚼舌那食盐起价

并嚼舌天晴

四月的人群

担心于晴天的警报与空袭

用最不安闲的言语和面色

奔忙于不安闲的早上

再等一会你将惊骇

四月的早上是无比的紧张啊

送报人以最奔忙的手脚

贴壁报、街画、标语的人以最奔忙的手脚

如同那些最奔忙的声音

掠过那些彩色的人群

于是他们争看着电讯

他们以最不安闲的面色和言语

来惋惜和解释"南昌放弃"

大标题"汪精卫在河内向平沼递降表"

对它是憎恨的面色和憎恨的言语

"台儿庄胜利周年"是强心针

"寇车厌战"和"苏联出兵"也是的

"广东我军全线大捷"

"南战场各线总反攻"

"西江势如破竹"……

使得那带 K 音 M 音的"佃佬"破口笑骂

"日本'契弟'

现在像你食满三斗六

添日你老豆返去睇你嘅死尸"

看的人听的人都附和着笑骂

并非安闲的啊

他们以怨毒的面色和怨毒的言语

在彩色的早上

计算彩色的数目

日本法西斯赌徒啊

你二十一个月来下的孤注已输

而这些人都还要清算

七年

八年

乃至六十年的债务

四月的早上并非安闲的

你已视听了他们的面色和言语

等到四月的早上是安闲时

我们的敌人已成为历史上最羞耻的记载了

如今人群在不安闲的四月的早上

要去索取那未来的四月的早上是安闲的

"夜晚下雨日里晴

晒得柴干米又平"

| 创作评论 |

他（陈迩冬）在文艺创作方面，出版过诗集《最初的失败》、历史剧《战台湾》、传记《李秀成之死》、叙事诗《黑旗》、短篇小说集《九纹龙》等；《猫》《空街》等诗作还为闻一多先生辑入《现代诗选》。

——《陈迩冬先生生平》，《新文学史料》1991年第1期

迩冬青年时代是新诗人，接近"《现代》派"，出版过新诗集《最初的失败》，有《猫》《空街》等篇被闻一多先生选入《现代诗选》。后来，他专力于旧体诗词的写作，造诣甚深，诗是陈三立一路，词是他故乡桂林前辈词人王鹏运、况周颐一路，总之都是宋人的流派。但是，他不仅是善于继承传统。他在南京登台城，望金陵诸山，晴空中有工厂烟囱里放出的浓烟，于是他写出"秋正低徊三尺水，我来平视六朝山，卤烟雄篆写晴天"的名句。他咏延安市景，写出"一塔刺天摇碧落，千山缩脚让延河"的名句。这些，一方面是格律精严的旧体词，另一方面又显然同他当年《现代》派的新诗创作经验有密切关系。在这个意义上，他毕生在诗国里的追求，是一贯的，他自己的新旧体诗词创作和对古典诗词的研究，又是互相滋益的。

——舒芜：《人海波涛共几回——哭诗人陈迩冬》，《新文学史料》1991年第4期

迩冬对生活的感受是敏锐的，对事物的观察是深刻的，可对现实的光明与黑暗，并不作大声疾呼，不事直接谴责，热情内敛，意旨含蓄，尤善于捕捉灵感，抒

发情思，运用丰富的想象，进行奇妙的构思。语言力求精练活脱，句式语调富于变化，具有鲜明的旋律性，因此诗意浓郁，情韵盎然。

  ——林志仪:《论陈迩冬抗战时期的文学创作》,《广西师范大学学报（哲学社会科学版）》1994年第1期

南中国的大雨

韩北屏

瘦拔的绵亘的山巅，

虬结着愁闷的灰云，

风吹不散，

蔓延了，蔓延了，

南中国的原野里，

降下了滂沱大雨。

大雨像有力的手掌

作者简介

　　韩北屏（1914—1970）汉族，江苏扬州人。中共党员。1927年后历任镇江、扬州等地记者、编辑，1934年至1937年在上海创办《菜花》《诗志》等月刊，1937年至1938年在扬州创办《抗敌日报》，任主编。1938年到广西开展抗日宣传工作。先后任《广西日报》编辑、编辑主任，《扫荡报》编辑部主任，后任桂林市文协、记协理事。直至1944年冬前往昆明任《扫荡报》编辑部主任。解放后任中国作家协会广州分会常务理事、副秘书长、副主席。1931年开始发表作品。1954年加入中国作家协会。著有诗集《人民之歌》《江南草》《和平的长城》，小说集《高山大峒》《荆棘的门槛》《没有演完的悲剧》，散文集《史诗时代》《非洲夜会》，报告文学集《桂林的撤退》，长诗《鹰之妻》等。

作品信息

　　原载《文艺阵地》1939年第3卷第3期。

横批过山腰
山腰里的竹篱茅舍——
雷霆万钧的暴力
摇撼着大地。

雨从斗笠上放肆地坠落，
藏身在常青树后，
纯真的山民，
偷窥着行进的部队。

雨敲打着钢盔，
泥泞在脚下飞溅；
青灰的雨衣，
掩盖着辎重化了的身躯，
疾行着，
增援的部队疾行着。

乘马的将校，
计算每一举步的时间，
八百里的徒步，
能不能使增援延误呢？
行进在洪荒的山间，
翻越原始的道路，
参谋人员不能识别了，
十五万分之一的图上材落，
只寻得一丛野树。

粉笔的指路记号，

在湿土上闪光着，

直进的箭头旁边，

出现了"山上有虎"的警告。

戒备了。

先头的尖兵，

和两侧的监视哨。

风雨激荡着林木，

涧流冲刷山坡，

冲刷疾行部队的泥足。

中国的雨季，

二月的南方气候，

大雨无休止地降落着。

在雨中有耕种的人民，

有战斗的兵卒。……

疾行部队宿营时，

晚雨中，哨兵威武的

持枪警戒着。

战争的气息，

已可嗅及了。

| 创作评论 |

  1939年，桂林前线出版社出版了他（韩北屏——编者注）的诗集《人民之歌》。

诗集收诗作二十三首，强烈地反映出诗人的时代责任感和为抗战服务的创作态度。诗作主要反映战争带来的灾难和人民的反抗意志，从深重的灾难和巨大的痛苦的描写中激发人民的抗战情绪，代表作《人民之歌》即是这种严峻诗句中最突出的一首。此外，诗集中还有正面描写战场战斗的叙事诗《袭击者与哨兵》《这一次战斗》等，这些诗作，较好地塑造了人物形象，写出了真实的战斗气氛，给人以刚烈、英武的时代印象。他的一些反映日常生活的小诗，也融进了抗战精神，如《广西腹地》《夏夜之兵舍》等。韩北屏的诗所包容的内容，恰如他在《人民之歌》后记中所说，是抗战中"不能动摇的坚强的战斗意志"。

　　　　——李建平:《抗战时期桂林的诗歌创作》,《广西社会科学》1988年第2期

　　抗战时期，韩北屏在桂林住了6年，在党的领导下积极开展抗日宣传工作，写了大量的文学作品。他写小说，写散文，写文艺通讯，写文艺评论，而写得最多的是诗歌。1939年他在报刊上发表了《南中国的大雨》《病》《嘴脸》《桂林即景》《十二个月的转移》等诗作，并由桂林前线出版社出版了诗集《人民之歌》。

　　他的诗歌创作题材广泛，内容丰富，形式多样，从各个方面反映了当时的社会生活。而诗人最关心的还是当时的民族解放战争现实，所以在他众多的诗作中回响着响亮的抗战旋律。对抗战现实的抒写，他多从侧面落笔，当然也有正面描写。总之，在他的眼里，在山清水秀的文化城里，又增添了热气腾腾的"抗战风景线"。

　　——黄绍清主编《不屈的诗城　愤怒的战歌——抗战时期桂林文化城诗歌荟萃》，中国文史出版社，2015，第1469—1470页

十二个月的转移

韩北屏

十二月，

风雪被野的十二月，

血腥的十二月，

枯槁的江南十二月。

在风雪的怜悯中

望着父亲忧戚的面容，

听着母亲呜咽的嘱咐，

我们开始离别故乡了。

文峰塔的倒影，

划断了运河的急流；

黯黑的城堞，

作品信息

原载《文艺阵地》1939 年第 4 卷第 4 期。

镶在灰云的边缘；
故乡的影子，
因行程更远而更深。

从运河，扬子江，
更从咆哮的淮河，
走过大别山，黄鹤楼，
经南岳而至珠江大河了。

在中原的风沙中，
与淳厚的农友，
围炉温习过血的记忆；
在三春的淮河岸边，
用枪指放过敌军阵地；
大别山的丛林中，
有居民因我们离去，
而挥洒过的眼泪。

在艰辛的征程里，
在狂暴的轰炸中，
在火线上。……
我们以苦斗，
记念故乡的父母友人。

往往，故乡的影子，
于风雨晦明的时候，

却又袭来了。

我们压抑住奔放的情绪，

吞咽了泛滥的眼泪，

有时也低声啜泣了。

我们以苦斗，

记念故乡的父母友人；

故乡的影子，

有时却又袭来了。

又是十二月了！

漫山苍翠的十二月，

血腥的十二月，

西南高地上温暖的十二月。

十二月二十二日，于粤桂交界之掬仔山间

| 作品点评 |

韩北屏的《十二个月的转移》叙写了"我们"于"血腥的十二月"离别故乡的沉重心情。"我们压抑住奔放的情绪／吞咽了泛滥的眼泪。"经过十二个月的转移，即将迎来漫山黄翠的西南十二月的"温暖"。纵观这些书写离别与乡愁的诗歌，不难发现：战争是造成远离故乡的根源！因为有战争，所以有悼亡；因为有战争，所以有离乡；悼亡与离别诗歌的深重格调和深沉情思自然汇入了桂林文化城诗坛"六弦琴"上两根最激越最悲壮的音阶。

——黄绍清主编《不屈的诗城　愤怒的战歌——抗战时期桂林文化城诗歌荟萃》，中国文史出版社，2015 第 1469—1470 页

欢迎呀，新来的五月！

黄药眠

举起我们的双手，

欢迎哟，

新来的五月！

从钱塘江的

欢腾的春水里

从解了冰的

黄河的波浪里。

作者简介

黄药眠（1903-1987），原名黄访、黄恍。广东梅县人。历任上海创造社出版部助理编辑兼暨南大学附中教师，上海华南大学、上海艺术大学教师。1929年党组织派其出国，在莫斯科共产国际工作，1933年回国，任中国共青团中央局宣传部长，1934年被捕，由八路军办事处保释出狱，后到武汉、长沙。1938年冬从长沙逃难到桂林，担任"国新社"总编辑。皖南事变后，撤退到广东，1943年初又回到桂林，直至1944年秋桂林沦陷。黄药眠两度旅居桂林，前后5年时间。他是当时桂林文化城开展抗日宣传活动最活跃、最积极的分子之一。1949年后任北京师范大学教授。1927年开始发表作品。著有诗集《黄花岗上》《英雄颂》，论文集《战斗者的诗人》《论约瑟夫的外套》《沉思集》《迎新集》《批判集》，散文集《黑海——美丽的黑海》，小说集《暗影》《再见》，回忆录《动荡，我所经历的半个世纪》，长诗《悼念》等。

作品信息

原载《壹零集——文艺月刊》1939年第1卷第2期。

我听取了

你的胜利的足昔！

你带来的再也不似从前的

那种沉重的侮辱和悲哀，

那曾使

中华民族的儿女们，

跑路都要低头伛偻。

你给我们喝的，

再也不是

那么苦水一杯，

我们要

一手擎枪，

一手痛饮着

你给我们新酿的，

光荣的葡萄美酒！

中华民族已诞生了

自己的婴儿！

举起我们的双手，

欢迎哟，

新来的五月！

万千的战士们，

正踏着×人的死尸

向着五月的太阳，

前进，前进！

高高的群山

是壮士们的伴侣，

急流的溪水，

是侦察的哨兵！——

让我们雷鸣般的炮火

喷发出

那久已蕴藏心底的

人民的愤恨！

让那奔流的热血

在大地上

悲痛地

书写下他光耀的诗篇！

万千的火炬，

将在五月的夏夜里，

巡行在

扬子江的上游，

千万个人

以同一个心，

同一个步调，

同一个声音，

发出那悲壮的呐喊！

让他们看吧，

沉睡了百年来的

睡狮，

已开始苏醒！

举起我们的双手，

欢迎哟，

新来的五月！

让五月的南风，

去抚慰那

受伤者的伤痕，

让五月的

平原的草花，

去迎吻那

战士们的双脚：

让长白山，阴山，太行山，

在五月的阳光里，

伸一伸腰，

黄河，扬子江，松花江，

再也不去弹那哀愁的调子！

让天上的，

莹莹的星星，

也替我们的

胜利的前途祝福。

夜的后面

正摆着了光明！

举起我们的双手，

欢迎哟，

新来的五月！

| 创作评论 |

我们这次到了广州，毕竟不算空去。因为认识了许多无名的青年作家。只就我个人来说，虽然还是两手空空地折返到上海，但一想到这层，倒真像是发现了宝藏而归，心中感着无限的安慰。黄药眠君也正是能使我们得到安慰的一个人，他的诗，要算据我所知道的广州青年的作品中最有希望的。我这次到上海来，带了许多广州青年朋友的作品，但在这许多的礼物之中，只有黄君的最为丰富。我将陆续地给他选择发表。现在先借这里郑重地介绍这位诗人，并望黄君继续努力。

——王独清：《〈晚风〉编者按》，《洪水》1927年第3卷第32期

作为药老最大的特色的，应该说是诗人。他率直、敏感、质朴、诚恳，联想丰富，感情洋溢，对于足以令人"一咏三叹"的事情总是萦回于心，不能自已，有一种"春蚕到死丝方尽，蜡炬成灰泪始干"那样一种气质。

——秦牧：《谈黄药眠的两部长诗》，《当代文坛报》1988年第1期

黄药眠以"五一""五四""五卅"等伟大历史事件为题材的长诗《五月歌》等，唱出了洪亮的反帝战歌，蒸腾着民族正气和爱国热情，反映出日益高涨的全民族反帝情绪。

——龙泉鸣：《中国新诗流变论》，人民文学出版社，1999

黄药眠是创造社后期重要的诗人和诗论家。黄的早期诗作，既有独特的风格和很高的艺术价值，又体现了创造社不同时期的文学特征，因而在创造社文学倾向发展历程上有重要意义。在艺术特征上，黄诗突出表现了浪漫主义的生命创造、理想追求和个性表现等特征，但黄诗的浪漫主义既不像郭沫若那样雄强自信，也不像郁达夫那样一味的悲观感伤，而是一种在理想与个性带动下的既有飞扬的遐想，又常在现实生活的挤压下迸发出铿锵强音的兼具感伤与感奋之意的浪漫主义。因而黄药眠的早期诗作在我国现代文学的浪漫主义流派中独具特色和价值。

——黄大地：《黄药眠创造社时期的诗歌创作——纪念黄药眠诞辰100周年》，
《北京师范大学学报》2004年第5期

对于做一名诗人，黄药眠先生自己实际上是怀有近乎神圣的憧憬的。你看他

那样热烈地推崇诗人闻一多先生："他没有个人的利害打算，他没有在政治上获取高位的野心，他只是站在人民大众的一面为大众说话。大众之所恨的，他就恨；大众之所爱的，他就爱。他率直坦白和光明磊落，他呼吸着时代的气息。因此他的行动是诗，他的狮子般吼的演说是诗，他在危险中悠然地独来独往的神态是诗。他的火一样的言辞能够使人愤慨，使人憎恨，使人悲泣，使人爱慕。他给予受伤者以安慰，给失望者以鼓励，给战斗者以教导，给悲怯者以责难，给自私者以打击，给无告者以同情。正因为他不自私，所以他才能受到千万人的爱戴；正因为他不要地位，所以他才受到最高的推崇；正因为他具诗人的气质，所以他才能以人格的号召力，吸引着千万人走上光明的道路。"引用这段话难免占用太多篇幅，但由于特别有助于理解先生心目中诗人之崇高形象，值得。这里隐含的逻辑是清晰的：人一旦具备"诗人的气质"，就自然会有"人格的号召力"，也就可以吸引"千万人"自觉地奔向"光明的道路"。就从这些滚烫的语句中，不难看到他内心对诗人形象的几乎毫无保留的崇高礼赞。他不禁还热切地喊道："闻一多先生死了，但是他的诗没有死，他的崇高的诗人的灵魂没有死！"真是掷地有声！"崇高的诗人的灵魂"之说，难道不正代表他对诗人的倾心礼赞？"一个诗人，如果能够在千万人的悲叹中、景仰中死去，那正是诗人的光荣，也是祖国的光荣！"更是流露出他对诗人的高度"景仰"，当然也应当间接地传达了他的自我期许吧？

  ——王一川：《革命的浪漫诗人文论家——黄药眠先生诞辰110周年纪念》，《艺术评论》2013年第12期

野 火

黄药眠

喂，去，我们去收集一些柴草，

喂，去，我们去收拾一些煤炭，

我们不要关门的房子里的围炉，

我们要来一个大伙儿的集合！

同志，你不要看不起这火柴枝的小小光芒，

它要烧破这茫茫的夜的大海！

看罢，它已经在狂暴的北风里，

开始吐露出它的鲜红的火舌！

野火已经炽腾，

于是大家都绕着野火团坐，

有的在沉思，

作品信息
原载《军事杂志（南京）》1939年第112期。

有的在叹，

有的在跳舞，

有的在唱着战歌。

不管黑暗在包裹着我们，

不管野犬在向我们吠，

但我们不知道悲哀，

也不知道忧愁，

我们愉快得像一团火！

我们热烈得像一团火！

让火光来灼红了我们的脸孔，

让火光来灼热了我们的心胸，

让火光来燃亮了我们的眸子，

我们起来舞蹈罢，同志们，

我们起来歌唱罢，同志们，

我们伸出我们粗野的手，

向黑暗的太空高呼着反抗罢，同志们。

啊，这火就是我们集体的灵魂！

今天，我们一道在这儿燃烧，

明儿我们都散到四方去，

就如同从这里迸裂出去的火星。

到处去散布着火种，

到处去散布着光明。

烧呀，烧遍了原野，

烧呀，烧遍了山峦，

烧呀，烧遍了大地，

烧呀，烧遍了一切民族的耻辱和肮脏。

啊！我们永远就像这一团熊熊的火！

我们永远就像这一团熊熊的火！

1940年代

春

胡明树

坐在森林里　坐在竹叶尖上　春　滚进了静静的大河

不住地歌　不住地舞　云雀　从半空飞过

春光下　田圃里　阳炎　燃烧在远远的地平线上

连日的春雨后　轻轻举起了头儿　春笋　窥望着斜坡

抚动着朝含笑晚含羞的牡丹　春风　吹着少女的红颊

喝着异乡的水　说着异乡的话　异乡人　唱着异乡的歌

像长眠般　静静地睡着　春蚕　在做着暖暖的春梦

刚走完了远远的征途　春燕　又在修筑着旧窝

在拱桥下做着春游　鲦鱼　也没有忘记春宵的价值

用尽了生平的气力　迫逐着异性　野鸭　卷起了静水湖的清波

一心一意地装饰着春景　绿叶　在大自然的画幅里涂上了浓浓的春色

在竹林里　两匹雄鸡　在战场上　两个民族　正在动着干戈

大自然的春正旺　人类的春只来了半边

作品信息

原载《诗》1940 年新 1 第 1 期。

剩下的半边　还得用血的炼补　才能完成为整个

春加春加春是三春　半边春加半边春是全春

设若薄情郎　再加薄情女　情更薄

梅林中的葬礼

胡明树

岭北的梅尚未蓓蕾，

而岭南的梅已经盛开。

梅林是深长的

一条深长的路

配着一道深长的梅花洞——

像一个由梅花构成的隧道。

在洞口，站立着一位青色的哨兵

——梅林的守卫者呵！

青色的帽子，

青色的衣服，

青色之间的赭色的面孔与拳头，

作品信息

原载《诗》1940年新1卷第3期。

赭色的拳握中的黑色的枪杆。

在梅林附近
一场血战开始了。
一群青色的人从梅花的隧道冲出
向敌人夹击——
于是铁与铁相撞，肉与肉相搏
像雷鸣，像闪电
像暴风雨的吹打……
是刀枪光闪，是血肉横飞
是空气的爆裂
是受伤的呻吟
是临终的绝叫……
是战争与战争的暂时休息
一群青色的人
扛着一个青色的殉道者的尸身
进了梅花的隧道。

风起了
梅花纷飞着——像岭北的下雪，
一片、一片地飘下来——像未亡人的下泪
落在路上
落在死者的尸身上，
鱼鳞般一片、一片地叠着
完全把死者盖过了，
梅花的泪凝结了

为他构成了一座墓——

梅花墓呵！

战争又开始了，

临走时

战友们回过头来

对墓中人行了个敬礼说：

朋友

你安息吧！

权把我们的誓言

作为你的墓碑铭呵——

我们誓于当晚

猎获"牺牲"回来奠祭你

为你举行明天的朝祭……

｜文学史评论｜

《梅林中的葬礼》一诗，最为出色。诗中写战士们同敌人浴血奋战，气势磅礴，场面激烈。写为牺牲的战士举行葬礼，不是笼罩在悲哀的氛围里，而是把哀思寄托在梅花上，把一片片纷飞的梅花比喻为一滴滴的热泪。这种拟人化的手法，比之直接描写葬礼更能收到特殊的艺术效果。战士的英灵，将宛若这傲霜寒梅，不屈不挠，永留人间。

——蔡定国、杨益群、李建平：《桂林抗战文学史》，广西教育出版社，1994，

第530页

三月的水田

阳太阳

三月的水田是丰富的；

张开了堤口，

让春水流进来；

由这一块，

到那一块。

三月的水田是明朗的；

看得见水底的泥土，

还有——

作者简介

　　阳太阳（1909—2009），广西桂林人。1924年考入桂林省立第二师范。1929年考入上海美专。1937年转到上海艺专西画科学习，1931年毕业。1932年入上海世界书局当编辑，同年加入了"决澜社"。1935年东渡日本留学，考入东京日本大学艺术研究科。1937年因"七·七"事变爆发回国，先后担任国防艺术社绘画组组长、桂林战时文艺工作者联谊会理事、《诗创作》主编。抗战期间，他创作美术作品、撰写美术评论，还创作了许多质量较高的诗作，在当时桂林文化城的诗坛有较大影响。

作品信息

　　原载《诗》1940年新1卷第3期。

青色的天空，

一朵一朵的云，

白色的，

灰色的。

三月的水田是快乐的；

水面划着圈子，

泥鳅在踊跃着；

那困苦的——

曾蜷伏在泥土里的生物呀！

以他们的力赞颂着欢欣的生命

三月的水田是歌咏的池子；

青蛙抬起了头，

而且吐出了——

对于那温暖感激的歌唱！

是亲切的声音呀！

在寒冬我们就不曾听见。

三月的水田是肥沃的；

而且播散着土地的香味；

三月的水田啊，

打开了平坦的胸脯，

在等着大地的耕耘者

去撒下他们的种子。

一九四〇年三月在新寗

| 创作评论 |

太阳不仅是名画家，且是一个优越的诗人。

——孟超:《从太阳画作谈到初阳的画风》,《衡阳力报》1944年2月27日

阳太阳的诗作带有较浓郁的田园气息，像《三月的水田》《岗上》等，写乡村景致，清新明媚，诗情浓郁。政治抒情诗《消灭纳粹党人》在当时也属较响亮的诗作。

——李建平:《抗战时期桂林的诗歌创作》,《广西社会科学》1988年第2期

在如火如荼的抗战洪流中，每个热血青年都在用他力所能及的方式为抗日救亡而奔走呼号，尽责尽力。在画坛上已初露才华的阳太阳，就是这样的一位典型。他在辛勤耕耘绘画艺术的同时，创作出一首首感人肺腑的抗战诗篇，在最先见于报端的《火》中，他以怒火燃胸的激情，揭露那些"从我们身上抽出血液的贪婪的家伙……纵下的火"，它"以那惊人的红焰"，"燃烧在大地上，燃烧着祖国的城市、田野、山林……"召唤"受苦难的人们"不要"哀愁与哭泣"，"紧紧拿着枪杆"，"要斗争! 斗争啊!"

——蔡定国:《抗战时期的阳太阳教授》,《社会科学家》1994年第4期

岗　上

阳太阳

我站在高原上

高原是给浓密的杉树林围绕着的

风

簸动着树林的顶子

然后吹送到田野里去

岗下是一片坦平的水田

这一处

那一处

农民在耕耘着

插着秧子

走在田堤上的

农妇提着饭篮

朝向那边呼叱耕牛的声音

作品信息

原载《诗》1940年新2卷第2期。

云影移动在田里

阳光从这一个山冈

爬到那一个山冈

白鹭飞过绿色的草原

穿进对岗青色的林子

听着杜鹃的歌声

如是

我高吭起来

曲子是打回老家去

一九四〇年，湘南

| 作品点评 |

　　《岗上》是一首典型的抒情诗，诗人站在岗上，俯瞰岗下，映入眼帘的是一片静美的田园风光："农民在耕耘着／插着秧子／走在田堤上的／农妇提着饭篮／朝向那边呼叱耕牛的声音……"面对这如诗如画的田园风光，触景生情，想到祖国大好河山已大半沦丧，情不自禁地从心底发出呐喊——打回老家去！

　　　　——蔡定国：《抗战时期的阳太阳教授》，《社会科学家》1994年第4期

旱　海

胡明树

许是连历史家

也无法考知的年代吧

你——

是一片汪洋的大海呵

而独秀峰

只不过是海底的

一暗礁罢了

大虾与硕蟹

漫游其间

许是旱了九年吧

许是空神战胜了海神吧

海水尽变为盐

作品信息

原载《诗》1940年新2卷第1期。

大虾变鹤

硕蟹变鹰

由独秀峰上飞过

许是下了九年的淫雨吧

许是群山吸取了九年的露泽吧

草木因之而荣华

而群山所吸剩的余泽

趋流向低地

就汇合成了这漓江

于是两岸

就迁来了

饮水而果腹的人们

而歌颂与嘲笑

也在两岸萌起了嫩苗

许是经过了九年的战争吧

许是经过了九年的动乱吧

许是经过了九年的商议和九年的经营吧

一座坚固的城墙建立起

卫护着独秀峰

和独秀峰四周的人们

又是九年战争与动乱

又是九年的经营与破坏

又是九年的受辱与挣扎

又是九年的苦难与流亡

于是这古城也就变成了

苦难同胞的缤纷离合地

南方各都市的混合市

因此

这狭隘的城墙被挤破了

拆下它的砖石

建筑着沟通两岸的桥梁

拆去城墙

就没有视线的障碍了

筑了桥梁

于我也大有益处：

诗的思路

也再不会为两岸所打断

我更将穿上九年流浪的破靴

阔步而过

高亢而歌

莫嘲笑我的姿态吧

我的姿态也会嘲笑你的

我曾数次地投向你

但你却数次地把我抛开

你是爱的吝啬者

你是旱海呀

但是

我的爱你还胜过我的憎你

当你不再吝啬你的爱

当你把嘲笑沉到了海底

使它跟着漓江东去

我将重回你的怀里——

听那独秀峰上

赞美歌的播唱

苹 果

陈迩冬

从书本里知道它

被比作好看的面颊

也从图画里得见

红黄的，红黄的容颜

我还不曾真的看过

摸过和吃过苹果

因为我是乡下人

我是山国里的人

我是贱农的儿子

而自放逐于城市

连自己的土地和土地上的东西

都是生疏的啊，更何况苹果

作品信息

原载《诗》1940年新2卷第1期。

我不曾真的看过

摸过和吃过苹果

我并不引为羞耻

如同你们不曾看过

摸过和吃过芋苗

你们倒以此骄傲

妻是海边的女儿

苹果于她是熟悉的

"皮像李子那么脆

肉像枣子，不好吃"

她又说种苹果的人

最少有苹果吃的

这我懂，我们乡下

种田人也不得吃米

在书本和图画里

苹果只对少数人诱惑

我们是属于多数的啊

"我们要米吃，不要苹果"

抚河标语

陈迩冬

抚河流下□江，流下西江，流下
海抚河是中国的，江是中国的，
海也是中国的。

当溯流而上，你看船夫拉纤
过三百六十滩
你心悸于滩的险恶，滩的崛强你
能说它是静静的抚河么
当敌人入寇，你看广西动员
一千三百万人
人的河，人的江，人的海
比抚河更流得远
流向东战场，流向北战场，流向

作品信息

原载《中国诗坛（广州）》1940年新第4期。

南战场你能说它是静静的抚河么

抚河是习于斗争而惯听峰鼓的我

说"峰鼓"你便知由来已久革命

的传统原不自金田村洪杨起义始

斗争的故事却远在有"峰鼓"以

前的若干岁月

斗争的故事更远在有"岁月"以

的前宇宙洪荒

斗争的故事譬如就说抚河行船便

是人与天争的战果，再说

河名"抚"这来历你当不觉突兀

字面上已标识着人与人争的胜负

天人之间跨过了人与兽争

跨过了世纪连着世纪

如今又是　度人与兽争

我们是和平、正义、文明

他们是和平正义文明的敌人

他们以太阳图腾自榜为"神明的子孙"

他们要逆流江河，倒拖时代

他们是社会进化学校里最坏的学生

他们失掉了地理课本

他们的历史试卷得〇分

如今他们打西江

抚河和我们的后方

敌人的兵从东南来

抚河的水流往东去南

抚河的水流下战场

我们的迎击跟着抚河流水的方向

凡抚河的水流到哪里

我们便要打到哪里

"一切河流皆归于海"

一切敌人皆灭亡于海……

那时抚河的清流洗去了一切污秽

那时抚河被开辟了深大的河床那

时抚河也有水电厂，有浴场那时

抚河也有轮船来往

那时抚河两岸有繁华的市场

那时抚河两岸有摩天的楼窗

那时抚河的名字

将熟习地被人们记得

永远地被人们记得

光荣地被人们记得

如同地壳上的第一条密士失笔如

同塞纳，如同莱因如同伏尔加如

同黄河，如同长江……

辉耀在世界的地图上

辉耀在世界的史页上

那时抚河更非静静的

如同你的脚步，我的标语

白马田

阳太阳

这里是白马田。

白马田，
好美的声音！
白马田，
好美的土地！
白马田，
好美的农民！

白马田，
白马田的乡人在耕种着，
用他们五月的粗粒的汗水。
白马田，

作品信息

原载《诗》1940年新2卷第1期。

白马田工作着我们乡村工作队的一群，

用我们五月滚热的心。

日里，

我们在白马田的墙壁上

描绘血红的图画，

写沉痛的语句；

而且——

我们也插着秧子，

和乡人一起在田里。

夜晚，

我们在白马田的古庙里，

出演悲壮的戏剧，

高唱反抗的歌声；

同时——

我们更以深沉的话语，

诉说被侵害者的不幸！

白马田，

白马田的农民向我们笑了！

白马田，

我将永远记着你的名字！

一九四〇年五月，湘南白马田

在《白马田》这首诗中，诗人以炽热的感情，赞美白马田的声音、土地和农民，在白马田这个地方从大戈壁遥远的山乡吹来一股"暴厉的风"，它"把载着黄金梦的旅船推翻了 / 把沙漠的骆驼商队埋掩了 / 把山谷里的坚硬的树木 / 连根也拔出泥土外了"，这股"暴厉的风"，可谓威力无穷，它不仅吹进诗人的心田里，也"吹向沉郁的人群"，"吹向斗争的祖国的草原"；这股"暴厉的风"，它来自北方，象征着共产党领导的抗日民主力量。从这里可以清楚地看到，诗人的政治倾向是十分鲜明的（诗人早在1926年便加入中国共产主义青年团）。

——蔡定国：《抗战时期的阳太阳教授》，《社会科学家》1994年第4期

野外早操

艾　芜

笼罩着，

清新的晨光，

大地高兴地，

挺着胸膛，

让战士的足板，

一步一步，

沉重地踏上。

顽钝的石山，

也不甘寂寞了，

作者简介

　　艾芜（1904—1992），1932 年加入中国左翼作家联盟，开始发表小说。在上海期间，出版有短篇小说集《南国之夜》《南行记》《山中牧歌》《夜景》和中篇小说《春天》《芭蕉谷》以及散文集《漂泊杂记》等。　抗日战争爆发后，任中华全国文艺界抗敌协会桂林分会理事。1944 年由桂林逃难到重庆，写完著名长篇小说《故乡》，编辑抗敌协会重庆分会会刊《半月文艺》。1949 年后，艾芜任重庆市文化局长、中国作家协会理事、全国文联委员。

作品信息

　　原载《中国诗坛（广州）》1940 年新第 4 期。

凝神静气地站在两旁，

用它的回声，

一声声，

响应着战士的歌唱。

| 创作评论 |

我读过艾芜的《南行记》，这是一部满有将来的书。我最喜欢《松岭上》那篇中的一句名言："同情和助力是应该放在年青的一代人身上的。"这句话深切地打动了我，使我始终不能忘记。这和"历史小"这个理论恰恰相为表里。

——郭沫若:《痈》,《光明》半月刊1936年第1卷第2期

艾芜在桂林住了五年多，有四年住在乡下。他从未游览过"甲天下"的桂林山水，一直专心埋头写作。他在桂林时期撰写的作品，结集的有散文集《杂草集》,文学评论集《文学手册》,短篇小说集《秋收》《冬夜》《荒地》《爱》,并开始撰写长篇小说《故乡》和《山野》。《故乡》是在重庆南温泉乡下的白鹤林完成的;《山野》是在胜利以后的1947年住在上海南汇县鲁家汇时完成的。

——范泉:《记艾芜——一个苦了一辈子、写了一辈子的作家》,《新文学史料》
1995年第4期

艾芜说自己是"吃五四运动的奶长大的"。是的，他从创作伊始就得到鲁迅、郭沫若的亲切关怀、热情指导，影响延至终生。从三十年代开始创作，到九十年代逝世，整整六十多年，始终勇敢地拿起手中的笔，创作了《南行记》《百炼成钢》等一系列风格独特、脍炙人口的作品，深受国内外读者喜爱。

——《纪念艾芜逝世二十四周年特辑：编者的话》,《郭沫若学刊》2016年第
4期

憩夜市

韩北屏

天上的星在雾气中闪烁，

来自四方的尘土，

也使地上的烁火迷蒙……

驮一身风尘的壮士，

且憩息一下长征的腿脚；

啜一口姜与椒的熟粥，

温一温寒风中的心怀吧。

隔扰攘的炉火，

向主人索取几句慰勉，

不能用语言，

不妨用多情的手势。

记着市场的祝福：

"保重自己的身体，

作品信息

原载《诗》1940年新1卷第1期。

多杀几个敌人！"
壮士们舍着微笑，
鱼贯而行。
南去的圩市中，
尚遗留敌蹄痕迹；
在西方的山林里，
犹闻异国人的哭声

战场之夜

韩北屏

十二月见流萤，
南方的四季，
如孩童之牙牙学语，
天真、含糊只能依稀可辨。

士兵踏着黄昏的晚年，
走向沉酣的战斗，
不用什么灯光，
脚底下自有耀眼的明亮。

我背负一肩行李，
从黑暗中来，
到黑暗中去，
迎接一天战场的黎明。

作品信息

原载《诗》1940年新1卷第3期。

这些诗作，强烈地反映出诗人的时代责任感和为抗战服务的创作态度，描写了真实的战斗气氛，较生动地塑造了抗日战士的形象，给人以鲜明的时代感。刊载在桂林《诗》新1卷第3期的《战场之夜》就是这类短诗的代表作。

——蔡定国、杨益群、李建平：《桂林抗战文学史》，广西教育出版社，1994，第545页

恋　歌

黄药眠

广阔的原野里，野花在自由自在地开，

河边的春草弄着轻风，

小鸟儿在柳树荫里腾跃，

蓝靛似的晴空中流去了一二朵白云。

阿丽，你为什么不说？

难道工作就不需要伴侣，

革命就不需要爱情？

我们有什么理由要禁止鹧鸪在春天啼唤，

采花时候的粉蝶成双？

你虽然说过你不需要恋爱，

你虽然在一切言辞里吐出了骄矜，

可是你嘴边挂着的微笑，

作品信息

原载《中国诗坛（广州）》1940年新第6期。

你演说的时候不慌不忙的姿势，

总是好像一块磁石……

每天夜里我准备了好些言辞，

可是一看见你，我又把它忘了。

不过你如果要问，我有什么资格爱你，

那我就可以告诉你，

"凭着我对于人类的热情；

还有，我很能够瞄准打枪，

两条腿能够跑路，不怕万水千山！"

阿丽，我常常有这样的一个幻想，

我要到黄河旁边去做一个守望者，

全身都沐浴着太阳，

澎湃的黄河就是流在我的脚下。

或者跑出长城走到漠北，

骑着蒙古人的高头大马，

同风一般冲进了敌阵，

敌人都还在酣睡未醒……

这种幻想，虽然高贵的姑娘会觉得可笑，

但阿丽，你不是说这，你也喜欢？……

喂，阿丽，你为什么还是不说？

眼睛老是注视着流水的漩涡……

远方的军号在吹，

我那树下的战马也腾起了双脚悲鸣，

一队队的弟兄在踏着整齐的步伐走过，

那河对岸的村庄也泛起了晚烟。

我爱惜这条静静长河，

因为它留下了我们的影子

可是明天我就得到前方去，

谁也不知道我究竟是什么时候才得回来。

是时候了，我现在必须回去，

是时候了，我们必须别离，

让我们紧紧地握一握手罢，阿丽，

我希望在我出发以前，

你能告诉我，

你究竟接受了我的爱也未曾？

七月献诗

彭燕郊

用我们的勇猛的争战所建造的

用我们的不死的信念所支柱的

凭着亮丽的阳光的寄予

凭着高朗的笑声的启示

七月又来了

我们骄傲我们生为中国人

昂着不屈的头

从七月的灿烂的原野跨行过去

作者简介

　　彭燕郊（1920—2008），福建莆田人。1938年参加新四军，曾在新四军政治部战地服务团和对敌工作部工作。从1939年开始，分别在《七月》《抗敌》《现代文艺》《文化杂志》《诗创作》《抗战文艺》等刊物上发表了许多有影响的抗战作品。1941年至1946年任桂林《力报》副刊编辑，中华全国文艺界抗敌协会桂林分会常务理事，创作部副部长、部长。1946年至1949年任《广西日报》副刊编辑，同时在各地报刊上发表了大量诗歌、散文作品，许多作品广泛流传，受到读者的热烈称赞。1949年至北平参加全国第一次文代会。会后在《光明日报》主持《文学周刊》《民间文艺》等副刊。1950年6月，在湖南大学、湖南师院任教，1979年任湘潭大学中文系教授。

作品信息

　　原载《现代文艺（永安）》1940年第1卷第4期。

我们是欢欣而豪爽

七月

是比所有的佳节都更美好的节日呵

我们有比奔马更骠疾的

直趋向前的身力

我们的不羁的雄心

像鲜明的云霞一般

自如地航行于无极的高空

飞舞着并且唤叫

我们的纯真的企念

恰似那翱翔在大海上的白鸥

对于明日我们的新的土地

我们有最豪奢的期许

最绮美的抱负

我们的路

并没有盛开月下香和茉莉

琵琶和玉笛

也不向我们吹奏

许身给今代的酷烈的斗争

我们固执地坚定

爱斗争给我们的磨难

像赤铁喜悦地让炉火燃烧

为了那最美好的愿望

那比任何幸福都更诱人的

胜利的明天呵

向今天的苦难

咬一下牙根吧，皱一皱鼻子

行近到荣耀的新土的边陲了

面向辉煌的第四年代

我们威武地突进

我们的森严的堡垒

永远耸立于

自由与正义的第一道防线

我们的七月

像一个无敌的巨人

高举着熊熊的火炬

在烛天的金焰的通明的照射里

敞开的新生的

少年中国的远景

在向着我们

招手呵

┃创作评论┃

　　彭燕郊是 40 年代中国诗坛上一位有特色的诗人。他于 1941 年春夏间来到桂林，居住至 1949 年，几乎整个 40 年代，他都是在桂林度过的。可以说，他 40 年代的诗作，大多与桂林有关。彭燕郊在桂林，曾担任文协桂林效会理事、诗歌组组长，出版有诗集《战斗的江南季节》(桂林小平书店 1943 年出版)、《春天——大地的诱惑》(诗创作社 1942 年出版)、《第一次爱》(1945 年出版)。

　　彭燕郊的感受力、想象力丰富，尤其善于从大自然中捕捉诗情。他的笔下，是《雪天》《春雪》《正午》《黄昏》《雨后》《冬日》《岁寒》《河》以及《冒着茫茫的雪呵!》《不眠的夜里》《夜歌》等，这些诗作，大多收入《战斗的江南季节》。诗人在捕捉到的形象面前，以极其自然的语言，开拓出秀美的意境，渲染出抒情的氛围，将自己内心对祖国的深深爱恋和渴望战斗的心愿，化入这一切大自然的勃动图景中。他的抒情长诗《春天——大地的诱惑》尤其集中地体现了他的诗作的这些特色。

——李建平：《抗战时期桂林的诗歌创作》，《广西社会科学》1988年第2期

尽管彭燕郊写了许多目击战争现场的诗歌，但他同样为我们留下了许多超越那个战争年代的作品。《倾斜的原野》《杂木林》这样的长诗，哪怕是今天阅读，仍然让我们感觉到诗人的细腻和敏锐，其中的现代性体验，仿佛是为今天的读者所写。

——黄伟林：《抗战时期旅桂作家创作综论》，《抗战文化研究》2015年

彭燕郊是中国新诗发展史上的重要诗人，他的创作跨越了中国新诗发展的几个重要时期：从抗日战争时期一直延伸至21世纪初。他的创作从整体上体现出内容的博大精深和艺术上的精彩纷呈。他总是在追求不断开拓新的诗歌表现领域，总是在探索新的艺术可能，对中国诗歌传统艺术表现手法的继承、运用也达到了炉火纯青。

——容小明：《泥香的大地——彭燕郊诗歌"大地"意象探析》，《贵州民族大学
　　学报（哲学社会科学版）》2014年6月

"他参与了战争，战争给予他的生命、意志的才能，给予他的嘹亮的歌喉和歌唱的情绪与欲望。于是他成了战争之子"，聂绀弩对彭燕郊的如是评论相当精准和甚有影响。"战争之子"的称誉，彭燕郊也是极其乐为荣膺，从其晚年的回忆性文字所流溢出的感恩和自豪就可见一斑。确乎，彭燕郊的诗歌出征与他旨在抗日救亡，北上投奔新四军在心理历程上是完全同步的。这是历史给予他饶有意味的馈赠。不过，与传统中国的战争文学年代初的"普罗"文学比况起来，彭燕郊的抗战诗歌在思想内容和价值意蕴等方面是有着相当的区分，而表现出鲜明的现代性。

——刘长华：《战争之子——彭燕郊抗战诗歌（1938–1940）的现代性》，《邵阳
　　学院学报（社会科学版）》2016年第5期

岁寒草

彭燕郊

冬青只是在开花

在结着珠网一般的冰花的池边
在堆着白云一般的雪片的河岸
在小鸟的歌声里面
有一株小小的冬青

钢绿的叶子
红宝石的果子
用铁色的枝干
站在那边
孩子似的微笑着
他的生命的力的微笑

作品信息
原载《七月》1940年第6卷第12期。

青翠着

鲜丽着

站在那边

经过了几昼几夜

接连不断的

多少冰霜的鞭挞

多少风雪的侵蚀

多少死亡者的死亡

我以为地上再不会有花朵了

我以为地上再不会有绿的颜色了

我以为地上再不会有鸟雀的歌了

我以为地上

永远永远地

只留下孤人独自的我

悲哀地相思着春天的我了

——可是我错了

冬青只是在开花

只是在开花

呵，冬青

在这缺少鲜花的大地

你是仅有的花朵中间

最美丽的一朵了

两手捧在胸前

我唱起了

一曲久已不唱的歌

我的双眼望着天空

——我在唱着一曲情歌啦

我的爱情的轮子驰转着

决心要用赞美吞没

这花

这叶

这生长着冬青的大地

这鸟雀的翅膀所属的天空

我是再不能有所等待了

就在这儿罢

就在这钢绿的叶上

写下了

我的欢喜中的悲哀

我的在泪与笑中间的

痛苦的挣扎

不眠的夜里

冬天的夜是寒冷的

冬天给予我们怎样的夜呵

——我们必须

趁夜里

走过这一程路呵……

这夜晚

是突出在一切日子前面的

这夜晚

是用战友的血记录下来的

是多么宽大地容受了我们的

永远无休息的好战的狂热

我们的笑

击碎了夜

我们的笑

使夜颤抖了，颤抖了……

夜

是寒冷的呵……

而夜如一支武器被握在我们的手里

万物如夜被使用在我们的手里

我们如万物被混入夜色之中

夜，武器，我们

都带着屏息的笑声

夜显得格外妩媚了

夜显得格外狂热了

诱人的夜呵

耐想的夜呵

——可是，夜是寒冷的……

寒冷呀

风用那顽皮的手

从领口伸进你的项颈

风用那顽皮的手

拉住了你在行走着的双足

寒冷的枭鸟的笑和猫头鹰的哭泣

寒冷的孩子的剪贴似的树列和树列

寒冷的夜游虫的缩瑟的影子

寒冷的残废的茅房和桥梁和市集

寒冷呵——

在这对于我们

像自己的干粮袋一般熟识的土地上

到处都充满了

寒冷的北风所护卫的

冬日的威严

由于寒冷

村庄的房舍蹲下腿来

挤集在一处了

由于寒冷

山坡用有史以来的战争的血

凝结起来了

由于寒冷

冻冰的水田

也把迟钝的月亮的反光

送给没有睡眠的人们

由于寒冷

中国的农夫的犬叫出了

忠实于自己的家的

听起来很温暖很温暖的吠声

由于寒冷呀

桦树摇动着瘫软的身体

疯妇人似的

披头散发

而你被沮丧的"皇军"守卫着的

车站上的灯光

正在像只腐朽的橘子似的

收缩着已经十分昏黄的光圈……

沿着这寒冷的路

渡着这寒冷的河

越着这寒冷的坡

穿着这寒冷的村

傍着这寒冷的田野，

无始无终伸展到海的田野呵

走着

我们这一群

走着

我们这一群

我们必须

趁夜里

走完这一段路呵

温暖在明天

天明了

就有太阳上升

岁　寒

精光的冬天呵

贫困的冬天呵

仅只短短的一度秋风

大地就变得这样苍老了

天空多云而忧

如同我的破旧的军帽

黯淡，铅灰

低垂不动的云块停滞着

哭丧的脸上

一封紧锁的眉峰

寒冷已经抹杀了

青蓝色所给他的美丽和青春

而用一双粗黑的手

恣意地涂上了

一片亘古的悲哀

成队的野鸟

高唱深冬的哀歌

从半空飞渡……

北风咆哮着

凄厉得如同受伤的野兽

伸长握有冰刀的手

像个残忍的妇人

企图杀死自己养育的

尚在襁褓的婴儿

面向万物奔来，

贪馋的冬日

——那北风的情人呵

也饕餮地咀嚼尽了

大地上无数劳动的果实

萧森又复暗蓝了

这森林是多么凋零呵

充盈了升自河面的白雾

林间的阴湿的地下

一步一步都是晦霉的气息

是在腐化着

从秋日就堆积下来的落叶吗

北风吹过精光的枝条

光秃的树干摇曳着

再没有什么可以疏散了

像一个久病初愈的患者

以喑哑的喉咙

凄切地鸣叫着

他的不平的呻吟

失去了绿叶的荫蔽

在鸟的悬空的家屋里

雏鸟可怜地啼啭着

哪里去了呵

他们的母亲

山坡

散落着稀疏的

枯黄的衰草

干剥而又粗糙

像老牛的背脊

在季候的

无情的审判下面

犹如一个驼背的老人

满脸皱纹刻满了罪恶

昔年绚烂的衣衫破碎了

破碎了……

缀满着窘厄的补丁

蜿蜒在落寞的原野

乡路是如没有头颈的死蜿

无力地

躺倒在那边

单身或且结伴的行人

紧缩了头颈

双手交插在袖内

永远不交换一句最低声的话语

在北风里

蹒跚着

趔趄地前进

严寒使土地也冻裂了

在冰柱的晶花中

枣红色的泥土

跳跃着波浪似的闪光

戴雪的远山微笑着

田庄是静静地

披着黎明的霜花……

再也没有一个讨厌的清晨

如同往日那样

充溢了

暴虐的夏季与悒郁的秋天的

迟迟不发的低呼

只有他们

那些可怜的动物

那些属于他人的荫下的昆虫们

是早早地就在

计算着冬眠的日子

早早地

——看不到冬天的

壮美的面影——

就安睡在

他们的绝望的

局促的梦里了

可是你

不疲于飘滴

也不似春雨为滋润而来的

你这助寒的冷雨呀

为了什么呢

总是用着那每一下都是相同的

悒闷的声音

打在地上……

犹如一个无家可归的游民

在反复着又反复着

那含冤的低诉

那吞声的饮泣

呵，冬天

该温暖些了呵

此刻是

当着：黑与白

水与火

过去与未来

人类与禽兽

没落与上升的

斗争

达到最尖锐的瞬间

战火的星花

该把你烧热了呵

同中国的严寒奋斗

看我们忍受着

多大的痛苦呵

我们惯于长途跋涉

大踏步前行

我们的手脚冻裂

麻痹的脸颊

盖满沉霜

唇因呼号而青紫

体因饥寒而瘦削

残忍地走着，走着

这破烂的一群

这充满了伤风，感冒

断续不息的咳嗽的一群呵……

北行草：车近阳朔

周　为

天似穹庐

四面高山围一钵宽沃的田地

失落了入路也迷离于去路

午炊的烟攀不上山顶

为了爱声音在山头回荡

而且夸耀自己年轻

我们在这里

曾一齐高举着手里的枪

作者简介

　　周为（1915—1997），原名陈凡，广东三水人。20世纪30年代曾任教师，抗战爆发后，即赴桂东南创办《曙光报》，1941年后曾任桂林《大公报》记者、采访科副主任，与胡明树、阳太阳等合办《诗》刊，诗人整个抗战过程是在广西桂林度过的。1949年后历任香港《大公报》编辑、副主任、副总编辑。广东省文联委员。1936年开始发表作品。著有散文集《海沙》《无华草》，诗集《往日集》，新闻报告集《转徙西南天地间》等。

作品信息

　　原载《诗》1940年新1卷第3期。

呼唤过祖国的名字

同志的名字

甚至爱人的名字

今天

看见了南方山水，

我疯狂地呼吸大地的阳光

然后用尽我所有的声音

唱一句

"争取民族自由解放！"

| 文学史评论 |

　　由于诗人整个抗战过程是在广西桂林度过的，因而他"对广西发生了异乎寻常的感情"，"桂林也可以说是我的娘家"（陈凡：《一个记者的经历》，广东人民出版社1985年出版——作者注）。周为创作力尤为旺盛，新闻采访之余，写了不少诗作，在桂林的刊物上发表了《北行草》《旅行篇》《黄皮树花开的时候》《春天散曲》《渴望》《马上》《我们的笑》《李莉》《纵横的构图》《春天》等较好诗作。与人合著诗集《若干人集》，出版了散文诗集《海沙》。上述前数首是别具一格的抒情短诗，作者透过视角范围内的一景一物、一人一事，较好地抒发抗战激情。后三首是抒情性很强的叙事长诗，尤为出色。

　　——蔡定国、杨益群、李建平：《桂林抗战文学史》，广西教育出版社，1994，

　　　第522—523页

北行草：桥

周　为

我了解你的沉默了
当我你沐浴于寒澈的幽光
想到那些连名字也没有留下的人
从南北西东来了又走向南北西东
捕捉匿处四方的希望

今天
你背上又踏过无数的足印
告你
那是奔向烽火南方的步履
虽然你已年老
但无用于喟息

作品信息

原载《诗》1940年新1卷第3期。

当胜利属于我们

你要换一副钢铁的筋骨

不尽来谒你的是无数的轮船

晨暮颂赞你的是交响的汽笛

那时候

我像所有的中国人民一样

可以与自由携手而来

歌唱你的年青

歌唱祖国的广大

黄皮树花开的时候

周 为

五月
又是黄皮树花开的时候了

在曾祖父手筑的
像曾祖父的手一样慈祥的
矮墙的围抱里
有曾祖父手植的黄皮树

五月
黄皮树在阳光里开花
阳光里的黄皮树
是我的秋千架

作品信息
原载《诗》1940年新1卷第4期。

曾祖父爱我，我爱曾祖父

我爱像曾祖父一样的

荫抚着我的黄皮树

黄皮树上

有我偷偷地刻上的

曾祖父的和我自己的名字

每一个劳动的季节

在丛叶的黄皮树下

休息着欢笑在劳动里的我

与我欢笑在劳动里的犁耙

但在敌人毒火的熏蒸里

黄皮树憔悴了两年了

我也离开了故乡，离开了劳动

让战斗的岁月锈住犁耙但锈不住胜利的欢笑！

两年了

我又看见故乡的招手

又是好阳光的五月

黄皮树花开的时候

马　上

周　为

迎着冬风

我第一次挺然于马上

受到沿途的

美目的欢迎

从此

我爱有一匹这样的马了

他像我一样倔强

他比我还高峻

他的脚修长而健步

他爱我

像我爱他

作品信息

原载《中学生》1940年第16期。

我和他在黑夜的森林

赶赴敌人枪炮的迎接

我和他踩过了雪原

让他的蹄痕

向敌人表示我们的骄傲

白天

黑夜

风里

雨里

我和他跃上最高的山峰

为祖国

守望！

我和他渡过了黄河

渡过了长江：

在与敌人的战斗里

锻炼得更坚强！

最后我和他回到

曾被蹂躏的家乡去了

那时候

草坪上正开着

"庆祝抗日胜利大会"

我的母亲第一个接待了我

（啊！她流着眼泪啊！）

随着，我被许多的人围着

因为我被看作

传奇里的主人

民国廿八年（1939年）十二月廿八日，桂林重抄

诗二题

孟 超

铁

人类常颠倒于自己的主观：

贫血的肌肤配不上硬骨，

柳巷不能以重与力之赞颂，

铁，将以"矛盾"提出他的控诉。

以战斗器之本质，

制成"泥"菩萨的躯体；

作者简介

　　孟超（1902—1976），山东诸城城关镇人。中共党员。1926年毕业于上海大学中文系，1928年在上海与蒋光慈、阿英等人组织太阳社，创办春野书店及《太阳月刊》，参加左联，与冯乃超、夏衍等人创办艺术剧社。1939年到达桂林任国防艺术社总干事。抗战时期任桂林、昆明文协理事，桂林师范学院、重庆西南学院教授。1947年赴香港，任《大公报》《新民报》文艺副刊编辑，1949年后历任华北人民政府教科书编委会委员，总署图书馆副馆长。1957年调任戏剧出版社副总编辑。1961年调任人民文学出版社副总编辑兼戏剧编辑室主任。1926年开始发表作品。

作品信息

原载《诗》1940年新1卷第4期。

别以为他的心也这般乌漆，

对崇高的原素是加粪矢的凌辱！

诗

你，大炮炸弹的硝火，

我，香烟，吹出一缕青云；

最后的帝国主义的尾巴，摇吧，

我将以锋利的，给你阉割！

止息了狂吠于东大陆的狺声，

别属矢脏污于太平洋的清流；

铁槌重重压下来的

诗，我认是韵律的橄语！

| 创作评论 |

1939年夏，孟超离开鄂北来到当时的文化古城桂林。桂林时期是孟超创作的丰收期。他在从事桂林文协分会工作的同时，以大部分时间投入杂文和历史小说的创作。1940年8月在桂林与夏衍、聂绀弩、秦似等创办了杂文刊物《野草》。他们专写短小杂文抨击时弊，宣传抗日，在群众中产生了一定的影响。1944年秋，日本帝国主义发动对桂北的攻势，孟超被迫离开桂林，辗转贵阳、昆明等地，仍以卖文、编教为生。

——政协山东省诸城县委员会文史资料研究委员会《诸城文史资料》第9辑，
1986年09月出版

他会写文章。他的会写文章和别人似有不同。即，他几乎什么时候都不要写文章，也没有文章可写，得不写时就不写。他的文章都是人要出来的。人们常说文章是逼出来的，他不必逼。老孟，给我们写篇文章吧，三千字。什么题目，哪天几点钟要。定准时交卷，其他条件八九不离十！这一点他和我不同。我怕出题，怕应考。他不怕，他似乎天天在拍胸："你们出题目吧，要考尽管考吧！我是来专门应考的！"于是只要手里有管笔，笔下有张纸，屁股下面有张凳子，他的文章就来了！

——牟晓朋编《旧人旧书：绀弩文萃》，大连出版社，1996，第96—97页

在抗战中的1939年，我在桂林办《救亡日报》，他也"流亡"到了桂林，几乎天天晚上到报社来和我闲聊，依旧是"乡音无改"，讲得又多又快。我当时很忙，他却"闲来无事"，于是，我们就合办了一份杂文小刊物《野草》。不久前聂绀弩写了一篇悼念孟超的文章中说，在《野草》，他和孟超是"两厢伺候"的参将。这是客气话，实际上这份小刊物是五个人办的：聂绀弩、孟超是主将，写得最多，也最好，秦似管具体工作，宋云彬和我写的文章不多。30年代，孟超不大写杂文，也不像办《野草》时那样勤快。此外他还在别的刊物写了不少文章。

——袁鹰、姜德明编《夏衍全集》文学（下册），浙江文艺出版社，2005，第
569页

孟超在桂期间，主要从事杂文和小说创作，诗歌只是偶尔为之的文学样式，数量较少。……孟超的诗歌与他的其他创作一样，都具有强烈的政治性。这一方面固然是时代使然，是神圣的民族解放战争的大潮给予作者的影响；就主观而言，早在20世纪20年代，孟超就是革命文艺运动的积极参与者，长期的革命实践铸就了他的革命理想和坚定的社会责任感，也促使他更自觉地把文艺作为革命工作的组成部分。执着地关注现实，以诗歌为武器，反对侵略战争，揭露帝国主义的罪恶，伸张

正义，抨击邪恶，是其共同特色。

　　———黄绍清主编《不屈的诗城　愤怒的战歌——抗战时期桂林文化城诗歌荟
　　萃》，中国文史出版社，2015，第1012页

乡 愁

孟 超

滞塞于炎热的南方，
乡愁，哦，我——
低徊着青岛的爽凉呵！

海滨的梦呵：
脱下了衣裳，
干净的身，干净的大地
自由与解放
在净沙上奔驰！

而今，不想也罢！
兽蹄踢碎了海上冰花，
拣不出干净角落，

作品信息

原载《诗》1940年新2卷第1期。

波涛和沙受着奸污，

被剥剩了的肉体在裸露着。

乡愁，哦，我——

低徊着青岛的爽凉呵，

我宁滞塞在炎热的南方！

| 作品点评 |

　　《乡愁》中作者身处"炎热的南方"，思念着青岛美丽的海滨和金色的沙滩，回忆着以往在海边"净沙上奔驰"的美好岁月，胸中涌起浓浓的乡愁，可如今青岛陷于敌手，"兽蹄踢碎了海上冰花"，再也"拣不出干净角落"，不禁怒火中烧！

　　——黄绍清主编《不屈的诗城　愤怒的战歌——抗战时期桂林文化城诗歌荟萃》，中国文史出版社，2015，第1012页

你要发棺材了

胡危舟

张开你的耳朵，
听我的话：

做买卖不是做强盗呀，
你想快发财
怎么没有勇气去抢呢？

告诉你——发国难财的歹种，
明天你要发棺材了！

作者简介

胡危舟（1910—1983），浙江定海人。抗战爆发后，在广州参加抗敌宣传活动。10 月广州沦陷后到桂林，任中华全国文艺界抗敌协会桂林分会理事。出版诗集《奴隶的活力》《投枪集》，创办并主编《诗创作》。湘桂大撤退后撤往广西宜山、贵州等地。新中国成立后曾在贵州人民出版社工作。

作品信息

原载《中国诗坛》1940 年新 6 期。

他（胡危舟——编者注）诗写不好，但爱诗，也弄一点诗，更大的才能是做生意，但又不甘心成为一个商人。当这种文化商人对他最合适，不过又为一些文化人看不起。

　　——胡风:《惠阳—桂林——抗战回忆录之十四》,《新文学史料》1988年第3期

胡危舟，在桂林抗战文学史上，他也被认为是一个"可疑的诗人"，甚至说他是一个"反动"文人、"奸商市侩"，这里既有人们对他的误解，也有人们对他的臆断，抛开人们对他的武断和意气，回顾抗战时期他在桂林的历程，历史会给人们一个公正的交代。胡危舟1938年10月广州陷落后抵桂，任"文协"（中华全国文艺界抗敌协会——编者注）桂林分会理事，主编《诗创作》月刊，编辑《诗创作丛书》。在桂林，他苦心经营着《诗创作》并主编出版了抗战时期全国规模最大的诗歌丛书，也是桂林文化城数量最多的一套丛书，为桂林抗战诗坛献上了一份厚礼。他在桂林多次主持抗战诗歌创作专题座谈会，为推动街头诗、朗诵诗创作活动，他还亲自参加各处举行的诗歌朗诵会，并登台朗诵自己的诗歌《陆维特之死》《地球，我的母亲》《桂林颂》等。

　　——雷锐、黄绍清:《桂林文化城诗歌研究》，中国社会科学出版社，2008，第
　　　　65页

在胡危舟出版过诗集《投枪集》，其中一些诗，也表现了抗战生活内容，如《潮州柑》《看护姑娘》《橄榄树下》《陆维特之死》《枪声密密地响起来》。1942年他还根据郭沫若的小说《金刚坡下》改写的同名诗剧，三户图书社出版了此书。胡危舟是当时桂林文化界较活跃的人物。

　　——李建平:《抗战时期桂林的诗歌创作》，《广西社会科学》1988年第2期

寄与一个新兵

欧　查

自从祖国受了灾难，

版图变了颜色，

你这远征的人，

没有一刻停留过脚步，

像是西比利亚的风沙，

飞舞！飞舞！

你曾乘着苍鹰，

于高空翱翔，

越过河流，

跨过山峰，

混在狂暴的风雨中旋转，

作品信息

原载《广西妇女》1940年第2期。

你曾栖息于以美著称的山城，

历史上驰名的佳地，

军略家争夺的险要之关。

那儿山峦重叠，

江水回环，

雄伟有如温莎行宫，

壮丽有如爱丁堡寨。

南国的江流在怒吼，

北国的沙石在奔驰。

你来自贵族院中，

卸去贵族的绒衣，

披上动人的军装，

背起闪烁的刀枪，

变作一个威武的新兵了。

壮丽的名都，

秀美的山城，

繁花灿烂，

白云飘浮，

在那儿缀上了祖国的耻辱和仇恨，

在那儿表露出敌人的凶残与横暴。

英勇之群啊，

在火光烛天中，

昂起头，沉着，

击斗！击斗！

我怀念的新兵哟，

又遇险于这次的骇浪，惊涛！

那是为了祖国的黎明，

民族的解放，自由！

你欢欣而无恙地归来，

在和我重逢那时候，

我已把玫瑰的花儿，

敷上锦绣的大道，

让一个光荣而倨傲的征人，

踏过鲜丽芳香的花朵，

回到温缓的故乡的怀抱，

永生地

记取：

谁是他的爱人！

谁是他的敌仇！

一九三九年九月六日，于曲江警报中

暴风雨之夜

欧 查

狂暴的风雨，

从几十年的

尼姑御用的瓦面上

惨烈地

袭来广野的尘沙，

满屋子都肮脏了；

床铺、书桌和衣橱，

也被污黄的漏雨透湿了！

这里的一群

舍弃温暖的家庭，

跑出亲切的乡土，

住在黑魆魆的，

作品信息

原载《中国诗坛（广州）》1940年新第4期。

周围没有花卉，

没有树木，

枯燥而寂寥的尼姑庵里，

是为了什么呀，

是谁迫使着过这艰苦的日子？

太平洋上的倭岛，

掀动了樱花树下的轻沙，

卷起了喜马拉雅山的风暴。

看吧！

数十万只凶恶的魔鬼，

数十万只残暴的魔手，

攫取了谁的宝藏？

屠戮了谁而遍地流血？

岛上的风暴呵，

飘刮了三年，

还不停止吗？

你会阻断我还乡的去路，

你会阻挡我母子最后的把晤。

为了你疯狂，

我的母亲怀恨而死了！

许多的母亲也怀恨而死了！

你这无赖的暴徒哟，

给予我们最深的仇恨，

印在每一个人的心中，

永远的！

永远的！

前　奏

郑　思

我们走过：

　　竹林，

　　　山溪……

走来了。

又走转去。

没有什么好说的，

　　是战斗的爱

把我们的话语——

　　　裹在心底。

作者简介

郑思 (1917—1955)，湖北天门人。初中和高中均在武昌就读。抗战爆发后，参加进步的青年业余剧社，1938年参加抗故演剧队第五队，次年底到桂林，在广西地方建设干部学校任歌咏教师兼政治辅导员。1945年8月，随《柳州日报》及文艺界人士在中共地下党领导下为开辟桂北根据地组织武装斗争。1938年开始诗歌创作。解放后历任湖北省文联副主席，省文化局长，省委宣传部副部长及《湖北日报》编委等职。著有诗集《吹散的火星》《夜的抒情》等。

作品信息

原载《中国诗坛（广州）》1940年新第5期。

六月的风，

打在心头是幽凉的。

你说：战斗使我们成长，

　　　　战斗又把我们分离。

如今，

　　　一个朝南走，

　　　一个却向北方去。

我没有声音；

回答你的，

　　　是不停的水车

　　　吻着，溪流的低语。

我们沉思：

　　　在竹荫里，

　　　在溪流边……

走来了，

又走转去。

我们听见：

　　　炮声越打越近，

　　　　越打越密。

我们拿着命令：

　　　一个朝南走，

　　　一个却向着北方去。

异乡的黄昏，

是我们离去的时刻。

我说：去吧！奴隶的爱，

　　　　要生长在战斗里！

你说：战斗使我们成长，

　　　　战斗又使我们分离。

然后，我说：

　　　　能再见，就再见；

　　　　不能再见，

　　　　就站在自己的岗位上；

　　　　留下一些永恒的记忆。……

你低下了头，

没有了声音；

泪水滴在我的手背上，

　　　　又滚在干燥的泥土里。……

黄昏，

没有夕阳与晚钟；

是敌机烧起的，

古城的火焰，

——混着被压迫者的血，

烧红了半边天！

这火焰，

——燎燃了我们的心之门；

在我们之间，

划开了一条，

离去的界限。

就此，

我们各自踏上了，

自己的路；

（没有一个回头）

一个朝南去了，

一个却向着北边。

｜创作评论｜

您喜欢《诗创作》(创刊号)里郑思先生的两篇诗，我只觉得《忧郁的歌》还好。那篇诗用了歌谣的复沓暗示旧时代的单调寂寞疲倦的转圈儿的生活。复沓的词句和结构恰能配合那单调寂寞的情味，全诗的音节是白话的音节，不是歌谣的音节，不至于让音节埋没了意义，而且不至于像歌谣样轻飘而不严肃。但是所有的比喻毕竟太陈了，减少了力量。哭泣那一篇似乎散文的成分太多不够强烈的。

——朱自清1941年9月2日给牧野信，见牧野《朱自清先生谈诗片段》，1948
年9月15日《文讯》第9卷第3期

郑思在桂林，在悲愤、沉重的心境中，写下了一系列抒情诗章。在《低音的琴弦》中，他控诉扼杀进步文化的黑手——国民党顽固派的罪行。在《雨季的郁闷》中，他宣泄失去了火热斗争生活后内心难以排遣的苦闷、沉郁的心绪；在《灯花边的梦》里，他表达了渴求火光、渴求战斗生活的心愿。郑思的诗，构思精巧，感情沉郁，在个人情感的抒发中传达出强烈的时代气息，其中《灯花边的梦》《火》《夜话》等篇，尤具这些特色。1942年，桂林三户图书社出版了他的诗集《吹散的火星》。郑思这颗被吹散的火星，并没有在这"历史的郁闷中"熄灭，他以他的诗作，为抗日救亡斗争，添进了新的光泽。

——李建平：《抗战时期桂林的诗歌创作》，《广西社会科学》1988年第2期

忧郁的歌

郑 思

屋外的夜

黑沉沉……

磨坊里

灯盏暗悠悠……

小驴儿戴上眼罩

小驴儿拖着磨

鞭子抽在地上响

管磨人在疲倦中喝吆

石磨在忧郁地哭泣

石磨唱着寂寞的歌

小驴儿一圈又一圈……

作品信息

原载《诗创作》第1期，1941年6月15日出版。

无声地把磨拖着，拖着……

管磨人辛苦了
在睡梦中单调地吆喝
屋外的夜已深
磨坊的夜好寂寞……

不知在什么时候
管磨人突然惊醒了
小驴儿僵硬地伸直了四条腿
石磨也停止了它的歌……

小驴儿是死了
磨坊里牵来了一匹小雄牛
小雄牛照样地戴上眼罩
无声地把磨拖着，拖着……

石磨在忧郁地哭泣
石磨唱着寂寞的歌
小雄牛一天天地瘦了
管磨人在疲倦中吆喝

不知在什么时候
管磨人突然惊醒了
小雄牛僵硬地伸直了四条腿
石磨也停止了它的歌……

小雄牛是死了

换了一个瞎子来推磨

瞎子不需要戴眼罩

无声地把磨拖着，拖着……

石磨在忧郁地哭泣

石磨唱着寂寞的歌

管磨人扬起了鞭子

像赶畜牲一样在吆喝

瞎子一天天地瘦了

瞎子在痛苦地咳嗽

瞎子的心最明白

瞎子想得最清楚

深夜，管磨人辛苦了

在睡梦中单调地吆喝

瞎子一圈又一圈

无声地把磨推着，推着……

一九四一年五月，于桂林

这首诗的象征意味很浓，它借"磨坊"象征"社会"，生活在这个社会中的一切生灵都被黑暗压榨着，并以一种轮回的方式、一种惊人的相似来强调受难的痛苦。从"小驴儿""小雄牛"到"瞎子"不断重演着劳作的悲剧，又将悲剧推向更高潮，而管磨人自始至终是一个可怜的傀儡角色。

——黄绍清主编《不屈的诗城　愤怒的战歌——抗战时期桂林文化城诗歌荟萃》，中国文史出版社，2015，第978页

流亡图

严杰人

被逐于纵火者撒下的

罪恶的火焰

呜咽的流弹

又来赶着流亡的脚步

这被灾难所惊慌的人群

带着从慌乱中抢出来的

烂包袱和破篮子

踉跄地走向远处去

（向远处去

作者简介

严杰人（1922—1946），广西宾阳人。1939年考取《广西日报》内勤记者，结识范长江、周钢鸣、卢荻等著名作家，并参加中华全国文艺界抗敌协会。1941年至1943年间，严杰人先后在桂林出版了两个诗集《今之普罗米修士》和《伊甸园外》。1943年至1945年间，曾任重庆《正气日报》编辑、《华商报》文艺副刊编辑，《文艺三日刊》编辑。1946年夏，严杰人自香港回到广东参加东江纵队，后随军北撤抵达山东解放区，后因病逝世，年仅24岁。

作品信息

原载《中国诗坛（广州）》1940年新第4期。

更有远处啊）！

回望熟识的田地
　　熟识的房屋
今天
都已尘埋在罪恶的毒焰里了
他们乱嚷着逃亡
汗珠和泪珠
无声地滴落在路上
路上
烙下流亡群的足印

他们用令人战栗的诅骂
向被凌辱的土地
控诉纵火者的残暴
用哀弱的眼光
向悲哀的原野探望

嚷着，吵着，哭着，走着
大群人抢掠小群人的物件
更加大群的人欺侮大群的人

爬过不认识的山
涉过不认识的水……
颠沛于城和城之间
乞求人们一分怜悯的施舍

日夜

瑟缩地堆在街旁

羞怯于人们笑着指点他们的服装

满目都是陌生人惊异的眼睛

满目都是陌生人疑问的脸嘴

谁能看见他们无声的眼泪

谁能认识他们空虚的肚子

闲关看把戏似的散了

凄凉扔在陌生人的脚步的后边

心爱的妻子

为不胜于饥饿和寒冷的煎熬

不胜于长途的跋涉而死去

无声地挖着坟坑

又无声地把自己的眼泪

和死尸一起地埋葬

（埋的不是死尸

是种子啊！）

疯狂在痛苦的日子里了

且把日夜啼哭的孩子

含泪卖落他乡

| 创作评论 |

　　1941 年，朱自清在《抗战与诗》一文中，以抗战以来很少有"直接描写前线描写战争"的作品，为抗战新诗创作的一大憾事。他点了当年诗坛骁将艾青和臧克家的名，指出连他们都没有写出"直接描写前线描写战争"的诗作来。他没有点到另一当年诗坛骁将田间的名字。事实上，被胡风誉为"战争诗人"的田间，也没有写出过"直接描写前线描写战争"的抗战诗作。这说明写作这方面题材的抗战诗歌，难度很大。首先是不容易发现和捕捉抗战前线的诗情画意。恰好就在这一点上，一代神童严杰人显示了他非凡的诗人敏感和写诗才情。在"很少""直接描写前线描写战争"的抗战新诗中，首先就有他的《夜袭》《播音部队》等熠熠闪光的力作。

——黄泽佩:《不该忘记的革命诗人严杰人》,《文艺理论与批评》2003年第5期

小说家于逢说严杰人的文学创作，虽然"只不过是一个开端"，但却是他"真正辉煌的生命"的结晶。诗人吕剑则盛赞严杰人"真正生活过、战斗过""真正歌唱过""的确像星一样存在过"，认为他的诗歌创作有"感觉敏锐、抒情凝重"的特点，不像一个20岁左右的青年诗人所能写得出。

作为少年有成的诗人，严杰人短暂而光辉的一生本身，就是一首高高矗立于时空独秀峰般的诗，是一首深深拔干于现实生活沃土的、富于浪漫主义色彩的现实主义诗篇。

——黄泽佩:《不该忘记的革命诗人严杰人》,《文艺理论与批评》2003年第5期

小诗一章

严杰人

新闻编辑

颠倒白天和黑夜

你要推翻宇宙的规则么

哦，我明白了

你要给人类以满足的

精神的食粮

予现实的叛背者以温暖啊

作品信息

原载《浙江潮（金华）》1940年抗战建国三周年联合特刊。

英雄树

严杰人

她曾有过一个不小的抱负

把她那挺秀如巨人的手臂的枝丫

伸展到高远的天空中

去刺破那灰暗的苍穹

去撷取游弋在天边的云朵

她用密茂的叶子

造成了一个绿色的世界

多少自由的小鸟

扑进了她的温柔的怀抱里

她做着百鸟的保姆

那绿色的世界

是百鸟的摇篮

而那自由的百鸟啊

作品信息

原载《现代文艺（永安）》1940年第1卷第6期。

也为她而日夜引吭歌唱

她妖艳的鲜花

曾使多少过往的行人

停下了匆忙的脚步

她那酣醉的花香

也曾引来多少蝴蝶的跳舞

而她那圆熟如女人的奶子的果实啊

曾使人尝了那酸味的果汁

因而认识了生活的辛酸

如今

她也被凌辱了

是谁剥夺去她的青春

是谁折断她妖艳的花枝

是谁脱下她那绿得可爱的衣裳呢

她虽然已遍体鳞伤

而她仍倔强地

矗立在朗丽的高岗上

夜急行

胡明树

是机关车的呼气声

是列车的轮子与铁轨的摩擦声

是列车向包围它的黑夜的冲突声

沙忽！沙忽！沙忽！……

弓！弓！弓！弓！弓！……

列车飞快地驶着，驶着

以车头的照路灯作前导

车厢的外面是黑夜

车厢的内面是黑夜

车厢的内面——

是黑夜包裹着的战士

粮食，弹药，武器

作品信息

原载《诗》1940年新1卷第1期。

以及不可告人的为黑夜包裹着的一切

列车飞快地驶着，驶着

运输着一厢厢的用黑夜包裹过的东西

到战场去

车厢内载着黑夜

黑夜包裹着千百个战士

同时也包裹着指挥官心里的计划

战士们是佩着领章的

但黑夜却抹去了他们之间的等级

车厢也分等级的

但黑夜已抹去了厢外的等级牌

全部列车都是用黑夜包裹过的

以车头的照踏灯作前导

列车飞快地驶着，驶着

沙忽！沙忽！沙忽！……

弓！弓！弓！弓！弓！……

天一黑

什么都在忙着

机关车忙着呼气

铁轨忙着要和列车的轮子摩擦

黑夜忙着包裹要运到前方去的一切

为了争取胜利

为了防避敌机的侦察与破坏

所以我们要用黑夜包裹着我们的运输计划

所以我们要用黑夜涂抹敌人和汉奸的眼睛

所以天一黑

所有的机关车都在忙着

所有的列车的轮子都在忙着

所有的一切都在忙着

沙忽！沙忽！沙忽！……

弓！弓！弓！弓！弓！……

以车头的照路灯作前导

每晚都被列车压擦而过的这条铁路

是最年轻的铁路

大家都叫它湘桂铁路

它的工程

是抗战中的最伟大的工程

是由千千万万个农民的力量所完成的工程

而现在乘着列车而跨过它

要到前方去的

是曾经出力筑过它的

千千万万的农民

武装了的农民

被叫作士的农民

夜，载着战士的列车急行着

列车不急行怎能赶时驶到目的地？

夜，包裹着一切的黑夜自身也急行着

黑夜不急行怎能赶时把一切带与黎明？

夜，抗日的战争急行着

正规军与游击队同时向敌人计划地袭击

战争不急行怎能赶时获得胜利？

夜，中国急行着

中国不急行怎能赶时驶进新世纪？

夜，列车跟着夜急行着

夜，战争跟着夜急行着

夜，中国跟着夜急行着

以车头的照路灯作前导呵

夜　袭

严杰人

大地跳动了

好一个狂飙夜啊

习惯于搜索前进的一群

心头在为没有接近敌人而焦急

迷漫的黑夜

是我们的烟幕弹

待驱逐了黑夜的明朝

战友们再狂欢地吃胜利的早餐

敌火旺了

我们的阵线起了动摇

队长下令：散开

作品信息

原载《中学生》1940 年第 21 期。

于是，弟兄们各个跟进

"谁临阵逃亡

就吃我一枪！"

当攻击开始时

傻歹头给他的伙伴打死了

阵线崩溃了

像决堤的水

阵线稳定了

像一座铁长城

不向正面冲锋

偏从弱处杀进

黑暗中胡乱斫了

自己也算不清的敌人

给

严杰人

驮着一个破烂的包袱

从左肩抛到右肩

又从右肩抛到左肩

你是感到过于沉重而无力背负么

那里面包裹着的是些什么呢

是劫剩的空虚

是深渊的仇恨

抑或是过多的眼泪呢

而你，被灾难鞭挞的人呵

你整天把思想的尺子

去度量那过去的悲哀的岁月

你曾否把希望

载在思想的白帆船里

驶到时间的河流的彼岸去

作品信息

原载《文艺生活》1940年第1卷第4期。

假如你是原野牧童

欧 查

假如我是伟大的诗人，

当以诗人具有的热情，

为心爱者赞美而吟咏。

假如我是小小的蜂儿，

要在一朵灿烂的生命花前，

采取无尽的甜液。

假如你并不喜爱，

欢乐的河流要从此沉寂，

夜莺的歌唱也当停息。

假如你真真喜爱，

天上的繁星，

作品信息

原载《广西妇女》1941 年第 13—14 期。

更会光明而闪烁!

假如我是愉快的飞鸟,
展开精美的翅膀,
飞绕于钟爱者的身旁。

假如我是幸福的源泉,
芳香的甘露,
任喜悦者尽量取藏。

假如你是音乐名家,
你手上的斯屈拉迭^①
为喜爱谁而演奏?

假如你是原野牧童,
圣洁的身心,
可容你欢悦的女郎永爱?

一九三九年三月廿四日,于石印山间

① "斯屈拉迭"是世界上最名贵的小提琴,17世纪意大利 Antonio Stradivari 所造,名乐家才能享用。

滔滔的语言

欧　查

展开你六月十二日的信，

告诉我：

"连夜空袭，

机声，枪声，炸弹声，

威胁着睡神，

夜半过后才能休息。"

"繁丽的省都，

变成了死市，

十室九空，

荒凉悲惨，

真像人间地狱！"

作品信息

原载《广西妇女》1941 年第 15—16 期。

"亡省亡国的悲哀，

会因和你重逢，

而更加给予我以鼓励！

但希望着那时候，

我爱的人，

热烈地，浪漫地

爱我，惜我，疼我！"

"昨日星期，

警报解除后，

照例偕同伴们到郊外去。

那儿一切都显露着岑寂，

鸟儿不再歌唱了，

燕子也看不见了，

田野露着忧愁，

连花儿也不美丽了！"

"你之去，

留给了我一个空虚，

记得前星期日，

你的笑声和言语，

清楚地打动我的耳鼓；

谁能预料不到几天，

一切都如梦幻，

只容我去沉湎回忆，

只让我在无语徘徊！"

"你要我提早打算行程，

这我怎么能够，

我的责任心是如何重大，

哪能轻易离开职守？

我已下了决心，

要与政府共存亡，

不规避，不逃脱，

并愿人人都能如此。"

"你的故乡，

山水秀丽，

我爱山水，

喜悦自由。

如能靠近你的身旁，

不论你处在哪里，

就是同你一齐到地狱去，

诚也欣然愿意！"

你的凄婉的言语，

拨动我心的竖琴，

如怒火那样的悲愤，

如森林那样的忧郁，

如玲兰那样的馨香，

如歌唱那样的欢乐，

如织锦那样的华丽啊！

我憎恨那些无赖的暴徒们，

整日整夜地轰炸，

威胁着你的睡眠，

破坏了你的家乡，

使你的眼睛，

看着人民流血，

看着屋宇坍塌，

看着人间变成地狱！

恶魔驱迫着我们离散：

在大轰炸那一天，

在最眷恋那一夜，

月色从园树的疏枝，

像探照灯光那样地，

照临着你热情的脸，

照临着我颤动的心，

我愁惨地离开你繁华的省都而去了！

我悲哀地离开你热烈的拥抱而远远地

去了！

如今我回抵幽静的故乡，

木兰树开着纯白的花，

荔枝树结着紫红的果，

我徘徊于色丽清香的树林下，

期待着什么呢？

怀恋着谁呢？

道旁潺潺的溪流，

清澈的音响，

是播送你那滔滔的语言吧！

一九三八年七月二日，于石印

梦

阳太阳

一只大大的船，

一只我们自己造成的船

船上乘着我们的同伴

我们摇着桨

紧握着舵□

在波浪里

冒着风暴

穿过黑色的夜

向宽阔的海驶去……

驶着……驶着……

我们不知道危险

驶着……驶着……

作品信息

原载《诗创作》1941年第3—4期。

我们不知道疲倦

呵——

波浪静了

风暴停止了狂啸

呵——

海燕飞来了

——载着歌唱

如是

我们发出欢喜的笑

呵——

太阳出来了

——耀着光辉

如是

我们扬起阔大的手势

呵——

一只黑色的船来了

船上垒着黑色的朋友

眼睛闪着光

笑着的嘴露出白色的牙齿

手里捧着奇异的土产

欢迎他们——

我们更加紧地摇桨

用亲切的心
向他们开去

呵——

一只乳白色的船来了
他们的船员有海的蓝色的眼睛
云一样的笑靥啊
欢迎他们——
我们吹起口哨
送他们以旋律的音节

呵——

一只朱色的船来了
船员是那样勇敢，年青
船上洋溢着胜利的歌声
而且热烈地朝我们呼喊
欢迎他们——
我们跳跃了
以感激和倾慕

呵——

一只又一只地来了
从远方
从海的那边到这里
他们是爱海的
而且知道海上有并不陌生的朋友

"抛下你的锚吧，亲爱的兄弟

今天是海上最绚烂的日子啊

挂上我们带来的旗子

让它在明朗的天空下飘扬"

热烈的笑

热烈的掌声

"唱吧

让我们放声地歌唱

唱我们爱唱的歌

唱我们蕴裕在心里的歌

唱我们海洋上自由的歌

请海燕做领导"

一阵响亮的声音

一阵同时发出的众人的声音

"说吧，兄弟

你们怎样而来

你们怎样有这样美丽的船"

"船是我们自己造的

天还没有亮

我们的工作便完成

我们的国度里吹刮着

昨夜那样黑色的风暴

海盗的铁蹄蹂躏着我的土地

但是啊

也怒吼着反抗者的呼号

我们要自由

我们要胜利"

热烈的笑

热烈的掌声

"我们来自蛮荒

我们那里有比猛兽还可怕的猎人

他们的子弹像穿过野兽一样

也会穿过我们的肚皮

朋友，我们要告诉你

那里有丰盛的果实

更有懂得爱与憎的兄弟"

"我们会造船

我们会造可爱的玩具

并且会在平地上砌起高楼和大厦

砌起的高楼大厦像森林

然而啊

我们住着的地方却不见天日

要是有光

就是那从洪炉里吐出的火星

我们孩子的手里

更没有我们自己做成的玩具

我们时时担心着麦色

'今天的麦色

今天的麦色取自那里'"

悲壮的语言呀

兄弟们激动着胸襟聆听

"啊——

我们生长在被名为英雄的国土

狂徒们的英雄事业是——

怎样的抢夺

怎样的杀人……

无数的兄弟给送到战场去

无数的兄弟饥饿着

——饥饿着替他们造杀人的工具

以我们的血

以我们的生命

掠夺者换来了土地和金银"

……

"是的

兄弟们，听啊

我们要告诉你

我们也遭遇过你们的遭遇

我们也曾被欺凌

我们耕种

我们辛勤

我们每粒的汗

得来的□□的谷粒

一收获便给人拿去

我们生活得不像生活

我们生活得不像人……"

这时候除了海燕的鸣叫

海面上是一遍可怕的沉寂

"是的，亲爱的兄弟

我们更要告诉你

我们不悲哀

我们不犹豫

我们扫荡了黑暗

我们扫荡了一切懒惰的东西

以我们的力担当起我们的命运

一个新的王国啊

在我们的手中铸成

我们站立着像巨人

而今那块土地上

到处有工作

到处是兄弟"

热烈的笑

热烈的掌声

"是的

我们不曾姑惜过我们的生命

我们从来也不曾长擢于战争

亲爱的兄弟

我们要生活得好

我们要生活得有生命

我们需要着战争啊

一次大大的战争

一次消灭战争的战争"

一阵响亮的声音

一阵同时发出的众人的声音

呵——

记着今天

我们的今天呀

乘着太阳的光亮

赶上我们的归程吧

因为大陆的边上等待着许多兄弟

望我们将海的旅行的消息带给他们

一九四一年七月

初征的兵

阳太阳

哦——你们走出你们的村了

从来不曾像今天这样

排着长长的队伍

虽然

穿着的还是往日褴褛的短褂

负着的还是往日污旧的行囊

虽然

你们应该有的武器

还没有配在你们手里

虽然

还要由持着枪的弟兄

夹在你们中间引领着你们前进

而你——中国的农民朋友们

作品信息

原载《诗创作》1941年第2期。

你们将用豁达的声音嘲笑你们过去的愚笨

你们将学会为什么而战争

而且——

比谁都懂得这战争

比谁都忠于这战争

比谁都需要这战争啊

战地家书

刘雯卿

大时代的巨浪，

把我送到革命的洪流里了。

我的热血和澎湃的浪潮汇合在一起，

我的心变成了炸弹，

我要在暴风雨中去理解世界，

请不要惦念我，

亲爱的母亲！

自幼离开了您温柔的怀抱，

连年在天涯海角流浪；

感谢您赐给我完全教育的恩惠，

我辜负了您的愿望，

我不是娴雅的女诗人：

作品信息

原载《大公报（桂林版）》1941年5月12日第4版。

抽不出心情来讴歌母亲的爱，

更没有时间去赞美那神秘的海；

我只能把人类活动的心版上，

刻画一些深深的血迹……

亲爱的母亲，

您的爱是伟大的，

我把您的爱扩大了：

爱世界，人类，

爱真理，自由，

爱祖国的土地，

我愿把自己的热血，

洒在沙场上，

让它浇灌革命的新芽，

在春天生长起来，

开放自由的花朵……

战场上只有冲天的烽火，

很少女人的足迹，

亲爱的母亲，

您是值得骄傲的，

您的女儿是个战士了；

她的手中有笔又有枪，

法西斯侵略的阵线，

在无数的枪头笔尖上

即刻就要总崩溃下去了！

我有这样一种愿望，
我要冲到敌人的阵地去，
寻找一篇血的诗章。
战车射手王车长，
他答应攻击的时候，
我同他一道坐在战车上，
去看敌人的败北与死亡！
亲爱的母亲，
请您不要担心呀！
人的生死，
本来就很平常。

如果我死在战场上，
亲爱的母亲
请您不要悲伤，
我不愿见您眼角的泪水，
我愿把火山爆裂的洞孔，
做我的坟场。
我愿把天空红艳的霞彩，
做我的殓装。
我愿做诗人笔下的资料，
我愿活在人类的记忆里！

是在月冷风寒的晚上，
四百多敢死队的官兵，

在一个草场上集合了，

我配戴着全副武装，

去做精神鼓励的演讲，

他们的身上带着杀敌武器，

和两日够用的干粮，

他们每个人的脸上，

都焕发着气壮山河的荣光！

这是中华民族最优秀的壮士，

即刻就要去完成那伟大的使命了

他的这种决心成功成仁的行动，

燃烧了我心头的火，

照红了我羞愧的脸，

您叫我还对他们说些什么呢？

您没有教过我比他们行动更勇敢有力的言词，

可不是么？

亲爱的母亲！

我亲身上过战场，

我亲眼看见鬼子疯狂，

我亲手放过枪，

炮火的咆哮声，

使我永远牢记不忘。

我们中华民族的新生命，

正在炮灰中成长！

请您不要责备我呀!

亲爱的母亲,

我对您没有尽女儿的责任,

我要对民族尽一点孝心。

在前线的伤兵和难民,

他们的苦痛咬碎了我的心!

我要尽这点余力——

国家给我辛劳的代价;

我除了简单的衣食之外,

完全分给了他们,

我希望减轻他们创伤的痛苦,

我希望延长他们忠勇的生命!

我没有什么寄给您,

只有这些血肉做成的消息,

胜利的日子已经排在眼前了,

您应该欢喜吧,

亲爱的母亲,

女儿快要回来了,

您不要预备杀猪宰羊,

我要高唱着凯歌归故乡!

| 作者自述 |

　　这多是在战地撷取的一些新鲜的、热腾腾的资料,有时见到战士们的血,正从伤口冲喷,有时听见大炮声,还在震动耳膜,我就把它记录下来了,因为我的热情和战士的热血,是同源的奔流,即流出我的生命:集成《战士的歌》一册。

　　　　　　　　——刘雯卿:《战地诗歌·自序》,桂林春秋出版社,1942

| 文学史评论 |

《战地诗歌》共收入诗二十七首。有写诗人奔赴战地，深入士兵中的战斗经历，抒发豪情壮志的，如《战地家书》《试学重炮射手》《芦叶帽》《渡红河水》《炸破的诗稿》等。从这些诗中，我们清楚地看到，诗人曾几度被炸，差点丧命，但她视死如归……

这本诗集（《战地诗歌》——编者注）中，诗人还以较大篇幅，多角度多层次地反映广西女学生军、女民工、女农民和护士积极支前、勇敢战斗的事迹，热情歌颂战火纷飞中的中华新女性不屈不挠的战斗精神。如《女兵春耕》《筑机场的新女性》《南战场的新女性》《悼为珍战友》等，其中有的片段写得相当精彩。

抗战期间，中华全国文艺界抗敌协会和文协桂林分会曾多次提出过"文艺入伍、下乡"的口号，但鉴于种种因素，真正能响应号召下乡入伍的作家、诗人并不多，绝大部分身居大后方。而女作家、女诗人奔赴前线的，更是屈指可数。因此，能够真实生动地反映战争场面，表现战士英勇顽强的战斗精神的作品并不多见，更何况出自女诗人手笔。像《战地诗歌》这种诗集在桂林抗战文坛上，毕竟是独一无二的新成果，诚为可贵。诗人刘雯卿也因此获得柳亚子、欧阳予倩等老前辈的器重，称之为"将军诗人"。

  ——蔡定国、杨益群、李建平：《桂林抗战文学史》，广西教育出版社，1994，
    第592、593、595页

笔　杆

刘雯卿

一枝笔杆，

是歌者的喉咙，

热情充满着它的智囊，

它尽情地歌唱，

唱出人类不平的交响！

一枝笔杆，

是条长枪，

民族愤怒的火花，

从它的尖端射放；

连珠似的子弹，

对准着敌人的胸膛！

作品信息

原载《大公报（桂林版）》1941年5月12日第4版。

一枝笔杆，

是根天线杆子，

连接着人类相通的情波，

它是那么庄严忠直，

传播了一些可歌可泣的故事！

一枝笔杆，

是个警号，

它把梦中的人们惊醒，

又催迫战士们赶上征程！

吹吧！这有线条、有颜色的声音

敌寇已在它的声弦上颤震！

骆驼草

芦　荻

生命带来千万斤重负

时代压下我们一根苦难的担子

你问我生命像什么

告诉你：像一只骆驼

它，走过千里路，万里路

在没有水草和人迹的地方

在广漠的干燥的沙粒上

作者简介

　　芦荻（1912—1994），广东南海人。三十年代初开始诗歌创作，加入左联领导下的中国诗歌会。1938年12月到广西南宁、北海等地从事抗日宣传活动。1939年7月至1944年夏，在桂林从事抗战文化运动。主编《广西日报》副刊《漓水》，参加《中国诗坛》编辑工作，并任中华全国文艺界抗敌协会桂林分会理事。1944年夏秋间，日寇向湘桂大举进攻，芦荻撤离到贺州八步，在平乐师范学校任教。1946年至1949年旅居香港。1950年初应聘任华南文艺学院文学部教授兼部副主任。1955年筹组和创办文学杂志《作品》，任编辑部主任。

作品信息

　　原载《中学生》1941年第49期。

划下一程一程艰辛的脚步

谁不爱生命啦
远方的牧歌
召唤着大地的旅人
前面翻起风雪的尘土

珍惜生命的旅程呵
勇敢地越过荒凉的原野
一粒沙，一片叶，一株草
让给后来者辨认出前路

| 创作评论 |

芦荻有几句为人作诗的座右铭："人民在前进，诗人也应当前进！""新诗之所以为新，不仅在于诗的新的形式的创造、探索，重要的是诗人的新的感受，新的思想感情。"这也是值得我们认真学习和记取的。

广州落入敌手，芦荻流浪到了广西，最后参加了部队，在北海前线各地做抗日救亡宣传鼓动工作。行军中不管敌机狂轰滥炸，饥肠辘辘也坚持拿笔作枪，激情成篇，引吭高歌每一个胜利；以诗做号角，做战鼓，鼓励战士不怕牺牲，英勇杀敌。这期间他出版了诗集《驰驱集》，以及《送友人赴陕北》等若干首短诗，都是在抗日救亡期间，感情达到沸腾的最高点时产生出来的。他常以"诗歌未敢忘忧国"自勉。这充分显示出诗人爱国之心及其崇高品格。

——罗源文：《诗人与战士——荻叔周年祭》，《新文学史料》1996年第2期

抗战全面开展以来，芦荻的诗情是昂奋的。他在广州与黄宁婴、陈残云等创办了《中国诗坛》。他怀着"一颗抗战胜利的信心和一腔火热的救亡情绪"，创作了《中

华民族解放的史诗》等气势磅礴的抒情诗，并冒着日本侵略者飞机的轰炸，亲自到广州街头朗诵、散发，点燃了人们奋起抗日的火焰。后来，广州沦陷了，诗，又陪伴着他一同经受了战火的洗礼和考验。反映人民在战乱中的痛苦，抒发自己对光明的渴求，讴歌革命战争的胜利，这是芦荻在这一时期诗作的三个基本内容。

《驰驱集》《远讯》《旗下高歌》三本诗集的出版，是芦荻创作的第一高峰，而其中写于1939年的一首《母亲》，则标志着他的诗开始成熟了。这首诗，塑造了一个被敌人的炮火逼着远离家园、流亡异乡的母亲的形象。"母亲以她六十年的小脚，开始走向流亡的行旅，从黑夜走向黎明，敌人的铁枭在空中窥伺，掩护着兽兵前进。"因为诗人也是"流亡者"之一，所以富于生活实感，诗的格调特别深沉动人。还有《故乡别》《风雨中的行旅》《风雨吟》《唱一支温暖的歌》《滨湖行》等，都深切地表现了故园沦落之痛，人民颠沛之苦。

——张振金：《论芦荻的诗》，《暨南学报（哲学社会科学）》1983年第2期

综观芦荻的旅桂诗歌，虽然数量不多，且往往质胜于文，但客观地说，他的诗歌具有强烈的时代气息，崇高的道德情怀，亦能自成一体，别具风格，尤以第三、第四类为佳。每当考虑到这些是作者在抗战紧急关头，事务繁忙时期的急就章时，我们就觉得以上的文字，对于芦荻来说，赞誉少了些，而批评又过于苛刻了。因为热情有余，深刻不足，并不是芦荻部分旅桂诗歌的专利，而是整个抗战文学的通病。造成这种通病的原因则是作家在烽火弥漫的年代里失去了从容写作的环境和心情。……在如此艰苦的条件下，就是这些艺术家，他们怀着满腔热忱，投入救亡文化运动。他们以笔作刀枪，吹响了时代的号角，唤起万千民众共同抗日，发挥了应有的历史作用。今天，我们重读这些往往是一气呵成，没有经过多少艺术加工，缺乏精雕细刻的作品。我们读出了这些文章的热情与不足，精彩与欠缺，更读出了这些作家的正直与尊严，坚韧与顽强。于是，对芦荻，对所有像芦荻一样的旅桂作家、抗战文艺工作者，一种崇高的敬意，便从我们心底里产生了。

——陆衡：《谈谈芦荻旅桂诗歌》，《钦州师范高等专科学校学报》1998年第4期

遥寄莫斯科城

芦 荻

冰雪的日子来到了

五十年代第一个冬天的开始

今年的雪是早的呀

在中国，南方温暖的地区也有雪落了

这，使我们遥念着辽远的莫斯科城

遥念着在严寒中苦斗的患难之邦的弟兄

雪，落在血火飞舞的战阵上

雪，落在坦克车上，枪炮上，刀刺上

雪落在顿河上

雪掩蔽着野原，掩蔽着河流

掩蔽着城市，山川，池沼，森林，屋舍

划年代，

异国的伟大的忠贞的弟兄

作品信息

原载《文艺生活（桂林）》1941 年第 1 卷第 4 期。

迎着冰雪交加的日子

以最坚韧不拔的精神

防守着冰雪的土地

保卫人类世界和平

褐色的纳粹魔鬼

在严寒的威胁下羽毛快要冻僵了

受难者群，都在冰雪中跃起

红的血融流在白的冰床里

我想念起那经过第一次五年计划

第二次五年计划的建设的辽远的莫斯科城

我以异国的患难之邦的人民的挚爱的情怀

虔诚地为他祝福

冰雪的日子是到来了

但冰雪冻解后就是和暖的春天

保卫莫斯科城的人民呀

保卫莫斯科城的军队呀

我们相信，你们在这些日子里

是有最大把握的

正如你们的雄亮的广播所说：

准备将全市所有窗户作为射击窗眼

所有街巷转角处作为堡垒

所有市民尽为兵士

在莫斯科城掘成无量数德军的坟墓

我是中国的一个少年人

我的心不会因冰雪而感到寒冷

我的手不会因冰雪而感到冻僵

我们是和你们站在一起的

在我们中国的土地里

我们正以最大的力量向日本强盗反攻

我们的敌人瑟缩起来了

我们的敌人冻结起来了

在东方、西方

我们都一定得到最后胜利的

雪花飘落在我们广漠的原野

雪花飘落在坚强的莫斯科城

我的心，我的笔

挟着雪花

挟着粗犷的野风

掠过西伯利亚

寄向你们战斗的胸膛

一九四〇年十一月一日

半裸的田舍

彭燕郊

我重来把你造访了
一贫如洗的村庄呵

依稀地记得
不久以前
我曾怀着难言的隐痛，垂头
从你的最末的栅门走开
发誓不忍重来

侏儒般现身于荒远的野边
那栅门是朽驳的
久年没有修葺了
用瘦小的杉木勉强支撑着

作品信息
原载《诗创作》1941年第3—4期。

跟村里所有的房舍一样东倒西歪

像刚才给谁打过一记耳光般

站立也站不稳……

泪痕满面的村庄呵

精疲力竭的村庄呵

沿倾斜的田塍的末梢

扶着拐杖般，守立着那株

瘦薄的皂角树

伫望在狂飙的吹哨声里

他的手臂朝河那边给我们指出些什么？

他眼巴巴地在盼望些什么？

他是村庄的灾害的目击者呵……

风，赫赫剌剌地刮着

吹得人汗毛直竖

把我的心呵拖拉到

倒悬的云块的白眼上

不休止地摇曳着

不曾把愁眉展开过的村庄哟

瞧，你一息奄奄得像个弥留的病夫

你的食欲是何等尢进……

你的元气早已斩伤了！

连年的歉收——天灾与人祸

一再地，不留情地糟蹋

使你万念俱灰地衰惫了

石磨一样地，生活

把你轧磨得粉碎……

嗷嗷待哺的饥饿者

频繁地经历着断炊的痛苦

交了恶运的村庄呵

倒霉的村庄……

我不知道

命运——这毫不恻隐的

一点也不体恤人的真宰——

为什么要科给你以

这样苛刻的刑罚

为什么要协令你

这样惶惶不可终日地

胶附在苦难的羁轭下

如今更是雪上加霜了

村口的照墙上

昔时，曾是贴满"出门见喜"的

红春联的，今日却

赫然地出现着

催命符一般的

"皇军"的"安民布告"

让消息跟坏天气一样多

农人们无时不忐忑地在担心着

只怕有什么风吹草动，山高水低……

百事都不能如意呵

祸害老是叫你措手不及地从天而降

急如星火的"征发"

几无虚日

农民们的所有都被囊括光了

催粮，讨债，拉夫，

收捐，派款，找花姑娘……的行列

蝗虫般地蜂拥前来

作威作福，气势汹汹

在手无寸铁的善良的人们之前

霹雳般地动着肝火；犯罪者

冰雹似的

为雷霆所拘捕

到处，鞭击的声音

是都可以听到的……

衣不蔽体的农人

穿着得跟稻草人一样破烂

皮包骨的农人

狼狈得如像一只饿鸟

没有人可怜，也没有何处

可以逃生……

久违了农人们的胼胝的抚摸

新时的作物，夹杂在乱莽里

荨麻之类的杂草

如乡女的发蓬了的发辫般延长着

菜圃旁边，那用破瓷

和鸡蓝盖着的篱笆

也七零八落了

当早晨，那呆哑的

雾的团块，还没有被熹微撕碎

那长舌的乌鸦

开始朝村庄的蓝色的影子絮聒之时

透过密集的早雾的小点子

从稀烂的泥涂

年近古稀的老者

赶着枯槁的病牛去抵账

我见到他的干涸的双目已经昏花

被成堆的眼屎所壅塞

在困难地绞榨着零星的泪水

暗哑的喉咙，也已不忍

吆喝这即将转换主人的畜牲了

——阴森森地

见不到将锄到田间去的壮汉

也见不到撑船到湖心去的妇人……

的确是，很久以来

村庄就失去光鲜的活力了

阳春很少惠临到

这沉沉欲睡的，化外的穷乡僻壤里来

驻颜无术的村庄

今日已垂垂老去了……

滞留在这行将解体的乡井里

农人们，是何等忧郁而绝望呵

心都冻合在

固执的命运之严冷的拒绝里了

他们这般地酗酒着，互相械斗

殴打自己的孱弱的妇人取乐

那些命苦的妇人呵

早已陌生了青春与美好

毛茸茸的乱发，沉重地

压在头上，那未老先衰的

被操劳所染黄的脸上

锈满了雀斑……

她们甚至连铜打的耳坠和手镯都没有

虽然还在用苦瓜一样的乳房

喂养他们的眼凸身细的婴孩

自己的失了色的，灰滞的双瞳

却失神着，完全失去了感触

甚至，连哭泣的本能

也忘却了——谁还能哭泣得这样多！

染了那痼疾的病人干咳着，辗转在床笫间

拖长的叫声，有如旱魃天的河沿

所发出的车水声一样涩板且吃力

出于瘟疫和打劫，牲口稀少了

但村中依旧是污秽的

这私房里，也满地都是

恶臭的粪溺与死水

一般难闻的气味，在酝酿着

跋扈的毒菌的无法抗拒的猖獗

靠河，从繁茂的水藻间

村庄偷偷地顾影着

不管沟渠在身边叽叽喳喳地喧嚷

她合闭着眼皮，向远方支肘出神

她宁肯装作假寐……

像被继母用绣花针刺

锥刺得出血来的小孤女

她默默地用衣襟揩着眼泪

半裸的田舍呵

褴褛的田舍呵

灾难在向着你露齿狞笑……

往年，我们还有元宵和庙会

如今却连祠堂里的香火

都冷落不堪了

女人们都索然于祈求和许愿

孩子们也永远盼不到热闹的节日了

孩子们拖着鼻涕

浑身脱裸着，沿村

做蛮野的，有碍发育的戏谑

很少人去干涉，一任他们

恣意地躺在泥沟里打滚

周身泡得湿漉地

把村里的灰尘都搅翻了……

在这儿连犬吠的声音都听不到

在这儿的猫儿是跟老鼠一样精瘦

在这儿甚至连叫化也很稀少

——叫化也禁不住多回的失望的呵……

村里的居民却无可奈何地塞留着

凭什么可以挽回呢

麻木徒手地听由命运所摆布

让生活慢慢地把人们蚕食

他们的希期

已被这凶年的风吹雨打

冲刷得一干二净了……

不能永远这样下去呵

难道竟没有一个人铤而走险

是由于农人们的愚昧无知吗

是由于贫穷和极端的绝望

使他们厌世，轻生了呢

拖疴的未亡人般

那矮少的，局促的茅房里

黑魆魆地散乱着破烂了的提桶和斗勺

那阴霉的墙□的罅隙渗着冷汗

麦藁和草垛都已敉平了

除了堆满院落的柴薪

在发散着树脂的怪味

此外，别无长物……

村庄背后

紧贴着荒野

只一座坟山，是最亲近

——村庄呵，振作振作吧！

我害怕你的没有灯火的晚间

在晚间，那坟山上的林立的

生了杂草的乱发的万人冢

总用青幽的磷火，窥视着

而且，好像是不胜其烦地

等待着吞食新□的棺木一般

向半裸的田舍，眨动着

黄鼠狼般饕餮的鬼眼……

殡　仪

彭燕郊

在冬的郊外我遇见一队出殡的行列
凄楚，惨哀地，向空漠的荒野移行

四个土夫抬着那灰黑色的棺椁
麻木地，冷淡地，邪许着无所感动的喘声
好像抬的并不是一个刚才消逝的生命
而是一块石头或且一包废料……

那妇人哀哀欲绝地啼泣着
独自哭诉死者生前的厄难和身后的萧条
而那个披麻戴孝的孩子，恐怖地，惊慌地
用黄瘦的小手牵住母亲的衣角

作品信息

原载《现代文艺（永安）》1941 年第 3 卷第 3 期。

在那儿等待他的是冰冷的圹穴

在那儿他将无主见地任别人摆布

那土夫将在他的棺材下安放四个砖头

让他的面向着生前的住厝

而他的亲人们——像一只只悲哀的毛虫似的匍匐着

将每人撒一把沙土在他的黑色的永恒的床上

他将成为此地的生客和阳世的过来人

残忍地撒下了孱弱的母子俩

而私自休息了

向着不可知的冥土旅行去

他完成了一场大梦

和一阵无结果的挣扎……

今天晚上，他将化为一阵阴风

重归到作别了的熟悉的故居

像往日由田野耕罢回来一样

他将用紫色的手抚摸那没有编好的篱笆

他将用鱼肚白的眼珠审视

那菜畦里的菜是否被浓霜打枯了菜心？

并且他将用他的寂寞的耳朵谛听

畜棚里那条病了的老牛是否睡得安适？

那小鼠是否又在偷食瓮底的余粮？

他将用比雨滴还要冰冷的嘴唇

亲吻那蒙着被头睡的孤儿

和在梦里呼唤着他的小名的

脸上被悲哀新刻了皱纹的寡妻

他将向自己的木主牌打躬

他将向灵前素白的莲花灯膜拜

他将感谢那纸扎得很好看的金童玉女——

代替了我，你们来热闹我的微寒的家居了

——草叶之下的地阴里，我的爱的妻和孩儿呵

万事都不如你们此刻所铺张的这样如意呢

但，因为我是死了

我已经洞悉了许多你们所无法分晓的事情

他将托梦给他的贫穷的家属

用神秘的、黑色的、哑哑的声音述说

在那边，屋后的山坡上

古松树下，许多年之前，一个行商

埋了一坛金子在那里

你们必须遵照我的嘱咐行事，

不可有半点差池：八月十五夜，

子时，当月亮稍偏向西的时刻

你从倒地的树影的稍头，掘下三尺深

你就可以得到那坛金子，此后的生活

就不用愁了

　　《殡仪》全诗在描写了农民极其穷困的凄凉境况后，进而以非常大胆而独特的手法，写到死去的农夫的魂魄"化为一阵阴风"回到家里，关爱着家中一切，并向寡妻托梦，什么时候于什么地点，可以挖到一瓮银子，母子俩此后的生活"就不用愁了"。这就入木三分地写活了农民那恋家爱家的灵魂，人所难及地写出了农民死后也不得安宁的深深悲哀！这是彭燕郊式的细腻深刻——想人所未曾想，言人所不敢言，细入毫发，深入灵魂，让你读后心灵发麻发痛！

　　——曾思艺：《彭燕郊早期诗歌与俄罗斯诗歌》，《邵阳学院学报（社会科学版）》2016年第5期

春天——大地的诱惑

彭燕郊

I

用反抗冷酷的意志

用降福人间的企图

在复活的日子里

大地解冻了

春天来了……

春天来了

在那一天夜晚

不羁的东风里

繁响的风雨

轰闹的雷鸣

作品信息

原载《七月》，1941年第7卷第12期。

把她拥护前来
把她吹送前来
穿林渡水地
来了

雨落了，雨落着
大雨倒倾在地面
天上，雷鸣啸号过去
电光闪闪
水声在阶前，街上

每一条细小的沟渠里喧哗
黑暗拥抱大地
——一个秘密的变化呀
第二天早上
继续昨夜的工程
重重的雾罩下来了
紫色的
年初的雾幕
掩藏了变化的秘密

于是
大地从容地
慢缓地生长了自己的勇气
挥动臂膀
翻身了

春风吹着

和煦地吹着

带来了春的气息

带来了生的意志

也带来了炮火的呼唤

　　　　鸟鸣

　　　　蛙叫

　　　　亮丽的朝阳

　　　　与青青的气流

春醒了

应该快乐的都快乐了

不善唱歌的也歌唱了

人们似乎忘记了昨日的忧愁

眼睛里充满着无邪的热望

从死亡的崖边

从寒冷的翅膀底下的

窒息的化雪的日子里

在泥泞的道上

放下了

压肩的重负

探首向

春天的郊原

郊原

冒着黑油

瘫软了身体

沉醉在春风里

似乎要溶解了……

那是先民的血汗膏润过的

那是我们吮吸着的

她曾经经过无数次的变乱

难以计较的苦难

一年一度的岁寒

荒□与瓦砾的日月

而她今天还健康着

伸展得那么广袤

——到底是中国的土地呵

　　中国的土地是强韧的呵

现在，早发的

第一季的谷物在生长着

年青娇小的禾苗

颤动着浪波

在妩媚的空气里面

在妩媚的土地上面

飘摇着涟漪

犹如大地从来没有冬天

永远是春天一样

绚烂的

满溢着希望的郊原

到处弥漫着

黑土的馥郁的香味

——多么悠久的土地的气味呀

　　多么熟稔的土地的气味呀

而那香味

使人热爱生活

热爱他的日子……

‖

而我自己

——一个爱梦的幼小者呀

一再地奔走，

我想象我是成了春天的一部分了

我的心是被春天征服了

在春天，一再地奔走着

那打着勇敢的旗旗的一群中间

有我在内

我们走着

——走着的仿佛不是我们

而是春天自身呀

我看着

凭我的诚意

凭我的仅少的智慧

赏玩大地的青春

赞颂大地的少壮

为了自己的梦

哪怕旅途是怎样悠长

——我是必然如此的呀

　　　我是看到了并且听到了春天呢

走到无论什么地方

从这一边到那一边

一直到远方

春天的足迹所走遍的地方

看出去——

　　　　　绿色的……

　　　　　茫茫的……

我爱我们的土地

这样辽阔，一直到

远方——远远的……

春天是美丽的

她的行程经过：

　　繁殖了生物

　　滴打着雨珠

水上行着春水船

乡间唱遍阳春曲

蝥虫在地下蠕动

冰川向江海奔流

——祖国的大地

在晴热的旋风里燃烧了

大地的青春

正达到了全盛

面向天空

袒露她发育的

饱满的胸脯

承受那

太阳的歌声的

尽情地抚慰

天空蓝而无云

平滑得很

太阳

一天一天地靠近大地

带着春天的歌

以无私的热爱

凝视中国

什么地方飘来了一阵歌

那歌唱的是春天自己

那歌声

在海上是舵手的幸福

在山里是旅人的愉悦

使年轻的爱侣成熟了爱

使孩子从芦笛里吹出牧歌

被吹在不断的胜利里面

被吹在

从苦难中生长的希望里面

在这平野上

阳光照着这美好的土堆

比山里，比边塞

比荒僻的孤村

　沙漠和深林

都更殷切

太阳唱着

用光线代替声音

那歌声放逐了冬天

冬天到哪儿去呀了

地上

已经没有一丝痕迹

最小的和最后的一丝痕迹

春天统治了大地

她的放荡的嘴唇

吻着山峦

吻着田庄、河流

畜舍、园林和军营

并且说得那样任性：

　　"看罢

　　　　由你们的眼睛

　　　　我的全部都在这里

　　　　这里——赤裸裸的……"

她吻河流

河里的流水涨满了

春江的绿水就用善歌的喉咙

追逐春天

她吻小牛的眼睛

小牛在阳光的广场吼叫

她吻农夫的耕犁

农夫破开大地

播下他的种子

和歌声一起

埋进土里……

河间的流水低声唱着

墙头的花朵含着宿露

青藤爬上乌黑的古木

从来不曾被人注视的

幽僻的角落

也□出了含笑的杜鹃，踯躅

人们几乎不愿相信自己的眼睛了

春天这样地向他们垂青……

不能加进一朵花了

不能加进一棵草了

春意浓得这样

哦，伸出手去

再也不愿缩回来啦……

Ⅲ

只有我们自己

才能感到

在春天，祖国的大地

为了预告将来的日子里的

洋溢的幸福

是怎样梦似的

修饰着自己

　　——声音，颜色，体态

　　所有的力量，热和光

　　都在铺张着

　　大地的姿容

使大地更加可爱

而能够献出生命

能够献出火热的血液

能够受难

能够无挂无碍地

效忠祖国

效忠战斗——为这些

快乐地殉道的

也只有我们呀

在这边

我们感动这样深剧

好像有什么巨力把我吸引……

热衷于我的战斗

沉醉在战斗中间

在这边

走着

——走着的不止我一个呀……

从泥泞的路上走过的

那些人们

　　都是那么面善

那么相同

走在他们中间

那些相识者和不相识者中间

我不会感到生疏

我是他们中间的一个

——大家都神往春天
　　差不多和我一样
　　很满足这明朗的日子
　　很满足这芳香的土地

他们互相祝福着
带着自己的忠心
　　自己的忙碌
带着凄惨的记忆
　　受创的灵魂
　　不曾用过的潜力
一点也不张皇
匆匆地去了
奔向前程去了

我从营地走出来
用好奇的眼睛看着他们
不由自主的微笑挂在嘴角
向着那有歌声的地方
我走去

一队年青人
走过来了
他们都擎着刀枪
微风吹动红色的缨络

刀尖闪烁着光芒

他们是光荣的

春天活在他们的心里

他们是喜悦的

——他们自己也忍不住要笑呢

在广场上

他们学习

瞄准

射击

许多人围着他们看

互相夸耀着

他们的儿子

    兄弟

     爱人

      战友的

     射击的准确

     风度的英武

我爱看那

被春天的太阳所照射的面孔

我爱听那

由人民手里射击出来的

枪声……

穿过草原

走在瘦小、弯曲的路上

从散落在平野的

许多零星的村落

人民

来了

在那个土地庙门口

集合了

出发了

他们走得那么慎重

带着锄头向畚箕赶路

中间还有花白了胡须的老头

　　　　睁大着眼珠的孩子

——我知道他们要到哪儿去

　　挖战壕呀

　　破坏桥梁，道路……

斗争需要他们

他们需要的也是斗争呀

"你们干得不错，干得很好

弟兄们，辛苦啦！"

我向他们打着招呼

他们回答我一串听不清的笑语

我渴想用我的手指

去拧一下那些孩子的

鲜红的两颊

我沿着村庄走去

　很高兴

　很安详

挺着胸膛

　很神气

天上

飘来一朵云彩

桃色的云彩

停在水中——明静的湖面

在洗衣砧旁边

伫立着一个少女

穿着蓝布的军装

这样美丽，结实，健康

伫立着

伫立着

在洗衣砧旁边

忘记了洗衣

她照着自己的姿容

在水中——

那样娟好的青春

宝石似的青春呀

自己对自己笑了

独自唱起歌来

——那是怀春的歌呀

手掠着发髻

胸前有一朵春花

——而她不知道我正从背后走过

　　　然后她害羞啦

　　　尽情地害羞啦

低下头……装作没有看见我

迎面

一支开拔的连队

向着村庄

足音震动大地

他们移动着

像一个人

像一道活的堡垒

太阳太热啦

他们的衣衫都被汗水淋湿

一个战士走下渡头

用乌黑的双手捧起江水

那么狂渴地一饮而尽

跑着快步

又赶上队伍

——我听到他身上

武器互相撞击的

清脆的声音

那边

江岸上传播来了

十几个人

合唱的动人的歌

我向江边走去

是那些船夫们

——那些扬子江的暴风雨

　　　所养育出来的子民们

在合唱着那么悲愤的歌曲

他们全身的神经紧张着

背着绛绳像背着十字架

他们的赤褐色的大腿

在与江岸平行的上身下面

走着有韵律的步伐

像要爬上高山一样

溯江逆流而上

移行着

发着金属的光芒

像一座座活了的铜像

江水叫号着

向他们的背后流去……

像顿河的哥萨克似的
一个少年
在江边饮了自己的战马
吹着尖音的口笛
声音那样俏皮，狂热
跨上马背
一挥鞭——那么快
那么沉着地驰骋着
从那一个桑园门口经过

开门啦
没有声音的柴门
走出来一个少女
提着一篮桑叶的那一个少女
走出门——看见他
真英俊呀
她笑了
笑得那么深沉……

于是战马的脚步更快了
蹄下溅飞起泥水
泥水溅在少女的新衣上
少女又笑了
更加深沉……

我从江岸走过去

处女林葱郁着新芽

小鸟的羽毛丰盛了

水里，不断地有游鱼跳跃

闪耀着银鳞

我摘下一朵小花

闻了一下——哦……

花有沁人的香味

用手探一下江水

江水是温暖的

我捡了一片小石块

向水面斜丢过去

对面就有许多小圈子荡漾……

我向草原走去

野草繁茂起来

燎火的遗迹

快被淹没了

从那烧焦了的土块的空隙里

生长出来的

那野花，小小的野花

当我偃卧在草原上的时候

从帽舌的边沿

霎视我——

用难以描画的骄傲

霎动着俊俏的双睛

趁着今天——这可贵的机会

告诉我春天的消息……

你告诉谁呢

告诉你

谁也知道是春天来了

IV

但当我望见

那茫然地呆立在平野的那一边

那个被强占了的城市

我想起了

春天的恩惠这样博大

那些地方

那些灰色的人群中间

春天有没有去拜访过呢

——没有！

　　真的没有呀！

春天

因为能爱

　　——爱我们

　　爱幼小的我

因此也能憎恨

春天
　　属于他
　　属于你
　　属于我
　　属于少年
　　属于战斗的心
　　属于蜜蜂
　　属于夜莺
　　属于中国——战斗的国家

但是
没有春天的
被他遗弃，拒绝
被他摈斥
些拖着幽灵的影子
像梦游者一般无力
　　　　——那些呀
是另外一群人们
不属于春天的人们

对于他们
他连一丝温暖都不给予
富豪那样悭吝
商人那样无情

那里是一片静寂

饿狗从街头走到街角

空虚、僵死的城市

停滞在无声的叹息里……

V

而我，我们，享有着这平野上的春天

我，我们爱这平野上的血红的斗争

隔得怎样辽远呀

曾经过去了的那些日子

为了不能忍受的耻辱

为了复仇的渴望

春天是隐约而模糊的

沉默着，没有声音

我曾经那样地惆怅

花不曾为我开

云雀的歌声在遥远的天外

那时

我的心虽早已属于春天

但春天却像是未知的朋友

像那冬天夜里的明月

夏日的火花

庄严的处女

悠游在天边的云朵

那样可爱

却又那样难亲……

我只能怀着羞涩的爱感思慕她

我不敢用嘹亮的喉咙呼喊

　　"春天

　　我爱你！"

——春天的心怀太阔啦

我再也探索不到

在那些日子

春天的心

在叶上依着朝阳呢

还是在山上逐着山洪？……

现在，为这许许多多的

层出的崭新的姿态所惊奇

为这许许多多的

不曾经验过的情感所系

我感到了，在今天：

十九年来

我所等待的

好像就是今天

今天这样的一天

是的，不曾看过

也不曾听过这样响亮的

第一次的雷鸣

没有一个春天

我看大地看得这么贪馋

没有一次

春天的歌声

能够这样紧紧地擒住我

我相信

就在这里

——这烟花灿烂的江南呵

这样的春天

也是少有的

在今天

有血

有笑声

有青春的梦

有太阳

有黑眼珠的处女

有卫锋号

有群队的歌

有半夜烧起的火炬

有钟声

有大旗

有爱

有诱惑

有胜利的心

有大地的呼吸

有朗星的夜

而

没有

——等待与空虚

这一切

都似曾在以前见过

却又与以前有怎样的不同呀……

在我心中

爆发了

永远不能止息的歌唱

我矢誓要战斗下去

我竟到了这样的地步

我的胸膈中是塞满了

自己的誓言

那誓言，简单，决绝

　　"抛开了战斗，

　　　　我们的生命就等于零！"

就使将来

这大地被血液泛滥了以后

就使野火再度地烧过

风暴再度吹去草原的芳香

就使冬日的冰雪

再度麻痹了大地的生机

就使那样

——那只是暂时

就使那样

——春天还是要回来的！

VI

只有今天

我才追捉到春天的衣襟

我才这样深切地感到大地……

这是我们的大地呀！

我们的大地

是宏伟，绮丽

自然写就的一首诗

洗涤了屈辱和灾难

她是跟天国那样相近

但也是在今天

两个仇敌住在一起啦

两座山碰在一起啦

今天

在我们自己的大地上

还有许多地方

笼罩着哭泣和死亡

在我们自己的大地上

失去儿子的老人

在街头向行人求乞

没有了丈夫的寡妇

抱着小孩子啼泣

而那些失掉工厂，失掉田庄的

无业的游民

又那样悲哀地

流落在异地……

血腥涂盖了大地

到处有仇敌的横暴的笑

到处有偷生的枭雄的巧语花言

到处有万人冢，孤魂庙……

——我永远不能忘记这些

这不晴不雨的日子呀

这没有太阳的日子呀……

这不像是春天呀

是谁把我们的大地弄成这样？

不能永远这样下去！

我们的汗流着

为了我们的大地

我们的血流着

为了我们的大地

惑人的大地呀

我们祖先的血汗养育了你

今天

我们也用血汗

为你的安全而战

你是我们的

我们是你的

驱逐法西斯强盗

把日章旗抛弃于

祖国的门槛之外

把屠杀，抢掠

　　　　放火

　　　　奸淫

在我们的大地上

根本扑灭罢！

VII

春天是我们的

春天是我们的

春天

是我们的！

——你没有听到那战士所唱的歌吗？

那战士

属于春天的队伍

在我的眼睛里看见过

在谁的眼睛里看见过

他像那个队伍里的每个弟兄

那个队伍里的每个弟兄像他

　　有狂热的青春的火

　　有近于顽强的健康的心

他们的梦——

　　用星星写在天上

　　温暖，璀璨，光明！

他们不曾为诅咒而退却

嘲骂不曾使他们顿足

他们不曾——不愿如此

他们是纯洁的

他们不会停止前进

"我只管战斗！"

他们说——好像久已想好了一样

多大的骚动呀

多大的叫声呀

是有多少人拥抱他们呀

是有多少人害怕他们呀

一个奇怪的队伍呀

人们看着他们

眼睛里充满猜疑

这会胜利吗？

这会生存吗？

——一个天大的奇迹呀

在战争中间

显示了我们的忠诚

淋漓地战斗着

用战斗决定命运

用死，用坚固的信念

鄙夷

帝国的炮火的威胁

回答

懦怯者的无耻的顽固

千百次地击退了侵略军

在怒水汹涌的江流

在泥涂泞滑的水田

在狭巷

在堤岸

在偏僻的渡头

在公路铁路的交叉下面

在河港湖泊的网布中间

埋伏与穷追

包围和歼灭

　　步兵，骑士

　　壮汉，义民

　　　皇家的叛逆

　　　——一家人

日夜累积着

胜利的果实

向

所有受难的城市

　　　　　　村庄

进军

攻取

我亲身经验了这些

我感到荣幸

我要对非难他们的那些人

皱起鼻子，咬紧牙根

努着嘴唇说话

"难道你没有看见平野的春天吗？

　没有看见平野上血红的斗争吗？"

我要用早晨的玫瑰

堆在战马红色的鬃毛上

我要要求太阳

用光芒给战士织一身彪悍的战袍

佩起真理的宝剑

奔赴在向光明的路上

所有遇见他的人

都齐声高呼：

"万岁！万岁！万岁！"

战士呀！

一切光荣归于你！

不死的功绩归于你

春天的手抓紧了一切

而你的手

抓紧了春天的一切

Ⅷ

我的心——这样沉重

有着少年人惯习的恐怖

我不轻易说到这些

我知道：什么

我的血将为了它流

我要用我全部的血液

在我的被诱惑的青春日子里

勇敢地

去爱——

爱春天

爱大地

爱被侮辱与损害的人们

爱平野上的血红的斗争

并且——

去为爱而死！

我走了多少路程呀

我受了多少艰辛呀

我有多少春的梦呀……

祖国呀！

我向来没有这样地爱过你

有许多允诺

甘心为你吃苦

做你忠勇的卫士

不曾有半句话埋怨

不曾要求些微慰劳

——至于此

我是不会说谎的

我在这边是

走了又走呀

看了又看……

积留在脚趾中间的

你江南的泥沙呀

在三月的

温暖而柔软的

泥泞的路上

那被伙伴们所走过而留下的

许多许多的足迹中间

那瘦小的一只

就是我的

如今该也积满春水了……

我在路上唱着歌

这歌：

模仿春天所唱的

感染了大地的诱惑

叙述着我的初恋的心

是怎样天真烂漫

我在路上想着这些

神经质地挥动两手

老实说

我是带跑带跳地走着

——一个难忘的日子呀

我想了许多

并且为这些所鼓动

惊讶而又满足地

我感到了

如今

我是再也遏制不住

我的情热的泛滥了

我是再也不能掩藏我的希望了

相信我的话罢，同志们

凭我的忠贞起誓

不要以为那是近于疯狂

我要去呀

不能这样久久地遥望着他们

我要

冲上去

毫不顾虑

向着所有的受难的城市和田庄

我要跌倒在她们的怀里

在那里

去流尽我恨别的眼泪

我将用怎样的声音呀

去告诉人们

一个确实的消息

我曾这样地去说焦我的嘴唇

"春天来了

胜利来了

我是来报告的！"

一九四〇年，春天

| 作品点评 |

  彭燕郊是我国现代诗坛的著名诗人，"七月诗派"的重要成员。早在抗日战争时期，他的诗歌创作就曾产生过广泛的影响，特别是长诗《春天——大地的诱惑》以其恢宏的气势、深笃的情感，表现了对祖国的深深依恋，对春天的热烈呼唤，从而显示了中华民族的伟大力量，也表明了自由诗的强大生命力。

  ——刘扬烈：《让生活充满美和爱——论彭燕郊新时期的诗创作》，《当代文坛》
    1991年第1期

  《春天——大地的诱惑》可谓彭燕郊诗歌"大地"意象的集中篇目，也是高潮篇目。这首诗道出了彭燕郊诗歌"大地"意象的核心内容，可以作为解读其诗歌"大地"意象的一把钥匙。在这首诗里，作者首先赞美春天的大地，她慢慢地生长了男气，挥动臂膀翻身了，她强韧、妩媚、广袤、年青、少壮、坚强、充满希望和香味，万物充满了生的意志，人们充满渴望，热爱生活，春天繁殖了生物，大家都爱着春天，很满意这芳香的大地，战斗的人民集合了，出发了，足音震动大地，作者和大家一样爱春天，爱春天的祖国的土地，愿为使大地更加可爱而战斗，而献出生命。

  ——容小明：《泥香的大地——彭燕郊诗歌"大地"意象探析》，《贵州民族大学
    学报（哲学社会科学版）》2014年第6期

恋　歌

彭燕郊

不要去问他们吧

说春天是怎样的一个季节

他们将说春天是少女失身的季节

是少年沉湎于自渎的季节

他们将说春天是南风的蜜月，

是冰雪的假期，是流浪的太阳重归的佳节

说春天是寡妇再嫁的季节

是尼姑返俗的季节

是去岁和今年握别的日子

作品信息

原载《现代文艺（永安）》1941年第3卷第1期。

是播种人开始工作的吉夕

说春天是猫高唱情歌的季节
是落花受孕的季节

是云雀乔迁到青空去的良辰
是流水换了新装来参与的盛会

是雷电拜访大地的投刺
是蛰居的草蛇的远方旅行记的开篇

说春天是更换月份牌的季节
是扫墓、踏青和植树的季节

是一枚孕妇给你的订婚戒指
是一篇负心者的像煞有介事的宣誓

是一曲辽远的歌，一场荒唐的梦
一首说着美丽的谎的诗篇……

但是——任他说得怎样巧妙呵
我说：完全不够！

春天，在往日
曾经是我们——

避着教师和同学的耳目，而偷偷地

在人们看不到的课桌下用足尖传情的季节

而现今呢？

春天是——

教给我以大胆的鲁莽

给你以温柔的慷慨的

使我们两两双双地骑着好战马

到山那边的桦树林去幽会的季节……

| 作品点评 |

这首后来没有入集，也从未为论者和文学史研究者提及的《恋歌》，还是让我穿行在陈旧纸页间的双眼为之一亮，当时就有一种直觉：这首久为我们遗忘的小诗，不但显示出青年诗人彭燕郊杰出的抒情才华，它呈现出的成熟风貌和充沛的想象力，也标示着中国现代新诗诗艺的高度！

尽管这首诗的个性与普遍的抗战诗歌相比显得面貌独异，但是它还是天然地带有着那个时代的诗歌特色。正像我们现在写诗的诗人，很少用大量的排比来写诗一样，那时的诗人对于排比也许有一种不言自明的好感。个性在共性中孕育、在共性中脱颖而出，这就是艺术的辩证法。彭燕郊的《恋歌》，正是超越于那个时代，又天然地属于那个时代的佳作。

  ——刘继业：《飞扬的激情和充沛的想象：纷飞战火的"恋歌"——彭燕郊小诗

  〈恋歌〉解读》，《名作欣赏》2007年19期

村庄被朔风虐待着

彭燕郊

满目凄凉的十一月呵

老境颓唐的十一月

田野是日甚一日地冷落了

村庄孑然地孤立着

以土拨鼠般黯暗的双目

无措地凝视

那恣情虐待它的朔风

朔风猎猎地怒号着

从野际滚动过来又向山凹呼啸而去

田野

这与村庄相依为命的田野呵

今日已经如一个生育过多的妇人般

作品信息

原载《诗创作》1941年第5期。

颜容枯槁了

失色的草叶四处飘零着

龟裂的圳亩

连一丝最后的绿意也匿迹了

朔风暴戾地呼叫着

绘声绘影地

代田野歌出了

万古以来的

宣说不尽的凄苦……

而漠漠的黄尘，旋卷成巨柱

如同涌起的暗云

拥抱了惊慌失措的村庄

像飞拔脚奔逃的村庄呵

披头散发而苍白失神……

朔风虐待着村庄……

凛冽的朔风

刺人肌骨的朔风呵

如此不留情地把拳脚向村庄交加

农人们把门窗紧闭

薄而破旧的门板后堵着桌椅

没有栅棂的窗洞塞着斗笠与簑衣

企图抗拒那

卷土而来的风暴……

丛树的最后一片的黄叶

也被摘尽了

打谷场

像被用力削去皮的硬壳果

裸露出干皱的肉身

篱笆倾倒了，盖压在菜叶上

被严霜欺迫的菜叶

被虫类蚀食得遍体鳞伤的菜叶呵

夹杂在篱边的乱蓬的枯草之中

已经很难分辨得出了

而那些枯草又都这样地散乱

有如失去修饰的兴致的老人的

绞结在一起的髭须般

标识着他的垂暮的残年

屋后的池沼——那泪水汪汪的

女人的求助的眼睛呵

彼岸上的老乌桕树的

无叶的枝丫的交错里

向冥杳的远方的不测的风云窥探

而朔风咆哮着

从万里外的沙漠

挟带了

蔽天的飞沙与走石

行色匆匆地

向着村庄扑来

村庄显得更为懦怯了

如同富室的丫鬟忍受小姐的任性的毒打

连啼泣也不敢出声

抽抽噎噎地

从门缝与窗隙

送出若断若续的呜咽

让风像揪绞她的头发似的

掀搅着屋顶的茅草

并且像被撕扯着衣衫般

把她那用破木箱和火油筒钉成的屋檐

远远地拉了出去

孤单的村庄呵

无依无靠的村庄

四面都是荒凉的田野

四面都包围着盛怒的朔风

举目无亲的村庄呵

痉挛地颤抖着的村庄

像雪天的僵冻了双翅的鸟雀

栖止在摇摇欲坠的枝杈

向着漫天的风雪

寻找失去的慈母

而哑哑地哀诉着

辘辘的饥肠的难受的空虚的村庄呵……

生意萧条的十一月呵

朔风虐待着村庄……

可是，宿营在这冷寂的孤村里

沉睡的我，却梦见了

十一月站立着

在我们的战斗日程表

加进了最可观的一笔

而朔风，朔风是一面巨阔的大旗

席卷了天地而飘扬着

片刻不休停地，以粗犷的呐喊

呼唤着欲来的风雨……

而它的擎天的旗杆

是被执举在战士们的手里

随着他们的两手的挥舞而挥舞着……

| 作品点评 |

《村庄被朔风虐待着》可谓是另一版本的《山国》。诗歌工笔着力，"画中"的"村庄"饱受"朔风"和寒冷摧残。诗人哀其不幸的同时，又是怒其不争——"村庄显得更为凄凉了／如同奴仆忍受主人任性的毒打／连啼泣也不敢出声／抽抽噎噎地／从门缝、窗隙／送出断断续续的呜咽"。种种国民性批判的背后，彭燕郊又是坚定地认为抗战是契机，是际遇，"那响彻天地的号音／片刻不停地／以粗犷的呐喊／呼唤着所有不幸的村庄／呼唤着战斗的暴风雨"。这种通过"战争"以抵达"启蒙"，进而在"启蒙"中实现"战争胜利"的思想抑或过于理想化了，但可贵的是作为年轻诗人其一直没有忘却启蒙的重担，这一知识分子理应时刻牢记和勇于肩负的历史命题。

　　——刘长华：《战争之子——彭燕郊抗战诗歌（1938—1940）的现代性》，《邵阳
　　　　学院学报（社会科学版）》2016年第5期

我们的月会

李文钊

朋友

亲爱的朋友

政治工作的同志

民族解放斗争的战士

我们不分阶级

我们不分男女

我们不分大小

大家团聚在一起

这是我们第一次的月会

我们的节目——

有讲演

有音乐

有舞蹈

作品信息

原载《抗战时代》1941年第3卷第1期。

我们需要

活跃我们的精神

活跃我们的感情

活跃我们的身体

唱吧

歌吧

舞吧

——尽情地欢笑吧

朋友

我们今天欢聚在一堂

明天我们准备着踏上战场

朋友

亲爱的朋友

政治工作的同志

民族解放斗争的战士

我们今天在喝红茶，吃西点

明天我们要穿敌人的胸，喝敌人的血

今天我们在慰劳工作的勤劳

明天我们要庆祝胜利的凯旋

桂南的悲惨呵

中国各地的悲惨呵

我们要向日本帝国主义清算

唱吧

歌吧

舞吧

——尽情地欢笑吧

朋友

今天我们欢聚在一堂

明天我们准备着踏上战场

我们第一次政治工作同志的月会是
慰劳桂南宣慰团的。临时征求我参
加一个节目，我没有什么可说，也
不会唱什么，即席写出这首诗，亲
自朗诵，塞责而已。

民国二十九年（1940年）十二月十五日并记

夜桂林

严杰人

呼吸在低压的空气里
我正患着沉重的苦闷
——这流行的时下病啊
一个月了
每个晚上
我都将烦恼锁在梦的门外

今夜
不安于床上痛苦的辗转
我遂爬起身来
披衣去访我爱的环湖
可是，明净如少女的眼睛的环湖
缱绻如贵妇人的头发的环湖
已被黑暗的手掌遮蔽而看不见她的脸目了

作品信息

原载《文艺阵地》1941 年第 6 卷第 3 期。

我只听见

她在冷风里的微弱的不平的哀怨和咒诅

我又去访被季候的风

榨干了血液的□水

她以含泪的话语

颤声向我诉说

她为羡慕美丽的桂林山色

而从僻远的寂寞的山国来

又为不愿承受污秽者所糟蹋

遂头也不回地流向远方去

于是

我又向十字街头走去

街道是以两旁的楼房筑成堤岸

让人群畅流其间的河

现在随着黑暗的厚度渐渐加深

人流也逐渐退落了

两旁的商店都关门了

只从里面漏出一滴滴灯光

和老板们拨动算盘珠子的声音

而失去了温暖的家

失去了酝酿甜梦的被窝的人呀

……

……

还瑟缩地彳亍在冷夜的街头

踢踏着厚厚的黑暗

雨桂林

严杰人

你

像娼妇般淫荡的雨呀

还不停地落着

你的脚步

还徘徊在我们的门外

毫不羞耻于自己的丑陋

盘踞在城市的每个角落

雨在迷惑着桂林呀

今天，我再不能像往日的每个早晨一样

一早起来

就推开窗子去看群峰美好如浅睡的少女的姿颜了

今天，我的眼睛

作品信息

原载《青年生活（桂林）》1941年第2卷第3期。

只能通过模糊的窗子

通过丑陋雨的薄裙

遥望那卧病在雨的欺凌下的

颜容憔悴的群峰了

为我所爱的群峰啊

看着你那

阴黯的浮着泪影的春颜

我这小小的心灵

徒然感到不能说出的委屈

如果不是霸于风雨

我还得去问你一声早安喔

雨在迷惑着桂林呀

人说"雨桂林""雾重庆"

唉！中国的城市

都在雨和雾的迷惑下

中国的灾难

正像雨和雾一样迷漫

中国未来的脸貌

正像雨雾一样混沌不清呀

但是中国的人民呀

你们想必听说

那遥远的西伯利亚是寒冷的

可是那些被埋在矿洞深处的兄弟们

（那些为诗人普式庚^①所祝福的兄弟们）

已经从矿洞里走了出来

"自由的光辉已经照□他们的身上

门口更有弟兄替他们重佩宝剑"

　　（普式庚寄西伯利亚诗句）

他们围绕在火的旁边

纵情歌唱

那边

已经张为人种新的伊田

而且，中国的人民呀

你们想必也曾听说

北冰洋——这"冰的天河"

是被坚冰封锁着的

北极——这"地球的屋顶"

是被冰雪所统治着的

可是经过苏联科学家探险家

进行神话一般的探险和研究

北冰洋已经成为一条可以经常通行的航道

"塞多夫"号破水船

从拉布台夫海出发

□□三公尺厚的坚冰

横渡过北冰洋

直驶入格陵兰海

---

① 普式庚，即普希金，俄国著名作家和诗人；俄国近代文学的奠基者。

经过了两年两个半月的漂流

完成了伟大的奇迹的航行

而北极——这"地球的屋顶"

在苏联科学家的宣战面前也被征服了

苏联的四个北极英雄

　　巴巴宁，克伦克尔

　　希兰□夫，费多罗夫

在北极浮冰上住了二百七十四天

替人类解答了"地球的屋顶"之谜

巴巴宁的"冰上日记"

已经成为一部真实而又动人的传奇

中国的人民呀

难道我们不能冲破雨雾的重围

去摘开光明的门吗

为了未来的日子

拿着我们祖先在

被雨雾迷惑的远古发明的罗盘

行走在今日雨雾迷惑下的路上吧

邕宾路上二题（外一章）

严杰人

一、修路队

他们

带着自己的粮食

带着自己的锄头

从百里外纠集而来

挖取土岭的肌肉

填补被破坏了的

公路上的一个个创伤

伐倒顽固的老树的躯干

架设一座座的

从河的这边到河的那边的桥

作品信息

原载《诗创作》1941年第2期。

他们一心修复这条公路

通到胜利的彼方

他们哪——

要联结起这破碎的河山

二、追击队

雨点密密地打下来

可以听见雨点落地的声音

而像雨点一样密密地落在地上的

是追击队急促的步伐啊

追击队所到之处

野花也笑着来迎了

而站立在野花之旁

也像野花一样笑着

并且不断地招手着的

是多情的南国姑娘啊

那些山峰

一个躲在一个的后面

他们是顽固的

今天也被感动得淌出眼泪来了

一日一夜的强行军

走了三百里的路程

疲倦偷偷地爬上了他们的脚筋

却爬不上他们的心

月照昆仑关

一

月照昆仑关

昆仑关镀上了一身银

踏着被月光洗白了的阶石

我们步步登上了古城墙上

站立在古城墙上眺望

远近都是耸接天边的山峰

每个山峰都刺破天空苍白的脸孔

山峰脚下公路有如一条蟒蛇

从远方蜿蜒而来

又蜿蜒到远方去

我们的哨兵

矗立在关头上

敌人奸细都逃不过他的监视

就是飞鸟也不轻易越过

二

月照昆仑关

昆仑关剥露出遍体鳞伤

屋瓦不再掩护地面，让它遭受日晒雨淋

墙壁添了许漏风的破洞

空地上敌弹挖下了许多陷阱

每个陷阱都是鲜血盈盈

昆仑关下

还有无数被惨杀的无辜的冤魂

无数掩埋不尽的死尸

无数被敌人撒下的瘟疫噬食的未亡人

昆仑关前的涧水

积落了太多太多的仇恨

又放射出太多太多的悲愤

这悲愤呀，响彻了南国的边缘

三

月照昆仑关

昆仑关微笑着如月亮

敌首中村正雄

却无言地躺在昆仑关下

这个飘忽在大陆上的异国的灵魂

永远变成岛国少妇梦中的点缀了

昆仑关前的一株梅树

正开放着鲜妍的花枝

有人站立在关前

纵情地唱"樱花落，梅花灿"

烽火情曲

严杰人

一

过重的记忆

酝酿了一个过长的梦

梦里

我看到了你

你矗立在山头

眼睛监视着敌方

为何不投一瞥目光

给我这边

曾有一次

作品信息

原载《中学生》1941年第44期。

你沉溺在一个广大的队伍里
你的歌声被同志的雄音所淹没
是不是

今夜，我没有更好的寄语了
趁月明似水
借赠一池浅浅的月光
为你洗掉征衫上的风尘

二

割断你遥念我的情丝
连梦也不要梦我
纵然孤独如寒夜的残星
也该永远闪着快乐的眼睛

收敛起悲哀的眼泪吧
因为它会侵蚀你年轻的心
愿你把一条条朗丽的笑纹
在你的脸上缀成一幅青春的图画

终有一天
我唱着凯歌去扣你的门
我和你并肩坐在人丛中间
骄傲地向众多的友人示威

假如我战死了

就请葬我在村前的溪边

好让你哪

朝朝暮暮挑水过我的坟前

| 作品点评 |

　　《烽火情曲》是抗战爱情诗中的佳作。这是严杰人从桂南抗战前线新闻采写中精心创作出来的一首诗，最初只是将其中的第二段发表在1940年8月5日《广西日报·漓水》上，后全文发表在1941年6月20日的《中学生战时半月刊》第44期上。诗中刻画了一位柔情的姑娘和一位豪情的战士，分别从恋爱双方的视角出发，展现了战争中爱情的不易。

　　这首两地遥念的情曲，大胆而热烈，淳朴而真挚，诗人将恋人之间对爱情的忠贞熔铸在了保家卫国的时代豪情里，具有浓厚的浪漫主义色彩。

　　——莫珊珊：《桂林抗战文化城时期的"中国诗坛"派诗歌》，《桂林师范高等

　　　专科学校学报》2017年第2期

金牙齿老七

胡危舟

金牙齿老七
你是闻名这山水甲天下的名城
赶来"靠山吃山，靠水吃水"么

那些穿黑色制服的壮士们
远远，远远□神□地在景慕你
"乖乖！金牙齿老七！"

那些患皮肤症、花柳症的女人
那些结拜"小姊妹"喜欢拍桌打凳的女人
那些讲究脸蛋子的唱皮簧的女人……
她们是多么高兴于推销她自己的来历哟
"我的干妈是金牙齿老七！"

作品信息

原载《诗创作》1941年第3—4期。

连那些刚刚学会了讲交情与义气的地头蛇们
也赞美你这跑过三关六码头的女大亨
说你"七阿姨，真够朋友啊!"

好吧，让我也像赞美一件山城的奇迹似的
来赞美你这乱离中仅有的铜筋铁骨的女人
赞美你从那各色人种所混迹的□岛上
趔趄来这儿以经济著名的山城
叫山城，□个老太婆戴上喇叭花，怪时髦啦

我向你抱歉啊，金牙齿老七
你莅临这个蹩脚的土头土脑的山关
不是太辛劳，太委屈，太冤枉了么
一如你天天所爱说的那句漂亮话
"连这里的月亮都不比上海的月亮好!"
显明地，你是邀功于这□血的山城
叼了你金牙齿烁亮的光了

于是，你挥起了两条□绘□龙的胳膊
□着那轻轻飘逸的阔幅的绸□带
甩开了领子，翻起了衣袖，挺胸凸肚
摇摆在一条条制造□□新闻的□头
你跟谁都称兄道弟的
你跟谁都□□拉手的
你，还像善意地兜揽着那些烦恼的小市民

"喂，朋友，一切都不要放在心上吧

明天，瞧我老七给大家的面子！"

啊，你这山城里独一骄傲的尤物

你仿佛在心里也说，眼里在也说

"我老七家里藏有泥砖般多的鸦片

有日夜抽不完的麻将税，扑克税

有嫁不完的女儿，卖不尽的丫头

有一把由于笑来、哭来、皮肉换来的

能启开那广州湾封锁线的钥匙呀

只问你山城里那些想发财的人需求的

和广州湾那些戴乌帽的日本人法国人需求的

我老七是吃惯了四面八方的

四面八方我都须留个深厚的交情呵……"

是的，四面八方也有人正在注视你，追踪你呀

看你在打发那些善良的商人的一股狠劲

看你对那些超过了重量的肥贵者在罚愿赌咒

看你老是跟一群鹰鼻、蛇睛、鼠须的伙家们交头接耳

看你以刁险的眼色指挥着喽啰

看你一天比一天威武的，了不起的

像一架插着"鸡毛"的军用卡车在横冲直撞□

而你，你又偏偏在追踪者的面前

皱起了装模作样的眉头，诉说你的苦

"唉！我是逃难来的啊

无依无靠的苦命的女人……"

甚至连眼皮也不挤一挤的
立刻流出你廉价的满眶的热泪了

就这么的，那眼泪如朝露一样
润泽你这朵从殖民地移来的妖艳的花
而且，你一天天地在山城里生起根来

啊，金牙齿老七，你告诉我——
到底是你跟山城讲了交情呢
还是山城向你学会了讲义气

说呀，说出你第一句的真话呀
你说这山城的雾水会不会变成擦铜油
今天擦，明天擦，来擦亮你的名字呢

你说这朴□的山城会遭到什么样的命运呢

你不说？你也想我皱起了眉头要诉苦么
不必的呀，让我虔诚地先给你祝个福——
我为你这位响亮着鬼样的人称的女人
巴望着，山城能举行一个盛大的，隆重的
"大后方繁荣病态纪念会"
那天，我会举起了选你当主席的第一双手……

| 作品点评 |

《金牙齿老七》通过对一个从上海来到桂林的女人的描写，展示了当时桂林的一些病态的现象。"金牙齿老七"，是诗人对这个女人的称呼，以她耀眼发亮的金牙齿来代称，突出了一个庸俗、堕落的女性形象，令人生厌。她从上海十里洋场的黑社会里潜来桂林，趁这山水甲天下的名城空前繁荣的时机，怀着不可告人的肮脏目的，也"赶来靠山吃山，靠水吃水"，干着与鸦片、娼妓等有关的罪恶勾当。于是，那些荒淫无耻之徒、靠出卖肉体为生的"小姊妹"、黑社会的"地头蛇"，一下子都聚集到她的周围。她不仅吸引到了桂林城里的一些丑类，还招引来广州湾的日本人、法国人，以她为中心，山城一隅迅速出现了一派畸形、病态的繁荣景象。在民族危亡的时刻，她还在后方制造着阴暗和污秽，并寄生于这罪恶的泥淖之中，汲取各种"恶"的营养，成为一朵"恶之花"。

    ——雷锐、黄绍清：《桂林文化城诗歌研究》，中国社会科学出版社，2008，第
       173—174页

鸡屎花

胡危舟

我憎恶地嗤嗤鼻
向一朵鸡屎花
——那首长的"表妹"
举起我的投枪
掷过去的

我们
在这战地奔走过的
尽是给风尘染得
　　污垢的蓬发的女人
　　苍黄的脸瘦的女人
只有你，你这鸡屎花
在超然世间的

作品信息

原载《西南文艺》1941年第1卷第1期。

一样凭丰腴的臂膊

敞开的胸膛

高贵地

耸起奶峰

骄傲你人性的柔娴

而且

那癞蛤蟆似的

　寡耻的下流首长

为你设置着仆奴们

——你的勤务兵

　　你的马弁

你已被封"官"了

鸡屎花的官啊

在早晨

你掠着首长的残魂

向办公厅的

　猪油般腻的空气里走去

"嘻嘻嘻嘻

哈哈哈哈"

一天荒淫的开始

一天荒淫的终结

夜来了

你向明亮的灯光里

与首先辉耀着

肌肤上

接吻的星星的印记

你忙着注射补血针

你忙着拍电报买胭脂

你高兴□打着靶子玩

你整天吃甜的吃咸的

吃你自己一样肥白的乳猪肉

你还嚷着

我怎能在这里挨罪

"我一定要回香港去"

但是鸡屎花——

你又丑又臭的溃烂性的

毒物啊

曾见万千只士兵的眼

监视你，恶厌你

大家正在挥手喊

"来动手

一锄头劈下去

连根拔除它！"

火

郑　思

火——
我看见了火
我追赶
我飞奔……

火——
狂热地
蹦着！
跳着！
在野风里，
活跃着
伸吐着无数条
血红的舌头。

作品信息
原载《诗创作》1941年第6期。

从深山

从旷野

从滚滚的河流两岸

风在呼啸

夜在闪躲

火——

燃烧着!

狂卷着!

□向沉睡的古城

扑抓着夜的山河

火——

贪恋的

伸吐着无数条

血红的舌头。

火——

我爱火呀!

向着火

我追赶

我飞奔……

火——

烧得正旺盛!

烧得正活跃!

那活的火头

那生命的火头

烧着！反抗着！

烧着！反抗着！

撕扯着无际的黑暗

席卷着辽阔的山河

你看！

好热呀！那跳蹦的火头！

好红呀！那缭绕

那是年青的生命

那是跳起来的自由

在生活！在反抗！

在反抗！在生活！

我们

爱火呀！

火——

跳向了我们！

我们

生活在北风里

寒冷

将我们冻结着

我们

像一只肮脏的破鞋子

被生活，

一脚！
踢在门外。

我们
像北风里
寒抖的一片落叶。
靠在生活的门外
躲在最下贱的角落
可怜而又寂寞地
风□望守迫——
任北风把我们拉扯
任北风把我们漂流

我们
闯不开生活的门闸
又被死亡的爪子
抓伤了！

我们
在生活的门外
像寒冬的风
整夜地
推敲温暖的门窗
整夜地
吹着，哭着，闹着……

我们，

要生活

生活，

不要我们啊！

我——

一只破烂的布鞋啊！

当我

看见了

我的眼——闪光了！

我的心——狂跳了！

我的血——像一条激流的河！

我跳起来了！

我蹦起来了！

我哭！我笑！

我叫！我吼！

我，像融开的冰河！

像爆开的火药！

啊！火！我爱火呀！

火——

跳过来

我

高举起双臂

扑向了火！

火在招引

热在诱惑

火呀!

伸着爱情的巨手!

火呀!

吐着真理的舌头!

火——

蹦着!

跳着!

火在烧!

火在滚!

火!撕扯着黑夜

火!爬上高山

照着天空

照着滚滚的河流

谁怕火呀?

——夜枭怕火!

谁怕火呀?

——狼狗怕火!

谁怕火呀?

——野兽怕火!

他们

拖着狼狈的尾巴

想用低能的手

去扑灭火呀!

火——

蹦着！

跳着！

在高山

在四野

在滚滚的河流两岸……

活跃地

顽固地

伸吐着无数条

血红的舌头

火！火！我爱火呀！

我扑向了火

我投入了火

火的流

——那烧得通红的

真理的流呀！

火——

用它的巨手

用它的舌头

一百次，一千次……

像母亲

像久别的老婆

热烈地，贪恋地

拥抱我！

抚摩我！

舐我！吻我！

火呀——狂热地——吻吧！

我这长年冰冻的

血液和眼泪

火呀——狂热地——吻吧！

我这被抓破的

溃烂的肤肉

火呀——狂热地——吻吧！

我这燃烧的生命

我这倔强的头颅……

我

站在火光下

我发现，我的手

原是这般粗鲁！

我发现，我的脚

原是这般粗鲁

我狂笑——

我到世界来

还不曾笑过呀！

我狂叫——

我到世界来

还不曾叫过呀！

第一次，我听见我的笑声

像警戒的巨钟！

第一次，我发现我的叫声

像一把光辉的利剑！

啊！火——

我的心胸

我的血管

我的全身

都是火呀！

叫吧！笑吧！

我挺直了腿！

我昂起了头！

我伸出了

有力的双臂

向着这天空

我想粗野地奔放

我想飞呀！

你听！叫声——无数个叫声，

你听！笑声——无数个笑声，

啊！你看——那人群

像奔放的马群

像急转的旋风

看呀——你看！

那喧闹的头颅

无数个，无数个……

从深山

从旷野

从滚滚的河流两岸

向着火——

在追赶

在飞奔

谁敢扑灭火？

谁能扑灭火？

火——

生活着

像钢铁！

火——

伸着手

烧毁了一切！

火——

用它的脚，

走过……

马上

从它的脚下

冒黑烟

伸出了无数条

旺盛的火焰！

谁敢扑灭火！

谁能扑灭火！

火！火！

我们需要火

广大的

土地需要火呀！

光在招引

热在诱惑

就让我们

投入火之流

烧焦吧！烧死吧！

我们不再要北风

我们不再要寒冷

我们甘愿，靠近火

来成长

我们甘愿，靠近火

来生活！

火——

亲爱的火呀！

我们高呼

我们叫唤

火！伸出你的巨手！

火！吐出你的舌头！

火——

亲爱的火！

一百次，一千次……

舐吧，吻吧！

拥抱！抚摩！

热烈地

死劲地

烧呀——火！

烧呀——火！

火——

用你的脚

踏过我们

我们

要成

无数个

燃烧的火头！

红热的火头！

火！我们需要火

火！我们爱火呀

看啊！

四面八方都是火！

满天满地都是火！

看啊！

我们——

无数个无数个……

燃烧的生命

倔强的头颅

已成

无数个，无数个……

红热的火头！

燃烧的火头！

｜作品点评｜

这是一首激情澎湃的诗，既是情感语言的浓缩，又是情感思维的蔓延。从意象到语象都张弛有力，形成一种如弓与前之间最佳角度的持衡。我们自始至终被这类语言燃烧着："火呀——狂热地——吻吧／我这燃烧的生命／我这倔强的头颅……"但我们丝毫不会感到仅是口号式的空喊。作者是一个体验很深的诗人，并且善于将自己的体验、自己的热情、自己的痛苦表现在诗中。

——黄绍清主编《不屈的诗城 愤怒的战歌——抗战时期桂林文化城诗歌荟萃》，中国文史出版社，2015，第999页

夜　店

郑　思

不像是茶馆

也说不上是酒店

——就算它是个酒店吧

这竹瓦盖成的

低矮的酒店

关着两块歪斜的门

晚来风

吹斜了雨丝

吹黑了阴沉的天

飘忽着一盏油灯光

这夜店

靠近火车站

作品信息

原载《诗创作》1941年第3—4期。

却躲在一条偏僻的路边

歪斜的门板

歪斜的竹壁

勉强撑住这瘦弱的酒店

青油灯

点不亮这灰狭的屋子

却把门外的黑夜

照得更阴险……

缺腿的条桌

歪斜地，靠着歪斜的竹壁

青油灯，在桌上

画着昏昏糊糊的光圈

光圈里，摆了——

一把酒壶

两个酒杯

两个滚了酱油的卤鸡蛋

和两张沉闷的脸

一切都是静静

只有屋外的风雨

飘打进来

吹下一两条

吊在竹瓦上的，烟灰结成的丝练

这两个

有些稀奇的客人

年纪像很轻

不比那些常进门的客人

看来是学生的打扮

却又不像是学生……

他俩

——像有满肚子的心事

沉闷地坐着

对着青油灯

也没有喝酒

也没有一个出声

这两个

不像是来搭火车的

也不像是能喝酒的

这两个

有些稀奇的客人

把酒店，弄得更冷清

一个叹了一声气

一个闭上了眼睛

两个卤鸡蛋

寂寞地，散出香味

像是在低声地呼唤客人

门外边，飘来雨风

堂倌打了一个寒噤

一边问一声

"先生！你们是宣队的吧？"

这句话，像一根针

刺着了他们

他们打量一下堂倌

"我们，流亡的人啊

我们，到处被人开赶

我们，找不到工作

我们，拖着千斤苦闷。"

年青的堂倌，□□脑袋

听不懂他们的话

也估不透这对稀奇人

雨风多寒凉啊

他又打了一个寒噤

看看客人

客人对孤灯

闭上眼睛了……

水壶的水，烧得嗯嗯响

疲倦里

堂倌静静地歪在灶边

开始打瞌困

二十一次的快车叫了

惊醒了堂倌

也惊醒了客人

堂倌打个呵欠

说声："车开了"

客人没有作声

看着屋外

屋外的雨，下得正起劲

像是害怕堂倌□

不停的呵欠和疲倦的眼睛

两个沉闷的客人

呷了两口酒

吃下了两个卤鸡蛋

又喊了一碟卤牛肉

一个放下筷子

喊一声——苦闷

另一个也放下筷子

喊一声——伤心

过半天

客人问堂倌

"这雨，下到几时停?"

堂倌说：

"这，这是雨季啊!"

堂倌估不透客人

看客人又沉默了

自己渗了开水

又歪在灶边打瞌困……

沉闷啊!

沉闷的夜雨

沉闷的青油灯

沉闷的酒店

坐着沉闷的客人

老板在房内咳嗽了

喊了几声堂倌

堂倌站起来

伸了伸懒腰，说声

"客人，时候不早了

你听，屋外边

起了二更。"

两个客人

静静的，对着青油灯

青油灯的光圈

以无限的温柔

和无限的怜悯

照着站起的客人

一个说：

"开赶了，走啊！"

一个问着：

"夜深了，哪儿去呢？"

跨起酒店的，歪斜的门

他俩，说话了

沉静的夜，黑暗里

浮着他俩的声音

"我看不惯这城市

这城市也看不惯我"

"走吧!

我过不惯雨季……"

堂倌看着他们

闯进了黑夜

堂倌听着

他们的声音远了，远得没有了

就轻轻地关上店门

心里想着：

"唏——多古怪的一对客人啊!"

夜深了，雨下得更大了

堂倌打了个呵欠

吹熄了桌上的青油灯

一九四一年八月，于桂林

柳州小拾

周　为

一　送出征

号音像一河流水
洗去了都市的睡眠

于是
红色的马
棕色的马
白色的马
更多的是绿色的战士
马蹄踏地的声音
炮车辗转的声音
更大的是阔步的声音

作品信息

原载《行政干部》1941年第1卷第5期。

排列、回转

回转、列排——

大军进行曲

朝雾如一抹轻烟

为扑天的灰尘失去透明

但雾里的路是清明的

我们的战士

走向南方

走向烽火

队列是渐去渐远

我乃喘息于追步

因为我忘记了

交付一句祝福

二　桥上

从没有人想起

向对面的人询问：

频扑什么呢

从河东到河西

从河西又到河东

只柳江水从桥下

不分昼夜

向行人絮语时间

我知道

当桥上拂过黎明的衣袂

人开又始踏步——

踏向明天

但现在还是中夜

需要更多的脚步

敲开最后的黑暗

南国的边缘

严杰人

往年

南国的边缘

一片绿色的田园笑对着晴天

温暖的阳光在原野上镀金

静静的清水河

汹涌着愉快的温流

鞍辔似的大明山脊

背负着朵朵瑰丽的明霞

而今

劫后的乡村

血迹斓斑的大地

默对着灰暗的苍穹

作品信息

原载《现代文艺（永安）》1941年第3卷第3期。

刺痛鼻子的血腥

随风荡漾在广漠的草原

草原上

腥风敲打累累的坟头

田园荒芜

没有牛羊啮啃田塍草了

山岭上

开遍了灾难的花

朵朵抹上浓重的血污

人们不敢听清水河东流的

沉郁的呜咽的流水声

不敢看大明山上

惨白的云朵

老年人瘪了的嘴巴

像一个偌大的烟斗

日夜吐出深长的吁叹

顽皮的孩子

被拑住了嚓唱歌谣的喉头

然而年青的人

已经组成了年青的队伍

他们正在迈着健壮的脚步

披着阳光又踏着阳光

迎着南风又送着南风

游泳在劫剩的故乡山色里

像黑夜的狂飚

卷过无垠的草原

这世纪的风

严杰人

一个跌入"巴黎的烦恼"里的诗人
曾经这样说过：
"我不知道这世纪的风
和它朝着的方向"
而我，一个气象台的观测员
都清楚地看见了这世纪的风
和它所朝的方向

我看见的
这世纪的风
在一九一七年的时候
从俄罗斯大草原吹刮了起来
它叫静静地流着的江河

作品信息
原载《诗创作》1941年第5期。

高声唱出雄壮的

像万马奔腾般的进行曲

也叫沉默的海洋

掀动起无可遏止的

像要淹没大地一般的澎湃

它号召被践踏的地下的沙石

飞舞起来

扑打践踏它们的

也叫被禁锢着的湖水

在无助的苦闷中

发出希望的微笑

这世纪的风

新鲜，活泼

而且充满力量

我舒快地吸着这世纪的风

它使贫血的我变成健康

而我呼出的微弱的气息

也加给它一分力量

| 作品点评 |

这首诗，最初发表在桂林《诗创作》1941年11月5日出刊的第5期上。当时严杰人才19岁。诗的第二节前三行明确地告诉了读者："这世纪的风""所朝的方向"，是列宁领导的俄国十月社会主义革命所指引的方向。"这世纪的风"的吹来，即毛泽东所说的："十月革命……给我们送来了马克思列宁主义"，使中国出现了新的革命力量、新的革命气象和光明前景。对此，诗人以丰富的想象、清新奇警的意象、感情豪爽超迈的排比诗节和诗句，做了形象生动和富于艺术张力的表现。

——黄泽佩:《不该忘记的革命诗人严杰人》,《文艺理论与批评》2003年第5期

指挥所里的参谋长

严杰人

他把一幅地图当作地毯

日夜匍匐在地图上

地图画着黑的、红的、绿的

符号、斑点和曲线

他的眼睛要从那里找出主张

躺在地图上面的

山林、河流、原野、村镇

都沉默着无语

静待着他的救援

电话机是他最亲切的朋友

他日夜和电话机攀谈

作品信息

原载《文学月报（重庆）》1941年第2卷第6期。

电话机给他报告消息

他要在电话里安排下一个胜利。

思　念

芦　荻

十二月的风凄凄

我思念你

思念你闭锢在严寒里

悠长的日子

我常常午夜不眠

起来看壁间的月影

原野的霜花

在冰冷的时辰中

偷取记忆的丝丝温暖

你是渴望春天的

春天还未到来

生命的蒺藜

围绕你丁冬的篱落

作品信息

原载《诗创作》1942年第8期。

你荒死了

在春天的园门

我等候你

艰难的播种者

虔敬地为你祝福

望春草五题（其一）

岁末断句

陈迩冬

1.茶镜

在你眼前浮上两盏咖啡；

在我脸上多添两道年轮。

2.猫

一九四一年就要完了

时间在你双瞳上

像雨水落在屋脊

分两边流，流去……

你翠绿的虹彩

把时间，像魔术家

玩弄着，变幻着。

作品信息

原载《诗创作》1941年第3—4期。

如赛马者的鞭挞。

如真空，让一片羽毛

比野马尘埃还落得快，

落得沉重，没半点儿怜惜！

像对殖民地的蹂躏

和剩余价值的剥削……

在今夜，只要你那瞳孔

缩成一条线啊，在今夜

只要古铜镂花的旧□，

时针、分针与秒针

也叠成一条线齐指着

罗马字"XII"：

今夜便完了，

度过了一年。

趁今夜——你瞧

今夜多闹热：

有猛虎在咆哮，狼子磨牙；

猴沐衣冠从市街过市街；

大腹皮的肥猪把背皮

挤着木栏只管揸，揸；

哪一匹狗儿不叫，狐狸不发骚；

哪一匹耗子不往洞里逃……

你太冷情了，

你在灰灶上

印一朵梅花

又一朵梅花！

一九四一年已快完了，

原谅我，我不曾为你写过

十四行或者八行的歌……

一九四一年十二月夜未央时

空　街

陈迩冬

空街是一无所有。像一条
四百米突长的跑道。
除了土地，连青草
也不见半片儿飘摇。

白日哪，白日的空街，
空街要趁着白日
来表演它的能耐：
不要半间房屋或一张广告，
空街自有它的繁华，
如水的流荡，火的喧哗。

是人的流荡与人的喧哗，

作品信息

原载《诗创作》1942年第8期。

空街又没有驰驱或停留的车马，

没有招牌也没有插草标，

空街竟招来了远近的

农人，工人，文化人，

学生，公务员，有闲者，

娼妓与流氓也穿插在

贵妇与绅士的行列。

让空街，给赤足草鞋

长钉马靴和高跟鞋

尽情地磨擦，尽情地敲打！

斜肩着扁担的过去了，

斜着眼斜着头的过去了，

嘴角斜挂着半支烟卷的

过去了，过去又过来了，

卷发细腰肢的背影

是那样的婀娜，你瞧，

又飘过了红的领巾，黑的领巾，

彩色的领巾与彩色的人群。

就在这些彩色人群的脚边，

空街陈列着褪色的货物：

铜边炉，锡锅，白铁铗子，

金丝眼镜，琺琅的彩瓶，

各式的挂钟、座钟、挂表和手表，

各式的自来水笔，各式的镜屏，

各式的"响器"候你来吹敲……

皮统子、衣靴、皮手套
皮大衣和皮短褂
全是尖子货——最好销！
今天你不买，看明天
明天又涨上了，它们随着
油盐柴米，随着洋纱，
物价像黄河的河床，
别说一年，就一天
一天也比一天高！

在那些华达呢，马口呢
哔叽绒的体面服饰旁边
也摆着像失了生命
粗布的草绿色的脚绑
贩卖者当然不知道
它是羞怯还是骄傲？
反正寻不出一点血痕
一点汗渍或一点疮疤。

这空街，连红豆也是商品；
佩剑一柄一柄地闪着光辉。
一毛钱买一颗爱情，
两毛钱买一对相思！
要不然，就花三块五块
来打扮成一个摩登的骑士！

空街是平坦的，像一条
四百米突长的跑道。
只瞎子才那样的蹰踌
用手杖探索着空街，
而我们，光明的人群
哪一个不是大踏步，
从不曾意识到空街不平坦。

白日哪，我也趁着白日
在空街，带回一件东西。
我花三毛钱买了一枚
铜绿了的"宣和通宝"，
它不会告诉我它的遭遇
和它那个时代的故事……

| 作品点评 |

题名"空街"，讽刺寓意是深刻的。"空街"首先是一幅战时后方生活的缩影。"空街"是一条四百米长的跑道，白天，到处充斥着"人的流荡与人的喧哗"，到处陈列着铜边炉、锡锅、白铁夹子等褪色的货物，战时生活艰难，人只有靠变卖自己的衣物和用具来维持生活。然而，就在底层人们在饥饿线上垂死挣扎的同时，上流社会依然追逐着奢侈的生活，对他们来说，"皮统子、皮靴、皮手套 / 皮大衣和皮短褂 / 全是尖子货——最好销！"而普通老百姓基本生活所需的油盐柴米，价格却像黄河的河床飞涨，诗人怀着满腔的怒火，对国难当头之际上流社会的奢靡颓废进行了辛辣的嘲讽。

——雷锐、黄绍清:《桂林文化城诗歌研究》,中国社会科学出版社,2008,第148—149页

　　《空街》从后方一个临时集市展现了一幅战时社会生活图景。这儿原是"一无所有,像一条四百米突长的跑道",可在白天,却到处充斥"人的流荡与人的喧哗",呈现一片繁荣景象。对此,诗人采用了速写和素描的手法,先写熙来攘往的人群而着笔于他们的脚:"让空街,给赤足草鞋/长钉马靴和高跟鞋/尽情地磨擦,尽情地敲打!"也着笔于他们的情态:有"斜肩着扁担的",有"斜着眼斜着头的",有"嘴角斜挂着半支烟卷的",有"卷发细腰肢的",以及红的黑的领巾在飘扬,汇成了彩色的人群。然后写地摊上陈列的商品:有各种"褪色"的生活用具、陈设物,以至吹敲的"响器",有各种皮货,有高档的呢绒,也有军用的脚绑和佩剑,以至红豆……这便构成一幅战时社会生活的缩影。它从"褪色"的货物,反映了战时生活的艰困,不少人只有靠变卖自己的衣物和用具来维持最低的生活;也从抢手的畅销的皮货,映了战时物价的波动,"随着油盐柴米,随着洋纱"的涨价,"今天你不买,看明天,明天又涨上了";也从高档的呢绒和服饰,反映了上层社会的奢侈需求和发国难财者的投机牟利,也从草绿色的脚绑流入市场,透露出前方战场的信息。

——林志仪:《论陈迩冬抗战时期的文学创作》,《广西师范大学学报(哲学社会科学版)》1994年第1期

乌夜啼

陈迩冬

没有钟表也没有灯火
只猫眼的双瞳上闪出
时间是一条线，一条线——

啊，子夜！
"咶，咶咶"！

是谁家的犬吠，是谁家
怨妇叹呼还是小儿惊啼？

"咶，咶咶"！
是乌，乌音啦！

作品信息

原载《人世间》1942 年第 1 卷第 1 期。

夫唱妇随的鸽子
已安息于它们的“狭的笼”；
叫嚣的八哥如睡死了；
鹦鹉还从梦里学舌吗？

“咶，咶咶”，
啊，乌夜啼！

在一个黑暗将要到来
或者黑暗像逝水流
流去的时候，那是上帝
指定给一切羽族
歌唱的黄昏与黎明。

为什么
乌夜啼？

你这黑色的灵魂
抖一抖黑色的羽翼
在黑色的时间里
唱一支黑色的歌——

“咶，咶咶”！

你从不管你的歌声
不曾落在那些胆性的

早睡复酣睡的人的床上；

只撬开失眠人，迟眠人，

和大胆而奔忙的夜行人的心墙……

啊，乌夜啼……

| 作品点评 |

《乌夜啼》的构思很奇妙，它用递进的方法，对乌鸦"活，菇，皓"的叫声逐层揭示，最后才落实到暗示性的主题上。从形式看，它是以表述性诗节与点明性诗节相间组成，使每一层次都起到承上启下的作用，联结十分紧密，而又富有节奏感。"乌夜啼"这个标题，也并非一般的描写自然景象的标题，实际上它是用作象征题旨的意象。按照中国民间的忌讳，向来认为乌鸦的叫声是不祥的，会给人带来恶运。可是诗人改变了这种迷信观念，赋予了新的内涵，使之象征黑暗社会中那些反动统治阶级的爪牙们，在主子的驱使下，对人民施行阴谋诡计和凶残镇压的罪恶行径。诗中虽未着一字凶残恐怖，却寓之于喻拟的意象中。

——林志仪：《论陈迩冬抗战时期的文学创作》，《广西师范大学学报（哲学社会科学版）》1994年第1期

雨淋铃之一

陈迩冬

我的故人曾经告诉我
他的先生曾经告诉他
"在雨天，连眉膊也是滑的，
那对面扛木头的人走过
你的身边时，你将打点：
木头扛在他的左肩，
你当从他的右肩过去……"

从远方来的少年也向我
陈述他的先生的教条：
"在雨天，伞和伞和伞
相让相挤相碰地过市街
你把伞放低——齐着眉，

作品信息

原载《诗》1942年新3卷第2期。

不要挺过脊骨大踏步

给别人的伞沿在你肩上滴水……"

我的先生也说过"在雨天，

雨天的黄昏，黄昏到午夜，

你不妨把窗帘放下，

窗门关上，再钉一层黑纱；

要不然你把灯吹了，你睡觉，

别让灯光向路上抬摇，

避免行路人嫉妒的心眼……"

我的故人和远方来的少年，

他们是否遵守"师训"

我不知道，不知道。反正我

也是一个叛道的门徒；

在雨天，黄昏，黄昏到午夜，

我打开窗让灯火辉煌！

辉煌到路上让行人

看夜脸上的一颗红痣

更显露夜的丑态，雨的雄姿……

一九四二年四月杪末雨的夜

| 作品点评 |

　　《雨淋铃之一》的立意和构思，别出心裁。"雨淋铃"（亦作"雨霖铃"）原为唐代教坊曲，相传唐玄宗因安禄山之乱迁蜀，入斜谷时，霖雨连日，复闻栈道铃声，为悼念杨贵妃而采作此曲。迳冬借"雨淋铃"为诗题，却反其悼亡伤雨之意为排俗颂雨。诗围绕着"雨"，次第写故人的先生、少年的先生、"我"的先生的教导；而这些教导，都不过是一种明哲保身的哲学在生活小节上要求谨小慎微。"我"对雨夜必须关窗、熄灯的教导，却持"叛道"的态度："我打开窗让灯火辉煌！"显示做人应该光明磊落，有一分热，发一分光！

    ——林志仪:《论陈迩冬抗战时期的文学创作》,《广西师范大学学报（哲学社会
        科学版）》1994年第1期

黑　旗

陈迩冬

安南地图像边城的雾，

老花眼下它是一片模糊。

老花眼是当年惯巡风

惯瞭哨的千里眼，小黑旗

如今成了边城沦落的孑遗。

须发镀了银，骨头起锈，

那一条跛腿显得他更龙钟，

桄榔木的手杖是他身子的弓弦。

这模样只博得顽童的谑笑，

活在世界上快到百岁高龄，

活受罪，谁说他是"人瑞"，

就多吹几阵亚热带的淫风，

多晒几天太阳，也只是

作品信息
原载《诗创作》1942 年第 11 期。

风前的烛火，太阳下的霜露。

墓门早已向他打开，但世纪，

世纪却正向他变着脸皮。

想当年杀番鬼时正翩翩年少，

短衣窄袖，三尺三青布包头

压鬓角插一朵红槐花。

天不怕地不怕，旱灾，饥馑，

早就磨他成一个没有肉，

只一身硬骨头的小丈夫！

左右江儿郎早就一片喊：

"跟刘二去，跟刘二去安身立命"

斩过"凤凰"，把小指尖儿咬破，

滴血进酒杯，喝——交互地喝：

不要梁山水泊，不立瓦岗寨；

陈涉吴广也是起身蒿莱；

黑旗并非是赤眉或黄巾；

不学黄巢杀八百万颗头颅；

李闯只想坐北京城第一把交椅；

张献忠把女人的小脚堆成山丘，

可是一碰鞑子兵什么就完了；

让洪秀全、杨秀清给后辈人

叹息罢，他们自家杀自家……

"跟刘二去！"兔子不吃门前草！

要飞得远，冲天翅儿飞得高，

一窝蜂，飞出十万大山，飞出

水口，平而，镇南三头，落下安南。

安南为天朝屏障了南方，

三年进贡，五年朝天子，

从秦汉到爱新觉罗王朝，

世纪连着世纪，子国的使臣

从海涯走向长安，走向北京，

向阿房宫、未央宫，向颐和园，

向那些独夫呈献最卑微的语言，

最典雅的词章和最珍奇的物品：

奇人有昆仑奴；奇兽有兕汉；

会笑的狒狒；会捕鼠的蒙骢；

丹砂；乌金；沉香；苏合油；

羚羊的角；蛤蚧泡成的酒；

六稜七稜的菴摩勒果子；

海枣；波罗蜜；桂叶的荔枝；

白雉鸡；白象；白鹿；白鹦鹉；

碧绿的翡翠；火红的珊瑚树；

相思豆也要红，要小；蚌珠要大；

上林苑又要种热带的奇花；

还要蚺蛇胆治风瘫病，治眼疾；

制媚药要红蝙蝠和海狗的生殖器……

因为安南是富有的，七十万方里

土地上堆满棉花、甘蔗、肉桂与烟草，

用不完的矿，吃不完的粮，

每年还贩卖给云南两广。

北京城里的宰相、尚书、侍郎，

亲王、福晋、贝勒和格格们

哪一个闲磕牙不夸西贡米！

哪一台满汉筵席不争用西贡米！

西贡米是媚眼的妇人，

她勾惹了欧罗巴浪子；

宝藏总是海盗的，你看安南

招致了资本主义的海盗船：

一千八百五十八年，法兰西

和西班牙联军初到广南港，

回溯印度洋上红海过苏伊士运河

到地中海和地中海的边缘

不论是马赛或者巴塞维纳，

这一道虹吸是无比的远大！

为了要吸取白银与黄金，

远涉重洋来开拓市场。

四年后，安南德王初次败北，

"西贡条约"上签了蓝墨水的字，

蓝色的字迹是横行复横行，

就在那横行的字迹旁边

又盖上暗红印泥的鉴章。

上写着割边和、嘉定、定洋三洲

和康道尔群岛给法兰西；

再送两千万佛郎到巴黎和马德里；

三国的人民从此"自由通商"；

湄公河让法国的兵舰来往。

可是湄公河却不便行航，

他们再要红河，再要红河！

又占了水隆、安江、和仙三洲，

囊括了下交趾，又攻破河内！

安南的臣民谁能再忍辱呢，

黑兰的娘儿们也呐喊了——

"我们不再退再让，也不再和！

难道又再送两千万佛郎？

凭安南两千万条人命拼拼看！

如今一个"天福镇宝"也不给！

何况我们现有黑旗刘二，

他为我们剿过匪，平过白苗；

灭了胜保的土霸何均昌；

又打败盘轮四的黄旗党。

他们不反天朝，不打百姓，不打南兵，

他们也恨老番，和我们同胞又同心，

要刘二来，要黑旗军来，

怕什么法兰西，红河不让！"

于是从嗣德王的宫廷

他下插鸡毛的火急诏书：

请黑旗人马进驻怀德府

命督统黄佐炎带领南兵

汇合黑旗军反攻河内城！

督统行辕悬一百五十两银子赏格

来购买每一个法兰西兵的头颅；

敌人襟袖上有画□的是校尉，

有谁：杀得一画的，多赏十两

再两画的再加一倍，"敢么？"

"敢！"黑旗军要花红也要光荣，

"谁怕法兰西谁是契弟！

弟兄们，选画数多的杀呀！

那五画金边的是法国驸马！"……

黑八卦旗卷着风上去，

黑七星旗卷着风上去，

篆画刘字大黑旗卷着风

上去，上去的旗色是一片黑。

战场是一片昏黄，一片呼噪。

黑八卦旗，七星旗，篆书刘字旗

卷着风，从一片昏黄里

一片呼噪冲过了纸桥，

那一边兵马来迎这一边兵马，

人骑像星点儿罗列，混乱，

星点儿飞，星点儿明灭，陨落，

战场从一片弹雨，一片刀光里，

留得一片殷红，一片死静的平安！

法兰西的远征军败北啦，

像纸扎的走马灯经不起火

经不起风，指头尖一戳就破。

那些被杀□的烂兵马

只好躲在河内城里等

等，等援兵到或者讲和。

他们还是法郎克骑士的子孙哩，

祖若父也曾随大拿破仑

蹂躏了欧洲，蹂躏了非洲，

巴黎凯旋门下埋藏着

决地中海的水也洗不清的罪恶。

如今拉丁贵族的首级

却提在亚细亚农民手里。

黑旗军先锋与凤兴

笑嘻嘻抚摩着他的战利品：

"看呀，这表是黄金制的，

八件头金缕花，白金链子，

三十六颗宝石，五颗明珠；

敢则是他宫主送他的表记！"

黑旗弟兄谁都发了洋财，

从督统行辕又送来

肥猪美酒；大秤称银子。

百姓们家家户户锁了门，

"看黑旗去，见刘二什么样子。"

大街小街的娃仔全会唱

"刘二杀□番，越杀越好看。"

"怎么刘二也没有三头六臂，

身子那么瘦，那么枯槁；

参经得起几天太阳，几阵风。"

"相像也不好，下巴尖尖像獐猿；

不过颧骨那么高，怕会掌大权。"

"不，你别蔑视他胸脯那么小，
里面那颗心怕大过鸡蛋……"
"别说空话，让我们亲热亲热
将军，弟兄们，你们杀退了老番，
你们要什么有什么，只管说。
要笑？要醉？要狂欢？要万民伞？"
刘二回答："我们笑过也醉过了，
也不要万民伞，不要狂欢，
我们要云梯，我们要去爬城！
我们打不下河内，誓不回去！"
"好！有云梯！"可是有了云梯，
黑旗军还是调回，——不许攻河内。
嗣德王已发下议和的通告，
一纸和议又是一面降旗！

"法越亲善条约"是糖调的鸩酒，
它不仅是毒死了下交趾六洲，
就整个安南也受了麻痹，
连五岭以南怕不再是中国土地！
并且法兰西蔑视了他的同盟者，
蔑视了大清的帝国和国际公法。
可是北京城是静得悄悄复悄悄，
颐和园只有檀板丝竹的歌儿闹。
同治小皇帝早就出天花死去，
西太后另立小皇帝年号光绪。
让第一把椅子坐着这么一个小孩

年年天天受千万人罗拜。

安南的使臣那年从海涯

走向北京，呈献了珍奇的物品，

并且说明"这全仗圣天子洪福，

全仗天朝那一群亡命之徒；

刘二是子国君臣的镖师，

黑旗军是安南的长城；

要不然这些东西不再北来。

它们会走得更远西到巴黎去。"……

于是吏部主事唐景松

上书请缨去筹护藩邦

说"安南是南疆的门户

黑旗军哪一个不是帝国的子民，

要培植他们，要他们效忠皇上，

要他们壮大，强梁，要他们去抵御

那么南方袭来的欧罗巴风雨。

他们是广西子弹——微臣同乡，

愿学傅介子出使，陈汤为郎"……

朝廷赞美了他的奏章和壮志

含泥燕飞向枝头变凤凰！

这书生用三寸舌头当前

帝国的绿营兵也集结在两省边关。

自从刘二谒见了唐钦差

归来，黑旗军气焰像红槐。

准备厮杀，厮杀厮杀，哪怕他

法兰西发动倾国的人马！

安南的土地又踏上了法国铁蹄，

这是第二次，人数有五千，

远征的是法军大佐李威吕。

三千黑旗军分五队迎攻，

第一线邓士昌，黄守忠；

左翼吴凤典；右翼杨智仁；

刘二带着精兵自领中军

夜袭教堂，平明进据关王朝，

右翼的轻骑已直薄纸桥。

敌人正狂喝着从南欧带来的

啤酒、香槟酒和白兰地酒，

一杯复一杯地碰杯又碰杯。

仗着犀利的武器，仗着酒，

仗着黑夜——黑夜的密云，

而黑旗军却飘忽又风雨

从低声疾走到呐喊到嘶哑，

从包围到被包围到反包围，

黑旗军的短刀像千万条

银蛇舞：银色的臂儿拥抱，

银色的舌尖吻着人肉，

银色的笑里一柄柄带血的刀……

虽然右翼杨智仁阵亡，

左翼吴凤典也带了伤，

而黑旗军终究是全胜，

五画的李威吕已寸肤不留存。

四画的，三画的，两画一画的

和没有画的横阵着三百具尸身。

凯旋的队伍得了多少

来复枪、弹药、千里镜、步号，

凯旋的歌声里有大群：

非洲战马驮着它的新主人。

现在刘二是做了安南王国

三宜提督，封一等男爵，

北京皇帝万里颁来奖章，

诏赏花花纹银十万两。

法兰西却愿用十倍的数目，

从北圻先寄来一封书：

"黑旗将军如果率众来归，

我们还给你大权和崇高地位；

不然就遁跡山林或者回国去，

只要不管安南事——退出山西。"

刘二回答是一个"不"字，

"我刘二虽是出身草莽的老粗，

可是我终究是中国的子民，

要替父母之邦看守边庭；

又是安南王国的极品元戎，

王室和两千万人民是万般受宠；

莫说嗣德王知遇之恩不可忘怀，

就百姓的爱戴也不能出卖！

我刘二盟心像出山泉水清，

让我说，你且洗耳恭听：

除非你们退兵息干戈，

不然再有安郡李威吕之祸！"

而他们，专以肇祸为能事的他们

海陆军数万又越过了红河，

密密的马蹄踏着红槐落花，

舰队的旌旗划破了海天云霞。

这一回北京城也震动，

一片喧哗直噪上九重，

备战的奏折一道又一道

叠在南书房的御书案

和尺八的九彩龙瓶一样高。

清廷下诏首宜示国人，

这一回决不像鸦片战争，

要争取主权，保卫帝国土地，

绝不撤下这一道南屏的潘离！

着徐延旭从镇南关

齐旧卒和新兵出谅山；

云南的唐炯、岑毓英，

出北宁援助黑旗军。

黑旗军这回也成了中国兵队，

军中新竖起黄旗大旗；

刘永福做了大清帝国的

记名提督，带来了花翎。

十一月的海洋风疾疾吹，

亚热带天高马正肥，

没有瘴气没有残疾流行，

十一月正好是厮杀的日子！

好厮杀的日子却没有好的厮杀，

只一两场小战就度过了

恼人的残年。让时间

从猫儿眼瞳上一寸寸地

溜走一个冬天又一个春天。

从云南出□的大清帝国大员

带着大兵远不见布置大战，

尽消磨春灯春酒好湖山，

春色又撩人哪，找那些

丰硕的黑□姑娘承欢侍宴

让雁子先排人字北还，

等到雁子又飞向南来，

法兰西的部队已节节连营，

在河内他们驻下了重兵：

欧洲的、非洲的及至亚洲的。

他们以殖民地攻击殖民地

以甘愿或被迫服役的奴隶

来攻击不愿做奴隶的强敌

"他们的大兵□从河内杀来了

怎么还不见刘提督下命令

去迎头痛击或是动寨？"

"为什么弄来这几百个木箱？

为什么要葵叶几千张？

为什么又几百条大小竹竿？

为什么又把节打穿，从旁打眼？"

"铲这些茅草有什么用哪？

铲草的地方又装起垒垒新坟

还要插香，又烧纸倒灰？

坟头飘扬起白纸幡儿？

好哥哥，你告诉我搅什么鬼？"

"三个千里眼的小弟兄莫多嘴，

这就是命令，这就是计谋，

我悄悄地轻轻地告诉你们

这比截杀和劫寨还厉害：

我们领了两万斤火药，喂

你先别伸舌头，别嚷，听我

悄悄地轻轻地告诉你们：

我们将有一场人的轰炸。

那木箱也还打了洞，直接逗

小竹筒，又横接逗着大竹筒，

木箱里有火药，竹筒里有引蕊，

你看纵横十字连十字

隙缝处用葵叶来扎紧，

埋进地下，地上盖茅草，

那一片假装是埋骨的坟茔。

你们听过《三国》，听过《水浒传》，

刘提督是诸葛亮火烧葫芦谷，

我们个个是轰天雷凌振！

· 415 ·

你三个如今该去瞭哨巡风，
明儿敌人来是你们第一功！"

这三名小黑旗的第一功
是法兰西输送人血染成的，
他们的骨灰铺遍了大茅山，
和泥沙又被热风吹散。
塞纳河水边接头的怨妇，
里昂湾沿岸葡萄圈里的村姑，
年年凄凉地度过圣诞节，
凄凉地独赏酸果看明月
觅封侯的夫婿一去不复回，
大茅山是当年的"无定河"！
无定河中有冤鬼也有忠魂，
就这三名巡风的小黑旗
有两个被敌人的狙击手
□销弹射进了他们的身体
死了，他们带着功，伴着
远左翼鬼，年年同听薤露歌。
那一个没有死的也带了花，
在病榻上述说胜利的故事。
在腿上包扎草药又换膏药，
日子换了日子，梦又换梦。
由这个肩膊换那个肩膊
抬他过一重山又一重山
一道水又一道水，往后退。

黑旗军尾随着云南大队：
迷样的行军谁也费疑猜。
等小黑旗腿上的药除净了，
仲春天的淫风又吹人厌倦了，
才知道葫芦里是什么药，
风向是这样的一番风向——

黑旗军大小百十次的恶斗；
唐景松的三寸舌与万言书；
冯子材在凉山又一场大捷
和满朝的弹章，举国的咒骂，
也扳不转反向的风蓬——
昏愦的朝廷与主和的官吏；
他们也禁不起帝国主义
一点儿甜头和一点儿胁诈：
因为法兰西的海军转了舵
不打扰安南，去打扰台湾。
朝廷的国策是"和为贵"，
宁可放弃藩罗的安南，
不愿损害那新建的行省，
爱新觉罗祖先百战才征服
从汉人手里最后夺取来
装在帝国宝座上的一颗明珠——
给在版图上一点光荣的台湾岛！
朝廷有朝廷的打算，
主和派有和平的花样：

李鸿章是当朝一等伯爵，

他会扑灭过"发匪"的猖狂，

他是拥护满族来残踏汉族，

他借用外国人来杀中国人，

他也想借资本主义的血液

来注射这老大爱新觉罗王朝！

如今台湾的存在是在他手里！

将来台湾的存在是在他手里！

将来台湾的断送也在他手里！

这一双惯于签订和约

惯于翻为云覆为雨的手

后来又拿过俄罗斯的卢布

把中国的秘密送进沙皇的冬宫……

现在先订下中法和约，这一纸文书

是他说纵横做宰相的资本。

黑旗军个个拔刀砍石向天切齿，

安南的百姓家家户户哭声哀。

怎么打胜仗还要接受和议？

要退出安南又割弃安南？

军中一连奉到二十余道

圣旨，照会。像是十二金牌！

带泪的挽留与带泪的欢送，

从一座关门到一座关门。

一路上香烟袅上□云，一路上

礼物压断了百十条扁担；

白日数不清晃动的人头，

夜来数不清晃动的火把。

等到这些火把熄了，人静了，

安南就算是殖民地了。

三婆神是安南最灵的神，

我们。

人头与火把静待她的敕命：

"你们应受半个世纪的磨难，

黑旗军和你们缘分已断，

刘二的子辈也不再来安南，

但第三代要重出镇安南，

朝管朝，代管代，财是财，路是路，

有终须有，注定无来莫强求，

记着：六十年风水轮流转，

要一度化甲后你们当另结新缘"……

从此镇南关外不见有黑旗，

天知道，他们在哪一块土地上！

朝廷的诏旨只准一千人

随刘二入关重新编练。

一纸功牌算是皇恩浩荡，

祖国的繁华是属于别家！

那些百战儿郎散落在

哪一块土地上，天知道！

这惯巡风瞭哨的千里眼

小黑旗，拖着一条跛腿

年年换一条桄榔木手杖

栖迟在多山多雾的边城。

年年看红槐落叶又开花，

年年看江水春涨秋落

流去了一度花甲的日子！

如今又见安南蒙到新的磨难，

第三代的儿郎真个□□来。

安南的宿命怕会个转变，

这老大的地图也许要打翻身。

安南地图变了颜色又将再变颜色，

湄公河，红河，像恢复斗性的长蛇。

只有斗争才有彩色出现

只有历史的彩笔才绘得美，

绘得匀均，绘得出奇，这地图！

老花眼眼底模糊心里不蒙眬，

不是没出息的天宝宫人说玄宗。

一九四二年□□稿

| 作品点评 |

　　从创作意义上说，这首长诗取材于19世纪末黑旗军刘永福援越抗法、捍卫祖国南疆的英雄事迹，宣扬爱国主义精神，揭露清政府的屈辱求和，它对于抗日战争的现实，是起着激发民族意识、反对破坏抗日的积极作用的；而且，它艺术地再现广西子弟英勇抗法这段光荣历史，也具有激励后人的特殊意义。在表现方法和艺术技巧上，也有了新的探索、新的发展，更多地体现了逖冬的艺术才华。这首诗没有

拘泥于史实记载，而是在史实基础上做了新的艺术构思，以丰富的想象充实了史实的生活内容。它安排当年黑旗军的孑遗——一个曾担任巡风隙哨的老兵为历史见证人，用大量诗行回叙抗法战争经过的情景，而集中于三大战役的抒写。其间还展示了中越的历史关系，越南人民对黑旗军的深厚感情，清政府的屈辱求和，使胜利变为失败，黑旗军最终遭到扼杀。在具体描写中，呈现了一幅幅生动的历史画面。

在抗战时期的诗坛，像《黑旗》这样采用历史题材创作的长篇新诗是不多见的，没有广博的社会知识、坚实的文学修养和对中国近代历史的深入钻研，是不可能创作出来的。即此一点，我们就应该给予充分肯定，更何况在艺术表现上运用各种手法，也较好地实现了其创作意图。因此，《黑旗》这一迩冬的力作，我认为在中国新诗史上应占有一定地位，不能长期被淹没。

　　——林志仪:《论陈迩冬抗战时期的文学创作》,《广西师范大学学报（哲学社会科学版）》1994年第2期

旱海风（八章）

徐力衡

题　解

一

连历史家也不能考知的年代之前

它该是一只海，不通大洋的海呵

后来，海水枯竭了，风来填补。

没有了海水的海，我们怎么来称呼它呢？

象鼻之一

推是来自热带的吧你这大笨象呀？

作者简介

徐力衡为胡明树笔名。

作品信息

原载《诗》1942年新3卷第2期。

永远低下头

采鼻于漓江中

不知是渴了数十世纪了还是要替女人们

去摸取

那被她们认为水底针的男人心呢?

我们自小就听说

象鼻最灵敏

一根针丢在地上它有本事抬起。

象鼻之二

——象鼻对訾洲　清水两边流

富贵无三代　清官不到头

——民谣

不属于雅的一类

不属于颂的一类

而是属于风的一类的

旱海的风!

你这永不抬起的大象鼻呀

为什么有了你的存在

和你周遭形势的存在

就会决定

这里的人民不能继续三代的富贵?

又为什么就会注定

这里的清官不易做?

我不懂——

百姓们忘了敲断你这大象鼻

是你的福了！

象鼻之三

——由象鼻山前经过的酒船，每年至少要被难破一艘。

——民间传说

你这来自热带的

你这有着长鼻子的

我呼你为大笨象

是因你有着笨重的体材和老实人的外表

我却素来未知你还是一位风流酒客呵

当饮漓江不能止你的渴

还要用

船只做杯子

干它一杯！

牯　牛

——牯牛山上有十三坡，每坡中有十三缸，每缸中有十三块金子，每块金子有

十三斤——谁人得到了它，万代不愁穷。

——民间传说

它是一匹牯牛，富有的牯牛

它是一匹害了"孤阳病"的牯牛

它饱喝了相思水

就伏卧于相思畔

仍为性的饥渴而喘息着……

一定有了一个可怜它的医生

为它开了一条方子——

雇来了一班管弦乐队

每晚为它举行一次演奏[①]

（在这场合它就是一匹听琴的牛了）

音乐响了，在它的面前

火车就跳着一泻千里的滑冰舞[②]……

每天早上

那一群音乐家

就一定有一部新的集体创作——

"国际""国内""省市""广告"的四部合奏的

"K·S日报"

老 人

发蒙了的老人眼

还是不断地看着，单恋着

那匹富有的牯牛呵！

不知多少年代了单恋着那

---

① 山旁有某报社的工场。

② 山前就是铁路。

牯牛山上的二千一百九十二块的金子

一心要获得它，说是为后代

于是他病了……

单思病是难治的

现在他正患着激烈的肺病呢

每天早上

在咳M！咳M！咳M！地咳嗽！

又增一层泪水……

为了万代以后的事，他于是病了。

鹦鹉

——据说：桂林的"风水"是很好的，但也有美中不足处："桂林万山皆朝拱，唯有鹦哥不回头"。于是用一条大铁索锁住了它，为了防止它的远走高飞。

有脚，你能走

有翅，你能飞

有嘴，你能言……

鹦鹉呀你这鸟中之最高知识者！

我曾数度

徘徊于你的四周

要看你那永不回转的头

究竟是朝向东南西北的哪一方？

而那锁你的铁索

究竟锈到怎样的程度了？

被封建主缚束了的

该由谁

来解放你呢？

鹦鹉！

独秀峰（之一）

在万众之中你自翮于你

如"鹤立鸡群"的独秀感么？

爱宠过、惨淡过、得意过、流泪过的独秀峰

秋风起时

你曾是一根地、一根地、又一根地露出了肋骨的憔悴。

春祭时节了呢你就穿起了"青衫"的制服么？

打开窗户听听吧

漓江水上有诉泣的琵琶声。

假若你还有沦落人惜沦落人的暇情的话

你的青衫是该湿的了！

司马！

独秀峰（之二）

独秀峰上的那根桅杆

为什么不移到一幅图画里呢？

独秀峰上有着桅杆的事

也应该出见在我们的诗句中呵。

五万年后的一天早晨

羊思坦先生在"人类报"上

发表了一篇警人的考古论文

将为顿先生认定独秀峰上的桅杆为旗杆的学说推翻

题目为"史前期的独秀峰上的桅杆考"。

悲哀极了，可恨极了！

我们现在明明是文明人

但五万年后的那么不肖子孙

却把我们归为史前期的畜类的人类！

这怎么行呢！

留下一篇"更正"的遗嘱吧！

先生！

| 作品点评 |

　　这辑诗除《题解》外包括8首短诗。其《题解》抒写了本诗《旱海风》命题立意的缘起。8首诗各以象鼻山、牯牛山、老人山、鹦鹉山、独秀峰为依托，或发思古之幽情（大笨象"采鼻于漓江中／不知是渴了数十世纪了还是要替女人们去摸取／那被她们认为水底针的男人心"），或诉患了"孤阳病"的苦楚（牯牛喝饱了相思水，"仍为性的饥渴而喘息着"），或叹人生之多艰（《老人》"为了万代以后的事／他于是病了"），或抒写对自由的向往和渴求（"被封建主缚束了的／该由谁／来解放你呢？／鹦鹉！"）等等。都是从山水名胜生发开去，纵横驰骋地进行人生哲理的思考，托物言志，借景抒情。艺术构思不落俗套，寓意深湛精粹，有一种比较特殊的艺术魅力。

　　——黄绍清：《不屈的诗城　愤怒的战歌——抗战时期桂林文化城诗歌荟萃》，

　　中国文史出版社，2005，第1278页

母，子

胡明树

"妈妈，哥哥寄回的照片
他戴那样的帽
穿那样的衫
是不是就叫军服，妈?"

"是的。"

"妈妈，他穿那样的军服
到什么地方
干什么呢? 妈?"

"前方去，打日本鬼!"（妈拭眼泪。）

作品信息

原载《诗》1942年新3卷第5期。

"妈妈，哥哥打日本鬼去

你难道觉得

日本鬼可怜？

要不，你流泪什么，妈？"

"不，孩子！

日本鬼害人，害物，应打！

但是，你哥哥

丢下我和你

你——年幼

我——心里难受……"

"妈妈，难受什么！

——哈，这孩子

长大得真快

可以帮手了啦！——

三叔公，二舅父

不都这样赏识我么，妈？"

"这猴子！"（妈妈一声，笑了……）

| 作品点评 |

　　《母·子》由一张从前方寄回的哥哥着军装的照片，引起的母子间的对话，那纯真的母爱（拭泪），那天真的质疑，那解释和安慰，都写得情态活现，而妇孺皆知的压倒一切的"打日本鬼"的道理，也就自然而然地从中突出了。

　　——黄绍清：《不屈的诗城　愤怒的战歌——抗战时期桂林文化城诗歌荟萃》，

　　中国文史出版社，2005，第1007页

胡明树的儿童诗歌《好，不好》《母·子》《利市》则在轻快的带着稚气味人物对话中，反映人民的抗战心愿。语言比较通俗、朴实。通过人物对话突出人物性格和特征，突出主题，带有很强的劝诫和教育作用。

　　——韦林池:《独特的童真美感——论"桂林文化城"儿童诗歌创作》,《安阳师范学院学报》2007年第6期

原上草

胡明树

——绿的地平线上

向所有的亲友

我奉献出

这诗篇——

这由二十二首短诗连成的长诗。

或

这画册——

这由二十二幅构图合成的连续画。

汽车路

汽车路

作品信息

原载《诗创作》1942年第8期。

是破坏了

彻底破坏了呵

或被开作了耕地。

或水田。

而其上的禾苗

比两旁的禾苗

长得特别高

而绿

汽车路

是破坏了

彻底破坏了呵

但因其上的禾苗之特别高

而绿

故车路的模型还在

它的高度呀宽度呀依旧

在那长长的车路上

每年增加了多少生产?

桐树，标语

汽车路的两旁

桐树以等距离排列着

像为路人撑着绿色的伞

前年，它们还是小小的

去年，显然的大了

今年，就更大

树身上刻有

"打倒日本帝国主义！"

"……"等标语

前年，它们还是小小的

去年，显然的大了

今年，就更大

桐树与标语的长大

成正比例

破　庙

岗下有一间破庙

神像已支离剥落

香炉也已破碎了

崩烂了的庙宇

为什么没人修葺？

破碎了的香炉

为什么绝了香烟？

只会骗吃

而不会为人民造福的神哟

你的被人遗弃

是必然的呀！

木　瓜

颓垣之旁高高地屹立着几颗木瓜

它的躯干是笔直的——下半光滑上半叠鳞形

而它那宽大的绿叶则高高地长在树梢上

叶柄下则挂着熟得发黄的猪乳房般的瓜宝哩

木瓜熟了，为何没有摘食的人？

往年的旧客都哪里去了？

马夫，马

经了长途跋涉的人和马

在破庙前停下了

马用眼睛问着马夫：

"要走的路，

走完了么？"

"天黑了！"马夫说：

"我们在此过一夜吧！"

马夫把马背上的重负卸下了

马已没有工夫嘶叫

哺哺地喷了气之后

于是低下头

吃着原上的草

它的背部

是擦伤了的

烂得令人恶心

但它毫无痛苦的表情

可是在旁站着的马夫

却皱了眉头

但他忽地横眼瞥见了

那颗垣旁的黄黄的木瓜

于是他微笑了

趋了过去……

大榕树

路边独立着一棵大榕树，

叶，浓而且密

阳光找不到罅隙透过去，

干，粗而且大

两人拉手围它不过，

根，其所伸展到的地方——

其在地下所占的面积

怕要大过叶在空间占的面积！

且看它那露出地面的粗根吧

正像伸长着的蜘蛛蟹的趾爪！

就是这样的一棵大榕树！
它做了牧童们的游乐场，
做了农夫的工余休息所？
且听那从树上播出的
牵牛的牧歌吧，
且看那树下的置着几天瓦钵的稀粥吧
附近该是有农人在耕作的喽！

牧童的歌

抑扬的歌声
从大榕树的梢头发出：
原来树枝上坐着一位牧童
他拾起了巢中的红的鸟卵
放在掌中玩赏，这样唱——

"红豆种安
九千九百九十九又一个岭……
相思隔着万重山……！"

牛，摩摩地叫

在秋
在南国
在绿的地平线上

牛，两角弯弯

低下头

吃着原上的草

天气是晴朗的

云雀在半空飞舞

牧童在树上歌唱

牛，也抬起了头

而且放开了喉

在摩摩地有所感怀地叫了

田间的歌声

农夫们弯着腰

在田间割禾

有的无言叹气

有的在唱歌——

"难了难……"（甲）

"麻篮担水上高山……"（乙）

"麻篮担得几多水呵……"（丙）

"肚饥饿得几多餐……！"（合）

"谷呵谷……"（甲）

"米呵米……"（乙）

"要谷成米好容易呵……"（丙）

"要秧结谷实在难……!"（合）

"天不下雨怕天旱呵……"（甲）

"下雨太多又怕淹灾……"（乙）

"天旱淹灾尤可当呵……"（丙）

"最怕还是鬼子来……"（合）

"鬼子到来抢谷米呵"（甲）

"烧我房舍割我鸡呵"（乙）

"杀我父母奸我妻呵"（丙）

"此仇不报还待何时……!"（合）

"不要怕呵——"

一位着军服的拿起了横在田塍的枪

他的脸上浮着幽默的笑做着射击的模样：

"不要怕呵，我这里有杀敌枪!"

军民合作图

在田间农夫们正忙于收割

他们是各式各样地装束着：

赤膀子，白背心，缠头巾

驼背的老农披夹衣

年青的少妇露出了右奶喂婴儿

还夹杂有一大部分穿草青服的

你说那些青色的人们是士兵么？

但为什么他的手上也有镰刀？

你说那些赤膊的缠头的……是农夫吗？

但为什么他们也带有枪支来？

若说他们是农夫的士兵吧

或说他们是士兵的农夫吧

无多大的界别：

大抵农夫都赤足

士兵都穿草鞋……

用午餐的时候

他们先后到了榕荫下

青色和杂色的人是分开的

而青色的人们却多了一种集队的形式

然而他们的午餐是？

是稀粥！

午餐之后，

在岗上放哨的人

向着田间喊道：

"喂，换班呀！"

家鸭的指挥官

一群呀呀地叫着的家鸭

奔向了田间来

收割过了的田里

是脱落有许多谷粒的

这就成了家鸭的粮食

那位饲鸭的老农

慢慢地跟在鸭群后面

手中持着一根二丈多长的竹竿

竿头系着一块烂布

这就是他指挥鸭群的旗帜

这旗帜

可以命令鸭群向左或向右

止步或前进

"鸭司令，日安！"

"日安！"他答，向招呼他的农人。

"家鸭的指挥官，你好呀？"

"好！"他应，向问他的另一个农人。

"做了五十年的饲鸭家

被叫作鸭司令

和家鸭的指挥官

是值得的吧？

可是，这样的年纪了

应该退让的啦！"

牛车的收割队

牛，两角弯弯

作为它的前矛

举着稳重的脚步

向前走

背后拉着两轮重重的牛车

牛车的两轮是高高的

跟在牛的后面

叽叽格叽叽格地向前滚

车上满载着

一捆捆金色的禾穗

牧童仰卧在禾穗上

偶或翻过身来

向牛挥策着鞭子

跟在牛车的后面的

仍然是牛车，牛车，牛车……

跟在最后的牛车的后面的

是那健壮的农夫

肩上挑着两捆金色的禾穗

跟在农夫的后面的

仍然是农夫，农夫，农夫……

还有背枪杆的农夫

做他们的后卫

枪杆，枪杆，枪杆……

这是联合的收割队呵

牛车叽叽格叽叽格地向前滚

原上的军民大会合

大清早，太阳还未出来

而一列青色的队伍

早已流到了草坪上

围成了一个有缺口的圆圈，

接着又流来了

一队杂色的行列：

扛着礼物的男女各界

由圆圈的缺口流了进去

口令—动作—敬礼—立正—唱歌

主席的口中说出了"今天，我们，"

会就这样地开始了

接着，民众代表也登了台：

"亲爱的×军全体同志

自从开来了敝处

阻挡了敌人的进攻

使我们直到现在还能安心耕作

✕军全体同志

爱民众如子弟——帮我们秋收和冬耕

这是我们永远不能忘的

✕军赐给我们的恩典！

不日，✕军全体同志

就要开到别处去完成更新的任务了

所以我们特组织缝补队

前来替✕军同志补衣

作为我们对✕军的敬意

我们，要和✕军全体同志

永远连系在一起！

"我们永远连系在一起！"

这是全体的呼喊

喊声震彻了云层！

接着一位士兵跳上了台

向各人行了敬礼，说：

"各位同志！

今天，满腔的热血烧去了我的羞耻

使我厚脸来讲关于我当兵的故事——

我本是：辛亥年代的民国儿

生长在南国，土地于我最亲切

灼热的太阳在我的额上涂了颜色

因此它反光的像一面镜子

我爱我那匹母牛甚于我自己

我还爱我那支翻山覆土的铁犁

我还爱我那匹母牛拉下的黑屎

有一次，在路上，找不到东西盛它回去

我就在粪堆上插了一根竹枝——

做了这样的标记

就是说明那是'有主的'

但待我回头再来却被张三铲了去

我于是愤怒得一拳打掉了他一个牙齿……

是春耕时节：

我戴笠帽，披蓑衣，驱母牛，背铁犁

去开垦埋藏黄金的土地

忽然风刮了，雨打了

笠帽蓑衣也真有用处！……

南国的春，夏，秋都那么地绿得可爱

而南国的冬又何尝不是？

所以我爱那春的绿色，夏的绿色

秋的绿色，冬的绿色

总之，我深爱我的土地

我的土地上的一切！

但是，当我从榕荫下的梦中惊醒来

我的爱哪里去了？

我的房屋？我的母牛？我的铁犁？

烽火在烧着原野，南国已经失了绿色

恐怖使我逃命，逃到了异乡

痛哭我那失去了的土地以及土地上的一切……

于是一种真理启示了我：

要夺回所有的爱就必须夺回爱之母的土地，

于是钢盔代替了笠帽，枪杆代替了铁犁

我要打回老家去？

现在，我的家乡已插下了战争的旗！

现在，我的枪口正在瞄准敌人的头颅！

不许敌人的脚踏进我们的土地！

不许敌人的脚带回去了我们土地上的一粒沙泥！"

"不许敌人的脚带回了我们土地上的一粒沙泥！"

这是全体的呼喊，喊声震彻了云层！

军长用土话唱了一个山歌

换来了彻天的掌声，

参谋长用国语讲了一个笑话

换来了一阵狂笑，

李班长舞了一出大刀舞

巧妙地向空中打了一个筋斗

于是全场喝了一声彩："好呵！"

……

队伍暂时解散了：

或喝茶，或小便，或交谈，或唱歌

而缝补队也开始工作

她们在一针、两针地绣补——

那些破旧的戎衣

——那些缝补的线步逐渐缀成了

秋海棠形的中华民国图

呵，原来

她们缝补着的

是破碎的河山哪……

不觉太阳已爬到了天顶

队伍也照着原来的模样布着阵图

每人都把自己的缩到最小的影子

踏在自己的脚下

"我们永远连系在一起！"

"不许敌人的脚踏进我们的土地！"

民众唱了一个《大刀杀敌》

士兵唱了一个《义勇军进行曲》

最后是《军民大合唱》

在□洪壮的歌声中

那杂色的行列

流出了圆圈的缺口

而那青色的圆圈

也慢慢拉成了一条曲折的长蜿

向着原上的

另一角落流去……

夜进军

辽原上的

绮丽的景物

与天然的画幅

都是接受了太阳的光

这才被完成了的，

一切的色彩

假若碰到了无情的漆与墨

都会为之失色，

一切的景物

若果遇着了无光的黑夜

也会失去它的威风

任你是画界的能手

若果在无光的夜里

你怎能成功你的构图？

任你是诗家的泰斗

若果在无光的夜里

你又怎样录下你的诗章？

正在这无光的夜里

正在这秋的南国的原上

有着成万的队伍

在串行着不许燃火带光的夜进军！

连他们自己

也看不见自己的图形，

连他们自己

也看不见自己的威风，

连将军们平时的马上的英姿

也是无法鉴赏的，

只能在相离十丈远近

才能看见他们的黑影

是的

将军们的计划与目的

并不是为了画家的构图

诗人的赞颂

人们的鉴赏

也不是为了表现自己的威风与英姿

而是为了

为了呵争取胜利！

归　雁

夜路是难行的

尤其在无光的夜里

要不是踵接踵地前进

难保不会立刻就失却了队伍

云翳遮住了群星

方向是难辨的

因为不许带光

所以身上的指南针也毫无效用

然而

"关！关！关！关！关！……"

一群飞雁从高空掠过

好了，我们就跟着

雁声的方向走吧

雁群是南飞的

因为它们要回到南方寻求温暖

而我们

我们的队伍

也正是负责收复南方的失地的哩

呵南国——我们温暖的家乡

定光星

失去了队伍的人们

是连方向也失却了的

天那么黑

路又看不见

随时都会遇着危险

这时候

天上出见一颗特别大而且亮的星

我不知天文学家叫它什么星

但我的一位农夫出身的同伴

却告诉我

"它是定光星

它的部位在东方"

宝 鸭

当我们失却了队伍

在夜中摸索着的时候

我的那位农民的同伴

就这样告诉我——

"东方有定光星
南方有宝鸭
定光星是下半夜出见的
宝鸭是常见的

你看：那在桐林上方的
像一个乙字的就是!
那些连成了一个弧形的星群
就是鸭颈!
颈上特别亮的那两颗
就是眼睛
那一片白白的带形的
就是银河!
宝鸭常在河中游泳……"

看着天空，天空像一张蓝色的纸
星星们就像蓝纸上的白点
它们缀成着无数的形象——
宝鸭，其他……

溪　流

那边是一片竹林
将到它的穷尽处

无意出现了一条截断了去路的

曲折得不见来路的溪流

溪流是那么的静

静得像池沼

要不是河旁有一架水车

叽叽咯咯地不息地转

你不会听到水流的方向

溪水素来是那么的清

清得像井水

但今天为什么却变得如此黄浊

——不，如此的赤红呢

既不是枫叶映照江水

也不是木棉花开的季节

莫非昨夜

昨夜呵在不远的上游

有过激烈的战争么？

呵，这是血流呵！

这小溪，这小溪

是大地的脉管呵！

看哪：

正有数十具尸身向下流来

这是？这是被歼灭了的毒菌

和做了英勇牺牲的白血球呵！

水　车

溪流是要经过相当的路程
才能通大江的
在它的两旁
稀疏无断地
安排着车轮似的水车
像是要借巨轮的转动
溪流才能驶到大江似的

水车叽叽咯咯不息地转
提起了一筒筒的溪水
（混了血的溪水）
注在竹筒上
于是灌溉了两岸的田地

两岸的人们
于是得以利用这些水力
而站在深秋和初冬的气候里
在田间工作——
冬耕，春播的准备……

白羽鸭

朔风吹来
来到南方的早晨

穿过了篱笆墙的孔

再向南方吹去

篱笆墙侧着身子

让朔风从头上跨过

行人低着头走路

让朔风割着不能藏起的两耳

朔风吹来

水波朝着风的去向荡漾

池中有□对白羽鸭

无忌地逆浪前进

播种者之歌

朔风像刀割般刮两耳

人人的口中都喷出了

白的朝雾似的水蒸气

冷呵，口唇也尝到了鼻涕！

正是冬与春交代的

乍暖天时——播种时节了

在田间工作的农夫

是知春最早者！

季鸟未来，百花未开

而农夫的铁犁

已经翻开了那

为雨水湿透了的土地！

种子是向天撒的

嫩苗却长自田里

按时插秧，灌溉，施肥

神农至今年年都如此！

人人心里都希望：

撒下了一粒种子

将有一万粒收成

一万粒收成呵一粒种子！

春　野

春是来得顶神奇的

你不知他究竟到了何处

在什么地方藏躲着

每当乍暖回南时候

他就忽然一闪露脸于人间

经了长期的淫雨之后

晴了——太阳出来了

竹林中无数春笋露头角了

绿叶枝头也添了许多嫩芽

池边的青蛙在咯咯地叫

满山满岭满开着野玫瑰

而村妇们却说：

"七姊妹花开啦！"

陪伴着那高在半空的木棉花

像满天的红霞

春燕长征而来

双双地衔泥修筑旧窠

而那些在修补着公路的

在修葺着废墟的

是刚收复的失地么？

而，在春野，桐花也开放了

雄蕊借着春风去与雌蕊交接

桐花是美丽的可爱的

由桐花结成的桐子

还可以榨成做涂饰用的桐油呵

而，在春野，百花都开放了

呵，四月是多花的季节

春野是一片青绿

红的花，黄的花，白的花……

都是青绿间的点缀

而，在春野，阳光是温暖的

农夫们来往于，耕作于

歌唱于阡陌之间……

农夫们来往于、耕作于、歌唱于

绿的地平线上……

| 作品点评 |

　　《原上草》组诗包括22首短诗，有着内在的联系。从总的内容看，它以1939年初日寇一度侵犯广西南部之后的农村为背景，讴歌战后的桂南农村加强战备意识、积极生产的一片欣欣向荣景象和军队支援农民、捍卫家乡、亲密合作的军民关系。这些短诗采取即景式的写法，放眼田原，随意点染，笔调清新，自见情趣。

　　——黄绍清：《不屈的诗城　愤怒的战歌——抗战时期桂林文化城诗歌荟萃》，

　　中国文史出版社，2005，第1077页

马赛大火

秦　似

阅苏联大使馆公报，塔斯社七月十日电讯中有云：法兰西爱国分子在马赛将待运交德意军队之军火，付之一炬，大火爆发，港口及所有邻近区域包围于浓烟中历数日之久。

　　　　在觉不着一点风丝的热天晚上，
　　　　对着摇曳不定的菜油灯光
　　　　我打开那来自远方的公报

作者简介

　　秦似（1917—1986）原名王杨，笔名茹雯、思秩等，广西博白县人。现代作家、翻译家。1935年从事文学创作，主编香港《循环日报》的《文学》双月刊。抗战爆发后，从事抗日救亡工作，并在《文艺阵地》《救亡日报》上发表杂文、诗歌。1940年春由桂南抵桂林，积极投身于桂林抗战文艺运动。任中华全国文艺界抗敌协会桂林分会理事，《野草》月刊、《文学译报》编辑。西南剧展期间担任资料组干事，是"十人评议团"成员之一，参与戏剧评论，撰写了对《太平天国》等剧的评论文章。桂林沦陷前，离桂参加地下党领导的桂南敌后斗争。抗战胜利后赴香港恢复野草社，续出《野草》月刊。解放初曾任广西省文化局副局长领导过广西的戏剧改革工作。担任过广西大学中文系教授，中国作家协会广西分会副主席，广西政协副主席。

作品信息

　　原载《诗创作》1942年第16期。

从蝇蚋般钻动着的大堆铅字中间
一个声音越过崇山峻岭
传到我的耳鼓了——
马赛大火！

马赛，你光辉的人民啊，
如像天穹那迅电的闪光，
不止一次照亮了法兰西的革命……
传统即使不是无尽藏的宝库，
但火种已埋下在你心底，永远活着了。
是马赛，你的名字
曾经留在人类最真最美的记忆里，
而今天，他们又听见
你那暴风雨般震响的声音。

七月，法兰西在滴血的
纳粹魔手下面喘息了两年，
一面是老人、孩子和妇女
在巴黎大街上被 S.S. 队随手射死
——而一面，维琪"政府"
把舰只和军火制造厂
一齐移交给统治的主子。
革命者卷没于血腥的风暴中……
在法兰西太阳是沉没了！
这绮丽有如天堂的国度
回复到中世纪漆黑而阴冷的生活。

七月啊，希特拉挟着他全部的装备

像一条大毒蛇爬过那静静的顿河……

日继夜往东线开去的列车，

满载着罗马尼亚和法兰西的粮食！

侵略者为了喂养自己而征发，

给欧洲大陆留下了饿馑和死亡……

而，希特拉要在法国

"招募"工人十五万！

那往日是自由之骄子的法兰西人民，

撇下了死亡边缘上的妻儿父母，

到异乡去啊，作为战争魔鬼的奴隶，

经历人间地狱的酷刑……

但谁说法兰西人民是可以征服的？

七月，从黑海□□到顿河草原，

新人类的英雄展开了

撕裂法西斯野兽皮肉的

惊天动地的血战。

而七月啊，在巴黎

第一枪就击中了

那无耻的叛徒——赖伐尔。

在里昂，在波尔多和塔利，

千万罢工者的队伍

炸毁待运法国工人赴边境增防的火车。

他们每个人心底藏着火一般的言语：

——"援助苏联！"

法西斯毒火是烧毁不掉自由的旗帜的。

而马赛，你光辉的人民啊，

却用你们自己的双手

烧毁自己制造的军器了！

在七月的深夜里，我想象

你们有如当年高唱着《马赛曲》

向暴君盘踞的巴黎进发的先驱——

"世界已经啜泣了很久了，

它在征服者挥舞的

血腥的剑把下叹息呀；

然而自由就是我们的剑和盾

他们一切手段终于没有用！"

然而自由就是我们的剑和盾呀，

站在人类暗夜的边缘上，

你们——不屈的马赛人民，

已经和全欧洲的被蹂躏者一道，

永远点起仇恨的烈火了……

消灭纳粹党徒

阳太阳

希特勒的军队

开始退却了

纳粹的党徒们

开始被消灭了

他们的装甲炮车

散乱地抛弃在

俄罗斯的土地上

他们那卑污的血液

渲染着俄罗斯

原野上的白雪

一师团褐色的兵

作品信息

原载《诗创作》1942年第8期。

开上来

完了

二师团褐色的兵

开上来

完了

涂着

卍字形的飞机

像卍字形的风车

从俄罗斯的领空上

卷下来

涂着

卍字形的坦克

像卍字形的轮子

在俄罗斯的平原上

蹩了脚

柏林，

元首府里的电灯

通夜□着

那灯光

惨淡地照着

那些将军们

惨淡的面孔

贝斯加登的别墅里

希特勒走着圈子

一只手

放在背后

一只手

捻着他

日本式的胡须

你看

褐衫将军们的手上

淌着冷汗啊

无论

怎样的乐师

他的曲子

再也不能

奏得

希特勒入眠

威廉街上

最华贵的舞厅里

已经没有

那样疯狂的旋律

香槟酒里

渗透着

贵妇人的泪滴

显明的
纳粹主义
在息着
猩红热啊

绝不是
吹牛皮的
冬季息息

希特勒的军队
开始动乱起来了
纳粹将军们
开始埋怨起来了

不要做梦了，
卢森堡
你——
俄罗斯面包养大的
家伙

还想持着
卐字形的屠刀
回到俄罗斯去吗
那么

苏维埃便为你

预备一块

埋葬兽骨的

坟地

戈林的眼睛

发花了

他的脑子

也像

从空中卷下来的

涂着卐字的飞机

戈塔尔的说话

更加混乱

更加没有秩序

慕索里尼的军队

也会打仗吗

一师团

两师团的枪支

一师团

两师团的兵士

只看着

开上来

看不见

开回去

打他们

就等于

到战场

拾礼物

反纳粹的兄弟

都叫

慕索里尼

豆腐将军

慕索里尼

豆腐将军

不怕

希特勒的伙友

在太平洋上放火

不怕

他们那一群

七月的苍蝇

现在

希特勒用

最卑鄙的眼色

盯着他的

伙计

现在

希特勒用

狼的姿态

盯着他的

人民

这时候

苏联的国境里

扬着

那样大的

喊声

这时候

那鲜红的旗子

震动得那样

激昂

这时候

克姆林宫向

世界

播送着

捷音

这时候

中国的宣战书

发出了

和希特勒作战啊

中国的反攻部队
向着
失去了的
村庄
城市
突击

中国的远征部队
在缅甸
向泰国出击
那无数的
美国人
荷兰人
澳洲人
印度人
缅甸人
向我们敬礼

我们的枪刺
更紧地
在纳粹日本的
咽喉上
晃上来
晃下去

白宫里

策划着

整个的战略

发动着

一千万

两千万的

生力军

英吉利的舰队

出动了

奋袭的陆军

打到班加西了

纳粹兵

败退得

丢掉了卍旗

这时候

炉里的火

没有红军的血

那样的热

世界上

没有东西

比得上

反纳粹的人民的灵魂

那样伟大

那样美丽

希特勒溃退了

奥大利的人民

起来

捷克的人民

起来

波兰的人民

起来

荷兰的人民

起来

法兰西的人民

起来

一切

反纳粹的人民

都起来啊

起来

扩大我们

二十五国同盟

让

拳头

排着

拳头

让
喊声
连着
喊声

向纳粹党徒冲过去

就在冬季
要他们完全
被消灭

把希特勒
活捉过来

吊死他

作为这一世纪
最丑恶的
标帜

一九四二年一月三日

| 作品点评 |

这首长诗是阳太阳抗战时期的代表作，字里行间，把中华民族的精神情操高扬

到让人刮目相看的地步，因此这首长诗一经问世，便在社会上产生强烈反响，时隔四十年之后，重庆人民出版社1985年出版《中国四十年代诗选》，又将该诗选入其内，它在中国现代诗坛上的地位和作用不言而喻，著名作家、评论家孟超1944年在《力报》上著文，称赞阳太阳，"不仅是名画家，且是一位优越的诗人"。

——蔡定国:《抗战时期的阳太阳教授》,《社会科学家》1994年第4期

南　方

周钢鸣

一

南方

没有无垠的平原

漫天的冰雪

也没有遥远的风沙

土色的悲哀

却有——

如火的太阳

郁热的节季

"轰隆轰隆轰隆"

春雨呼唤大地

作品信息

原载《诗创作》1942年第11期。

闪电惊醒蛰伏的生机

暴雨洗涤陈旧的生活

在阳光照耀下

山河又换上一套葱绿的新衣

春风从海上吹来

郁热

引人沉醉

太阳的光焰

在海上燃烧着

海在怒吼呼吸

腾沸着——

琥珀色

金风灿烂的海浪

二

海边的人们

到海洋上去了

去从海里

采取生存的食料

去征服汹涌的海洋

他们——

在海洋上生活

在海洋上劳动

永远地　永远地

和海洋一道呼吸

白色的海鸥

翱翔在深蓝的海上

海上的人们

也发出粗哑的歌唱

他们的歌声充满欢欣

歌唱自己

对自然斗争的果敢

他们的歌声充满眼泪和叹息

他们虽然骄傲地生活在——

风浪险恶的海洋上

但却还被那

稳坐在陆地上

贪污的官吏的榨取

他们到海洋上去

驾着褐色的快船

挂起赭色的风帆

在碧绿的

起伏着的海浪中

映出他们——

赤铜雕像一般坚实的身躯

他们到海洋上去

从海洋里捕取鱼虾

也为富人们

采取珊瑚、珍珠

他们的血汗和眼泪

像海水一般

充满苦咸的滋味

有一天

她们——

被险恶的风浪吞没了

在海洋上

寂寞地死去

大地上的人们

听不到他们最后的呼声

他们再也听不到

在迢遥的海岸上

妻儿绝望的哭泣

三

燕子归来了

这勇敢的流浪者

她穿过浩渺的海洋

掠过恐怖的暴风雨

和饥寒困苦搏斗

现在——

她又和春天一道归来

燕子归来了

辛劳地

像一个勤苦的劳动者

吐着口沫

将泥泞粘起

重新结成一个温暖的窠巢

当她在休息的时候

呢喃地絮语

向人们

诉说她

流浪的故事

燕子啊

你这惯于亲近人类的鸟儿

你懂得人类生活的温暖

你也懂得流浪的风味

现在　你归来了

和人们

又做一个亲切的邻居

燕子啊

你可曾从海外

带来那些流浪者的消息

他们——

从南方破落的农村

流亡到海外去

去做文明的奴隶

在那些炎热的岛上

为肥胖的白色主人们

灌溉暗绿的橡树园

用犁头一般的手臂

来开掘地下的财富

而他们所得到的——

是为主人们

流尽了自己的血液

当春天来了

他们徘徊在椰子树下

迎着那引起怀乡病的海风

遥念着祖国的消息

像农人

盼望耕耘时的春雨

他们——

怅望着风一般的燕子

向亚细亚大陆飞去

向祖国温暖的家庭飞去

"我们——

眷念祖国的大地

像依恋慈母的孤儿

燕子啊

我们没有你那

掠过怒涛

冲过风暴的羽翼

向亚细亚大陆

向祖国温暖的家庭

自由地

飞来飞去

他们——

他们啊

有些在流亡的路上

挣扎着死去

有些永远地

被烙印做殖地的奴隶

有些幸运地归来了

但已像一匹羸弱的老马

不能在祖国的大地上奔驰

有些——

像没有祖国的儿女

在这不幸的世界上

永远地　永远地——

颠沛

流离……

四

但是

谁知道

当北方正是风雪的节季

而在南方

已是鲜红浅绿的早春

百灵鸟

高飞在蔚蓝的晴空上

唱着春天幻想的欢歌

从草原上

从岗峦的林丛里

□送着野花的蜜味

烘发出草叶与大地的芬芳

一条条发闪的河流

一条条潺潺的溪水

在红色的岗峦

绿色的田畴中——

缓缓地流去

它给南方的土地

浸润肥满的乳水

让繁茂的万物

痛饮□□的酒菜

丛生在每个村落中的荔枝树

长满翡翠般浓绿的叶子

开着黄金一般绚烂的花球

在丝绸□一般的蕉叶中

结着羚羊角一概的香蕉

富美呀——

这是南方饶富的春天

鹧鸪鸟的啼声

"峪峪峪

"峪峪峪

遍山遍野地互相接应

这鸟儿——

给人们唱着播种之歌

于是——

这广阔大地的画幅上

河流边转动起巨轮的水车

田亩里

牛拖着沉重的犁

翻开黑色的土地

田畴里长出嫩绿的秧针

在棕色素朴的

南方农民的脸上

露出强悍而坚实的微笑

风送着百鸟的歌声

和青年男女的歌唱

南方人民是善于歌唱的

他们有——

倾诉爱情的

颂扬决斗的

激发欢乐的

叹诉悲苦的歌曲

南方人民是善于歌唱的

南方人民

是强悍而又明朗的人民

"南方的人民啊

你们是强悍而又善斗的人民

你们——

为着一寸一尺的土地

一根草

一丛树

一点些小的利益

不愿给人欺负自己

不愿自己有一点损失

有些甚至贪别人的一些小利

而你们就会——

这个村落对另一个村落

这个宗族对另一个宗族

发生争执

诉讼

流血

械斗

听别人将仇恨编织

把自己的兄弟

当作跟自己

不能共存天地的仇敌

这是一种愚蠢

一种欺骗

"南方的人民啊

我们是土地之子

谁夺去我们的土地

谁就是我们的仇敌

在那些——

被别人指作是我们的仇敌中

有我们的兄弟

我们的仇敌

就是那些——

蹂躏我们土地的强盗们

南方

有早熟的季节

早熟的男女

可是南方的农民

却不能享受那早熟的丰收

他们——

像鹭鸶鸟一样

被人勒住颈脖

不能吞咽肥美的大鱼

只得到几颗吃剩的谷粒

他们——

燃烧起烈火一般的愤怒……

他们有些将锄头放下

像猪仔一样

被骗到南洋去

去做文明的奴隶

剩下来的

当南方早春的节季

在农村里

只听到

老弱孤寡的哭泣

五

在南方的城市

到处闪耀着

红艳的繁花

晴朗的天空中

飘着白云球一样的木棉花

在郁绿的榕树下

匆忙地来往着

年青的男女

这五月的城市啊

像火一样地燃烧着

它烙印着历史的鞭痕

涂满了——

屈辱的

革命的

历史的血迹

在这城市

在亚细亚的土地上

第一次

插上欧罗巴的旗帜

一个西方强盗

奸污了东方的圣处女

给古老的土地

辟开了一道黑暗的闸门

把光明从这里放逐

在这城市

写下了第一页

民主的史诗

将火把从这儿燃起

将专制铁蹄的枷锁击碎

第一次

英雄主义的失败

第一次

民族解放胜利的开始

在这城市

第一次

我们向西方的强盗

做有组织地

胜利地回击

坚决地站起来

让强盗们知道

奴隶们争自由的斗志

在这城市

第一次

扣紧了几万万颗

要求解放的心

将希望的种子

播种在祖国的大地

期待着幸福的丰收

在这城市

第一次

竖起了不死的战旗

在熔炉的火花闪烁中

锻炼出坚硬纯钢

在惨痛的血泊里

产生人类强壮的婴儿

在这城市

年青的男女们

□□而坚定地笑着

战斗的歌声

像海水一样

流遍街头

六

现在啊

南方的土地

到处奔腾着

强盗的铁蹄

像黑暗的飓风

卷过城市

农村

海边的人们

不能在海洋上呼吸

在海上

强盗焚毁他们的快船

将人们杀死

斫碎

将体尸沉到海底

我们的仇恨

像海洋一样的宽深

流亡在海外的人们

也遇到强盗的袭击

他们在劫掠与仇恨中死去

在奴隶的命运上

又加上一重沉重的锁枷

在南方的农村

再也看不到丰收

强盗四处掠夺牲畜粮食

将人们屠杀奸淫

将房屋烧毁

我们的仇恨

深深地

生根在土地里

南方的城市

又成了强盗的兽窟

在这城市

又烙下了一条耻辱的鞭痕

将仇恨

创在我们民族的历史上

七

南方啊

南方的土地

仇恨已从地上抽芽

火种已在心上开花

我们——

千千万万

南方的青年男女

在战斗

射击

南方的土地

将成为

法西斯强盗们的墓坟

南方

没有无垠的平原

漫天的风雪

土色的悲哀

却有沸腾的热血

如火的愤怒

海洋一般宽深的仇恨

让腾沸的热血

浸润南方的土地

让火一般愤怒

从每个岗峦烧起

让海洋一样宽深的仇恨

奔腾起澎湃的怒潮吧

┃作品点评┃

　　这是一首抒情长诗，全诗380行，由七个部分组成。这几个部分描绘了南方丰饶的土地和美丽的风光，诉说了人民的不幸和苦难，揭露了西方强盗"奸污了东方的圣处女"的罪行，抒写了奴隶们的觉醒和反抗，预示着南方的土地将成为埋葬法西斯的兽窟，表达了人民热爱祖国土地，憎恨侵略者胡作非为的思想感情以及竖起"不死的战旗"的坚强意志。诗写得自由洒脱，感情充沛奔放，思想深刻，爱憎分明，形象的比喻和浓烈的感情色彩增强了其艺术感染力。但艺术锤炼不够，有些地方显得较为拖沓，结构也嫌松散。

　　——黄绍清：《不屈的诗城　愤怒的战歌——抗战时期桂林文化城诗歌荟萃》，

　　中国文史出版社，2005，第973页

枯　舟

韩北屏

生根在绿色的水波中，

也像生根在黑色的泥土中，

你如今憔悴了：

那些枝叶似的藓苔，

那些螺甸首饰似的蜗牛壳，

早在你休息之初脱落了。

是你先枯萎而后被拔起，

还是被拔起而后枯萎的呢？

我看到你被萎弃在沙滩上。

像一堆白骨，

像一束黄败了的花枝

作品信息

原载《诗》1942年新3卷第5期。

像一个英雄的偃息。

你赤裸着全身，

和海水天风奋斗的创伤，

现在都结成一块一块灰白的疮痂。

让辉煌的往事，

凝聚在血与脓的陈迹里，

刻倒在衰老的身躯上。

如今，看迟钝的石子，

拥挤在你的身边，

长年无语；

还有懦怯的家禽，

在你的掩护下躲避突然而起的风雨。

你想到了奔腾的海水？

他们纵情地歌唱

他们曾为你高举过双臂，

他们簇拥你向前跑去。

如今，你眼看着年轻而野性的行列，

去过你的身边，

你远离了他们，

沉默而并不嗟叹；

你不是一个落伍的兵，

一粒簸出了的谷？

看到阳光抚爱着你，

你自信"枯树还能开花"

何况你还具有和巨浪搏斗的雄心。

你的主子何处去了呢？

他又有一只新的船，

年青的船？

他又带着远大的抱负，

依旧乘风破浪？

还是他带着忏悔和灾难的记忆，

像辜律勒已诗人所说的舟子，

离开了海，离开了桅与桨，

在向每一个过路人诉述他的不幸？

"你并不寂寞吗？

你是反刍着记忆？"

当我走过你的身边，

我含着激情的眼泪，

低低地询问你。

你并不像我这样的感情，

静默地看住

坐在波涛上扬长而去的帆樯，

仿佛告诉我：你是在休息。

而他们的忙是为奔向前程，

他们是为了沟通人类的爱情而奔向前程。

我看住你，

记起了装载我们祖先的方舟

他也是如此的吗？

"那么，安息吧！

等待每一次潮来的时候，

带给你一度安慰。"

我说着轻柔的祝福，

离开了沙滩。

春之郊野

黄药眠

太阳笑嘻嘻地站在高空，

大路侧旁睡着叉牙的树影，

大路上；一——二——一！

响着整齐的步声。

□尖从人群里，

发着闪烁的微光，

壮健的手在淌着微汗，

穿着青衣的壮士，

一个个都挺起了胸膛。

歌声从这儿扬起，

歌声又从那儿落了去，

作品信息

原载《月季花》1942年创刊号。

温暖的微风里，

一起一伏的音波，

就像那一起一伏的山峦……

脱缰的野马，

在广阔的操场上飞奔，

孩子们站在旁边拍手，

高呼着：

"啊，去！啊，去！"

于桂林

母 亲

芦 狄

活了六十多岁的年纪

母亲的额上刻下斑斑的皱纹

仿佛是柏树的表皮一样

六十年的阅历是恬淡的

轻轻地过着平凡的生活

母亲用一颗俭朴的心织成一个家

家在桑麻茂盛的摇篮里

家在红棉树荔枝树繁殖的乡土

从少到老，母亲很少离家的日子

家乡出产美丽的蚕丝

母亲以一双勤劳的手纺织着绸纱

不曾给变乱扰坏过她生活的秩序

母亲的岁月是幸福的

作品信息

原载《文艺杂志（桂林）》1942年第1卷第3期。

一个深秋的午夜

敌人的炮火挟着西风

卷进平静的农村来了

村上的鸡犬也吃惊

母亲在她的六十年的梦里

不曾梦过这样的炮火风暴

黑夜中逃向哪里呢

茫茫的桑原茫茫的山茫茫的水

炮火像密林似的紧迫着

再不容许有一刻踌躇

村中的老少各自抢路

就在这一刻，这一刻

母亲以她的六十年的小脚

开始走向流亡的行旅

从黑夜走向黎明

敌人的铁鸟在天空旋转

掩护着兽兵前进

我们的壮丁团队

用血肉筑起乡村的碉堡

退上高岗，退向四野

桑叶惊变了颜色

花园化作废墟

大地沦成一片焦土

从此，门巷听不到机杼声

也看不到蚕儿上箔

村族的子弟集成游击队伍

毁灭下的祠堂眠了狐鼠

母亲，离弃守护了六十年的家

离弃温暖了六十年的桑蚕土地

做了异乡的流亡人

当春暖花开的时候

她会想起村前的红棉树

飘散半天的飞絮

当秋风初起的时候

她会想起索索的机杼

要是夏天和冬天呢

会想起溪边的红荔子

会想起辘辘的水车声

母亲，热恋着她过去的岁月

热恋着她生长的土地

而今，母亲额上的皱纹更添多了

但是，她有着一个希冀：

风暴过去之后

晴朗的日子就会来临

愉快的农村的幸福

寄在我们胜利的战斗里

她将以一双勤劳的手

为毁灭了的家园

重新献出她的劳力

一九四一年七月廿七日

春　耕

彭燕郊

一

努力春耕

不要疏懒!

要知道:

握在我们手里的

不是锄头;

而是——

咱们大家的命运

二

没见过有这么恶毒的

作品信息

原载《新道理》1942 年第 39 期。

杀心！

敌人，
他要抽我们的筋，
剥我们的皮。
加紧春耕
保卫我们的田园
和祖国！

打退了鬼子
祖宗保佑我们
年年岁岁都
如意平安……

三

好吃懒做的
蠢猪，
呸！
要不快一点
来把田地翻耕；
看泥土
都要在背后
咒你！

叫你整夜的

都不得好生地

尽做噩梦……

四

伙伴们，

把腊月里留下的

杂草

除去吧！

让田野

刮一刮脸

打扮得漂漂亮亮的

来把春光

迎接！

五

爱惜肥料，

不要浪费；

为了抗战，

咱们的算盘，

要打得比贪心的生意人

还要仔细！

六

耕牛是我们的朋友

好好地照顾它吧；

让它吃得饱

睡得舒服。

肚皮

比小姑娘的双颊

还要红！

当它吃饱了

它会伸出那软软的舌头

来舔我们的手……

七

泥巴腿了们

是从开天辟地

就被用千方百计

蒙住在鼓里的。

今天——

可不同了！

在田里流汗的，

都不忘记

胡诌一些抗敌歌

来壮壮胆子

泄泄气！

绿色出现

彭燕郊

春天来了
自然用青天和黄土调色
于是大地上出现了绿

在绿色的呼吸里
我呼吸着
以旅行者和播种者的热诚
我梦着一双草鞋的梦
和一枚风信子的梦

和一颗冉冉飞升的
青翠的绿星的梦

作品信息

原载《诗》1942年新3卷第1期。

我是如此清晰地感到生命

又如此清晰地

听见了自己的急促的呼吸呵

——我终于看到绿色了……

我的干渴的双瞳

贪馋地牛饮了绿

我的生命的树

是绿色所灌溉的呵

我会见了绿

我闻着绿色的

薄荷般鲜香的气流

春天来了

她从高远的天涯的彼方

鸟视发绿的人间

她指点给我：看哪

那深邃莫测的

电光般纯粹

冰雪般一色的

她告诉给我：听哪

一个惊人的

不可摇撼的，不可比拟的提示：

——绿色出现！

绿色出现！

——她出现于冬的最后

她出现于春的开始

我不会忘记绿色的

因为我永远在最后里开始

贫家女

彭燕郊

居住在这样破落、颓败的茅房里

她的生涯也像这茅房一般枯寂呵

久年的烟尘织成的缨络到处悬挂着

潮湿的土墙终日发散着刺鼻的霉味

凹凸不平的泥地上，四处都

被朽臭的鸡粪以及

她爸爸的经常的咳呛所唾出的痰块

和从他的比亲生儿女都要亲昵的

旱烟管的乌焦的嘴巴所排泄出的烟屎

涂染得杂乱无章地斑烂可怕

她的门前是一畦菜圃，后门

也是那一畦瘦瘠的莱菔地

她的卧房隔邻着猪栏，她的床下

作品信息

原载《浙江妇女》1942年第6卷第2期。

满堆着破铜烂铁、木屑和竹片……

在这儿她梳洗，纺织，做女红

好像已经迟钝了对于天井里

那一沟发着油尖的死水的本能的感觉

片刻的清静都不属于她的呵

她的妈死了，当她正稚小的年辰

而她就立刻顶替了她那

因操劳过度而一病不起的早夭的妈妈的

无休止的苦役般的操作了

在这一丈见方的生息之所里

她刻勤刻俭地生活着，小心翼翼地

伺候她的因穷困而变性的爸爸

苦忍着他那由两杯薄淡的烧酒所引动的

日以继夜地噜苏着的满腹牢骚

与那疯狂的、无端的叱骂与鞭挞……

没有姊妹也没有兄弟的她

连同年的女伴都很少机会接近的她

是把情爱移注到小动物身上去了

饲养那些小鸡小鸭和小羊

是她唯一的欢娱

她用亲昵的爱骂呼唤着它们

向它们微笑，低唱着偷学会的俚歌

当秋末在她的爱抚下家畜壮大了时

却总是那收租人把它们强夺了去呵……

她那用尽功夫灌溉成熟的瓜菜

也仅仅只够给她的暴躁的爸爸

去茶馆里坐半天工夫，和乡人斗一回嘴

就会完了的呵……

一年到头老是一套灰色条子布衣裳

油腻在她胸前冒昧地闪头冷尖

那刚补丁上的那块四方形的青格子布

又那样放肆地映照出满身的破烂

而她的头发又是如此蓬乱呵

像秋出的杂草般枯黄……

在她的正需要打扮的年纪

却生疏香粉，胭脂，桂花油

更生疏时行的绸缎和首饰……

在乡村的庙会和节日里

她总谨误地屈缩在幽暗的角落

为了怕让人家看到她是穿戴得

连大户人家的丫头都不如

青春把她遗弃了，而她也不敢去想起

从来不懂得这样笑个爱娇的笑

更不懂得要用怎样的眼波

去流盼一个妖冶的少年郎……

青春于她，是一种酷刻的刑罚呵

牛马般的操作占有了她

她的粗糙的岁月

和她的孤单的、凄凉的青春……

一年复一年地，她困苦地煎熬着苦难的日子

她用苍白的双目注视这没有丝毫余裕的

生涯的狭巷般黯灰的绝路

不怨恨谁，低头行走

在充满炎凉的嬉笑的人世

她深知自己的处境的昨日今日和明日

也不怨恨爸爸——越老越穷且越凶残

她记得那些日子：那太平的日子

妈不曾死的日子，收成好的日子

爸爸是总爱背着妈妈从镇上带回些

新鲜奇巧的花洋布和发夹子的……

呵

回忆是何等强烈的燃料呵

它会使褪了色的青春复原

使不开花的青春

展放美艳的朵瓣

朋友

当你看到一个拖曳着发辫的少女

执举刀茅而屹立于哨岗之时

你用不着惊奇

——回忆是何等强烈的燃料

而希望又是怎样地

以千斤的臂力

牵擎着受难的人们呵……

山　国

彭燕郊

像一阵慌乱的避难者之群

在死亡的威胁下挤聚在一块儿

像一沓沓被飓风吹刮在一起的波浪

匆忙地，急遽地，合拢成汹涌的一堆

这些高矗入云的大山呀

陡峻而又陡峭的

层层重重地络绎于云雾里的群山呵

其中所包孕的自然之深邃的

晦暗的神秘

是无穷的，不可测的——

那用锋利的荆棘的尖刺护卫着的

那用绒软的藓苔包藏着的

作品信息

原载《中学生》1942年第53期。

潜在的永恒的力

是人们所来不及设想的——

这许多庞然的无万座大山呵

如此地起伏连互

如此之惊心触目

毫不如人们所想象的

也不能为人们所想象……

如此之极天仰止

是会教我们平原上的名胜愧煞的

蚁蝼般地络绎于谷底和崖边

广大的阴凉包围了我们

四周尽是一律的，单调的，冗长的

乏味的山，噜苏的山，呆板的括弧形的山——

我们徒然希望着一片开朗的郊原

可是，在这如几何学图形一样

以成规模印出的深山里，所见到的

唯有雨湿的，几乎可以绞出水的

丰草与茂树，以及那些繁生于四处的

葛藤，蓬蒿，苦艾，藜藿与荆棘——

与许许多多不知名的，名如尘屑的

一绺一绺纽结在一处的野卉与杂草

若干卑小的村子，就坐落在山凹中

烟色的茅屋紧偎着，被膜翳于

憧憧无定的云影间，如正历着噩梦

如此之狼狈地交头接耳着

好像恐防马上被山国里淘汰了出去一般

那些像剥了皮的树一样瘦的山民们

出没于这不足道的，不值一文钱的荒村

如同穴居野处的原人

麻木，迟钝——如一片锈铁，一块顽石

在无以为生的山国里，苟延残喘地偷生着

震耳欲聋的瀑布，湍急地飞溅着

不断地哆嗦着愚蠢的哭号

又正色厉声地痛骂命运的残酷

嘟哝着一些破哑的怨怼之词——

在它的刺耳的勃谿

与反唇的抢白里

小村被吓唬丧尽了勇气

有气无力地打着寒噤——

一级级梯田，都丛生着乱莽

如同什么古庙里的生满青苔的石级

森冷得可怕——

而"贫穷"就从那儿拾级而登

从无复以加的绝顶，俯瞰向

匍匐于他脚下的山村

投掷出刺心的冷笑和倨傲的睨睥

使山国里的老弱残废们

更加泪痕满面地跪拜在他面前

那些乌云，信步而来，扬长而去

连正眼也不看一下，无睹于

这贫瘠的山国的史前般的荒凉

公路，从山的缺口处开刀

山，如同割破表皮露出肋骨的瘦马

路，沿着山形走，汽车

溯险道盘肠而上

以箭步应声驰掣过去

一点好奇心也没有，头也不回地……

我甚至以为

那涧底的黄岩，是营养不足的山国

所吐出的痰块，那引泉的竹管

是贫血的山国的惨白的血脉

那苍黄的丘陵是患了黄疸病的

那未成形的林子是被阉割了的

那飘摇于风啸中的古木是在抽筋

是在干咳着，是被瘴疠所蚕食着的

更甚于此哩

——这一些，却让一般人，从狭隘的眼界

去絮絮这奇异的，不可知的外表罢——

从那望不到尽头的

濯濯的童山的砖褐色的远处

从那被野火烧过的，癞痢头的斜坡的前方

极目四望尽是凋零颓败的荒烟与蔓草

——倘使我不是健忘的，自然

我应该想起

这太不相称的交替更换

这恍若隔世的大更动

（固然，我也深知这不过是暂时的）

更且，我不会忘记，这其中所包孕的

神秘的、潜在的力！）

这儿——这中国的郭久甫鹤

中国的却派也夫和中国的莱奋生

所转战过的深谷呵

那些用树枝搭草寮于丛林里

吃杨梅和竹笋过日子的

中国的"十九个"们

是曾经在这儿，和山民们一起欢笑过的

像人们所时常说的：内战

被残酷的内战所殃及

山国是十室九空了

或且说，至少

十年来更番的战乱是置山国于

更为难堪的绝境了……

扭歪着的，挨着打似的

山国里的冷落的村子是可怖的

沙碛的土地，以起茧的掌心

向央求他的山民们示威

得寸进尺地窥伺着——

山民们也只能啃啮那难以下咽的馍馍

用多量的辣椒麻痹味觉

就这样，也还不堪一饱……

但又不得不低头俯首地忍耐着

正如身临于令人束手的缳绊和陷阱

唯有惶悚地猛省于万一罢了——

凄迷的雨雾里翱翔着秃鹰与荒鹫

狞猛的巉岩如张着角的野兽

牵连着，而又中断着的山与山之间

何论人烟，连坟堆也很少见

只凌乱的杂草披离于断垣间

——但，那千万代以来

就兀立于天地间的高峰

似乎还在宣示着

山民们的执着的信心与坚贞的爱

我们的队伍穿行过曲屈的山径

以行进号向死难于斗争的同志致敬

时而我们嘹亮的号音回响于空谷

时而我们高扬的哗笑喧腾破寂静

为岁月改观了的山国呵

今天，岁月又将改观被改观过的它

山民们松鼠般地雀跃起来

居然重见到亲切的笑容……

这中间

一种从矿脉里冒出来的

纯金的光芒似的毫光

闪耀起来了

而那笑声，也像金属般铿锵地

奏弄起来了——

比天上的仙乐还要动听的！

战旗也迎风招展于山巅

猎猎地飘舞不停

如像我，并非为凭而来

新生的圣火仍在地下延烧！

脑箭山上

| 作品点评 |

　　《山国》中，作者将象征手法和现实观照两相高度融合，在风貌上神似波德莱尔的《恶之花》。它以"蒙太奇"的方式"汇辑"了一幅穷苦、麻木、落后的"山国"形象——"那些像剥了皮的树一样瘦的山民们／出没于这不足道的，不值一文钱的荒村／如同穴居野处的原人／麻木，迟钝——如像一片锈铁、一块顽石／在无以为生

的山国里，苟延残喘地偷生着"。"山国"正是借代或象征着中国百姓，是了无生机和身陷绝境的符号。

    ——刘长华：《战争之子——彭燕郊抗战诗歌（1938—1940）的现代性》，《邵阳

      学院学报（社会科学版）》2016年第5期

鸡 鸣

彭燕郊

一觉醒来，满耳都是淅沥的雨声

东天已慢慢在动了，微曙映在窗栏上

鸡啼了，它们那男性的，次中音的歌喉

在檐滴的和声里优美地悠扬着

鸡鸣实在是我们乡间的最动听的音乐

酣睡的村落得宁静，不久

我听见杨姨在外厅开着大门

和小因在厨房里劈柴的声音

杨伯也在后厢房敲他的火石

开始吸水烟了，邻家的牛栏

也嘈杂着家畜们的惺忪的谵语

雨下得更大了，杨姨在埋怨

这不合时的雨……

作品信息

原载《现代文艺（永安）》1942年第5卷第3期。

猛可，我一骨碌爬了起来

田里的苗秧还是前天才插下去的呢

想不到夜里会落这么凶的雨

脸也不洗，就戴起头笠出去了

在微蒙的雨雾里村庄显得多么安详呵

雄鸡们又开始第三遍的唱和了

以那像先知的预言般硬朗的

充满着自信的口吻广播对工作的赞美

跨过满潮的水沟向田里走去

（杨姨呵，生手如我

也够得上代替你流落在江南的

正遭着厄难的爱子吗？）

我必须从田埂开出缺口让积水流出

新鲜的苗秧

不能让它在雨水里浸烂的

十字街

彭燕郊

田侉佬彭燕郊走在十字街上

辉煌的十字街，热闹的十字街，使人迷惑

这无线电里传出的声音多么没有血肉

那小姐在用洋人的腔调唱中国话的歌

这风扇里扇出来的风总夹着铜臭

那大腹便便的阔佬懂得怎样捧住肚皮坐在包车上

正如同太太们懂得怎样挽住先生们的胳膊走路

她们都这般样地露出她们猪油般腻白的大腿

她们那有蚕豆粒般粗的痘疤的膀子够多丑呵

人山人海里，汽车冲来撞去

教我那没见过世面的妈妈到这儿来

准会急得念起佛

我那天真的小牛犊要是来到这儿

作品信息

原载《现代文艺（永安）》1942年第5卷第3期。

准会吓得跳到半天高……

而且，田侉佬的我想不通这些：

为什么最热闹的大街上

最漂亮的铺子卖的都是香水和手帕

卖五谷粮食的店家

却是在最偏僻的小街，最穷酸的小街

为什么替庄稼人打犁耙和锄头的铁匠铺

是在最肮脏的小巷，最黑暗的小巷

而替少爷造糖果，替小姐烫头发的店铺

却坐落在这样热闹的十字街上

家庭事

彭燕郊

神仙难断家庭事。——俗语

家和万事成，幸福的家庭应该是融融泄泄的

不幸的李叔的家却聚集了一群冤家

婆媳间、妯娌间和姑嫂间的纠纷

永远没有办法解决！总是，每每要为了

一条被踩伤的小鸡的腿，一只打破的碗，

一根晒衣竹竿的错认，或且是

一枚纽扣的失落，而招来许多闲话

落得给邻里在背地里暗中取笑

叔伯间、兄弟间、父子间也存在着

显然的裂痕，常常要为

田园的基界，祠庙的产业

作品信息

原载《现代文艺（永安）》1942年第5卷第3期。

祖产的值年，以至家庭间的细故

而口角——甚至凶殴起来！

热衷于吵闹的女人们

更每每爱在枕头边兴风作浪

怂恿男人忘却骨肉的至爱

破坏了天地间最可贵的天伦之乐……

不幸的家庭呵，艰难的生活

使人心都变得格外尖刻了

丧失了仁慈的本性，连手足耳目的亲族

都冷淡得像是不相干的陌路上的生人

比陌路上的生人还要不如！

农　妇

彭燕郊

谷雨节前后几天内

春雨很及时地落满了河沟

初晴的日子，农妇们又三三两两

到地里做活了。现在，

她们在荔枝树下

沿树荫盖着的土墩坐着

歇息着，凉着汗湿的衣衫

很快地交谈了起来

开始是关于气候和收成

过后就谈到各人的身世、流年和八字

埋怨起神灵的无知和命运的冷酷

互相细诉着家常的长短

流着泪，太息着……

作品信息

原载《现代文艺（永安）》1942年第5卷第3期。

在她们背上，那像一包什物似的

被袋着的孩子也醒来了

那样呆头呆脑地乱叫着，啼哭着

那单调的、焦躁的、沉重的声音

打断了她们亲密的交谈，她们开始

轮流着交换抚抱彼此的婴孩

用粗厚的大手掌按摸孩子的汗湿的软发

陶醉地哼着她们朴素的催眠歌……

好像在孩子身上，又一次发现了

什么难得的，不可知的热情

什么强韧的，酣畅的爱……

晚　眺

彭燕郊

自从回家以来，我就喜好凭窗眺望

凝神着那屹立在村中的

我们合族的古祠的瓦脊沉思……

黄昏把西移的日脚

从我的窗栏内抽走了

在壶公山的背后，落下去夕阳的红照

那前清留下的古屋的瓦脊上

有生气地昂首着两条青龙

那安置在当中的龙珠在霞光里闪照着

梦一样的晚霞哟，记忆一样的晚霞哟

相思一样的晚霞哟

你照得我们的村庄是这样美好

我们的祠宇是多么高大而雄壮

作品信息

原载《现代文艺（永安）》1942年第5卷第3期。

在古时候，在很远的年代

从始祖迈公手里，我们这一宗

就由遥远的中原，迁徙到

这荒蛮的边省来了

在这曾经繁殖过海鸟与盐蒲的半岛上

衍脉下来，一直到如今

我们宗族的世代是多么荣耀

我们的亲房如今是何等昌盛呵

而此刻灭亡的威胁却阻挡了我们

那异教的钟声在空际放肆地叫嚣着

番仔们在我们祖先的墓地上建造起他们的礼拜堂

而那些二百年前曾经把非命的尸骸

留在我们平原上的海贼

现今又野心勃勃地来觊觎我们的庄园了

此刻，他们的妖邪的探照灯从兵船上

公然向我们美丽的晚空开始扫射……

思恋着昔日的荣光的晚霞哟

请把你那惨淡的余晖

从我的感慨的窗户消失吧

喜鹊（外一首）

彭燕郊

早起，祖母比我还早

就在庭院里打扫着了

喜鹊有很多，在对面

卅三叔家的厝顶上向我们欢歌

时而又飞到被朝阳镀金的

龙眼树上去。今天天气确实好！

"怪癖的孩子呵，

你真是没钱的纸鹞。"祖母开始

因喜兆而健谈了：

"你为什么游浪得那么远？"

"在你那边也有喜鹊吗？"

"喜鹊一叫，我就想到你要回来了。"

作品信息
原载《现代文艺（永安）》1942年第5卷第3期。

她老人家总爱这样没头没尾地

说一些不可解释的天真的话的……

今天有很好的天气，我要到果园里去

喜鹊有很多，向我欢歌着

而祖母不赞成我去

说是夜露还没有干呢，足会凉着的

甘蔗亩

最近，村里流传了一桩新闻

是那个牙齿全脱落了，却终日

都爱喃喃一些无伦次的独语的

老母鸡般噜苏的老寡妇四婶妈传出的

说是叶家的那块靠河的甘蔗亩里

躲着一只乳虎和它的母亲

"母子俩很亲热地舐着各人的肚脐呢。"

四婶妈这样绘声绘影地说着

也许是可笑的，在平时谁也不会去理睬

可是这些时的确有老虎从山里

跑到我们平阳上来，吃了许多牲口

还伤了人——有些村庄

夜里都听不到狗吠了

还有人亲眼见过村后的薯园里

印着成群的虎爪印……这消息教我们担心！

两天过去了，更出奇的新闻又传出来：

叶家的儿子在砍蔗的时候，砍到了一只乳虎

消息很轰动一时，众人谈得津津有味

但没有人见到——传说还不过是传说而已

雪　恋

彭燕郊

长夏的南方没有雪
长夏的南方四时都是闷绿
我怀念雪

第一次看见雪
我有许多美丽的想象

我想起圣母手里的百合花
基督怀中的绵羊
先知的白须
天使的银翅
和童贞女的披肩

作品信息
原载《诗》1942年新3卷第3期。

我想起海——

海的飞激的浪花

和海鸥

雪使我年轻

雪使我有小孩子样清洁的眼泪

第一次离开雪

我有许多美丽的记忆

我惆怅

我记得那铺雪的原野

那赤裸裸的地体的优美的曲线

我的亲爱的原野上的

与寒冷同居的

倔强的伴侣

那些忍冬草和万年青

我记得那些雪封住的茅屋

那棕色的窗栏里

燃着橘红的烛火的

映着雪光的夜

那是辉煌的童话世界

我记得那些少女的放浪的哗笑

她们笑时

从鲜红的、成熟的唇间

粲亮地露出来的编贝样的皓齿

我记得那些战斗在雪地上的人们
我记得那些战士
除了雪样的坚贞
他们的智慧也像雪般晶莹
无私的心
是跟雪一样洁白

我想起北极的极光
造物的万能的手
堆满白莲的祭坛
和十字架

而这儿
季节以悲哀的双臂
拥抱了抖栗于苦雨中的山城
这些阴湿的日子呵
雪将哭泣……

今天，对于我
雪有着铁格窗的白云
对于囚徒的
亲切的媚惑力了

私心单恋着雪
抑闷的南方呵
我将远行

相思的国度

彭燕郊

在这四月的原野上
在这相思的国度里
春天把她的迷魂阵设下了

春天她有一颗猜不透的处女的心
而我有一颗混沌的带邪的孩子的心
我把第一支恋歌唱给这新来的春天
我的探望春天的心
是再也不能自禁了呵

作品信息

原载《创作月刊》1942年第2卷第1期。

耳　语

彭燕郊

温柔的情人

欢喜向你撒娇

有时还有一点撒野

她会向你装鬼脸

她会向你扮哭相

会孩子气地鼓起她的小嘴

或且就顽皮地伸一伸舌头

她会学小麻雀叫给你听

只要你会笑

她还会学狗叫，学驴叫呢

要叫你害怕

作品信息

原载《创作月刊》1942年第2卷第1期。

她就学老虎叫了

她会给你讲故事
讲那最荒唐的，最神怪的故事
讲到最紧张的，最精彩的地方
又忽然不讲了……

那最秘密的
除了你们俩自己之外
旁人不许听的故事
要由你自己来讲了
可是当你伏在她的耳朵边的时候
她就要脸红，说是她不要听了

我的恋人也是这样的
她一米，我就听到她的耳语了
我的好太阳
她照着我
使我出汗，使我脸红了

雨后（外二章）

彭燕郊

雨 后

雨后的原野上

依然笼罩着浓雾

无力地堆叠在那儿

酱色的山像一堆冷硬的旧棉絮

与粉灰的家屋，暗绿的古木依偎

今天，在光的渴念里

土地是有着更煎迫的焦虑的

空中依然聚满阴云

伸长的云块

如鸟的巨翅

作品信息

原载《文艺生活（桂林）》1942年第2卷第4期。

白水湿的羽毛

抖落下几点雨珠

在升自天际的微白里

挣扎着松弛的旧梦

而凄迷的雨雾呵

也不舍地流连在峡谷间

地肤呈着可怖的黑色

像才从水底打捞出来

行走在泞滑的泥途上

叫人怎样难过地想起

就像走在一个溺毙者的肚腹上

而感到不安呵

肿胀的禾草黏腻得就像面条

冬天积下的柴薪羊肚般乌黑而绒乱

绞首台样阴森的井辘外

初升的炊烟

以发抖的手，试探地

抚摸着天穹的多皱的胸部

从阴沟里冲出的死水

和从屋角冲出的垃圾合流了

以闪动着磷光的泡沫

夸耀着向苦雨的春秧

一格格水田

都用哀悒的目光

伫望云开后的青天

即使那些飘摇在冷风里的树木

也像一把把朝天的帚

企图扫净那

尘塞在天空里的阴云呵

家人们都出来在门口站着

皱着眉头倾听

牛羊的难耐的骚叫

和孩子们的着急的喧嚣

万物却低俯着了头

从愤激的心底

祈祷着阳光的来临……

我则宁静地按捺住雨季的烦忧

以永矢的自信祝福向自己：

"看呵！

经历了雨季里的窒人的剧痛

久雨的大地

已经开始

从最大的努力

去接近

明丽的新晴了……"

猎 户

我们从第一百重外的山里面来
从涌出云块的山那边来

经历悬崖的栈道来
经过古树的独木桥来

身上带着森林的气息
带着大风的气息，瀑布的气息
来到你这人烟稠密的城市
多坂垃的，多污水的城市

像所有生长在山国里的人，你们奇怪吗
我们有深阔的额和尖削的下巴

凹下的眼窝里藏着冷锐的鹰眼
成丛的胡须艾草般纽结在一起

你们觉得好美吗，我们这树皮的靴
果壳的刀匣，绣着古式的花边的腰带

我们的话语简单而无礼
脚因习惯而□踬在洋灰路上

我们带来花纹典丽的豹皮

和环节很多的野狼裘

和药材用的草根
壮阳的虎骨胶，补血的菰蕈

和做烟斗的苦竹，做手杖的古藤
和一些新鲜的玩意

生了鱼鳞的小穿山甲，浑身雪白的小兔
和叫起来很响，很亮的叫天子

在这时疫流行的城市
沿街都遇见赴瘗的棺材

致使我们不得不频频地
朝街心吐出唾沫

春 雷

春雷驾着厉声的载重火车
从不可及的云间
无阻隔地
隆隆而过
——把天空
当大鼓敲捶！

春情发动

土地蒸腾强烈的体臭

刺鼻的体臭

浓郁的体臭

原野充满种种气味

充满了牛蒡和酒糟的气味

染料和油漆的气味

酵□和脓血的气味

死发和骨灰的气味

而所有的这些气味

都这样

声音般地颤抖着

向春雷

嘶声召唤呵

阴云壅塞

大雨将临

不容发的震颤里

风呼啸

城市苍白着

村庄低头

旗下降，帆落下

行人狂奔

黄狗乱窜

蝴蝶折翅

鸟雀归巢

花委地，叶飘飞

门窗紧闭

暗室亏心！

电光闪闪

比十五六岁的童女的眼锋

更锋利地

向一切

横劈过来

酝酿着空前的大变般

土地的雾围

牛栏般骚燥

人可以想象

土地

是怎样紧张地

咬着牙

结着眉

捏着拳

皱着鼻

而像一个发热的病者

渴望着出汗般

在等待着

霖雨的沛临呵

如撕着裂帛

闪电腰斩了阴云

春雷扬起雨滴的尘埃

下界沉入惨雾中！

如应亲热的号召

而探首于大气之中的蛰虫

群队

换上了草色的新装

喜冲冲地

络绎于

欲雨的云天下——

抛掷着

阔大的脚步呵

纵横的构图

周　为

地理书上这样地写着：

五大洋以太平洋为最大，

它在亚细亚洲，大洋洲

和阿美利加洲的□抱中间。

每一天，在东西两岸，

中国和美国

摊开了海风养育的胸怀，

而澳大利亚带一群

绵羊般的岛屿，在海原上遥望

亚细亚与阿美利加在白令海峡接吻。

在这中间，有一条英美的生命线，

我们现在试从香港数起，

东南走到新加坡和菲律宾

作品信息

原载《诗创作》1942年第9期。

再经过关岛和中途岛便是夏威夷，

再前去扣住黄金的美利坚，

还得再走二十零九十一浬。

站在这生命线的一边，

日本是一只贪吃的狼，

看着中国——这大地的母亲，

而翻滚，一面睁无惊的眼。

是如果查历史，

我们先该感谢英国人！

最初，它向我们贡献了鸦片烟，

跟着又作□装来了大炮，

打开了我们几十年古老的门，

于是我们被撕破了胸怀

给强奸了。

厦门、福州、宁波、上海和广州，

我们打开了

一个又一个的自由市……

跟着中国还在昏睡里过了半个世纪。

等到日本的战舰打得辽东半岛的水花飞溅。

又痛哭着送走了一颗明珠和一个爱子，

那是在南海口的台湾和在黄海长饮的朝鲜。

从此我们什么都坦露了，

都让你们带走，只要你们能够看见：

我们：

东北从鸭绿江长年沉碧的□流，

西南到流自广西的北仑河口，

五千九百四十浬的海岸，

连住了七省，成为一个美丽的半圆形。

在这里有无限的宝藏，

不但四万万人吃不尽用不尽。

就是再多四万万人也吃不尽用不尽。

如果挖出了山西省的煤，

让全世纪的炉子烧吧，

一百年也烧不了。

还有铁，这资本主义的维他命，

我们一个大冶，就有一千七百万吨的储备。

谁要钨砂使枪炮的身体坚实发光，

谁要那白得像珍珠的米，

江西广东湖南，

珠江三角洲，

产额都写在世界第一位。

谁是驶洋过海的水手

谁都知道，一切无脚的怪兽

要装饰他们

少不了中国的桐油。

还有就是那纯真，朴实，

取也取不尽的人力，

那是发动一切的原子，

我们不但丰富，而且廉价得很……

我们看着：一条□是一河流水

□□是一道沟渠

无论是日本人，美国、法国和英国人

都用中国人的血液来贯注。

就是那躲在欧洲脚跟上的葡萄牙，

也从我们手上把澳门夺去……

于是，中国在太平洋的西岸天天叫苦。

均势、共管和分割，听你们在背上

□击意想的地图。

"九一八"是一个更大的耻辱的开端，

沈阳城里的一把火，

延烧了三千万兄弟的家园。

那时候，在那个"国际花园"的日内瓦，

有一个分赃的地方招牌上写着"国联"。

我们想靠他，请他替我们出一口气，

同时，那个可敬的史汀生，

从太平洋的彼岸

向遥远的英国叫得力竭声嘶的。

结果从"国联"出发的

是一只悲哀的船，

向哭泣着的中国载来了一个李顿

载来了一个可笑的调查团。

后来，世界图书目录上

添了一个调查报告书，

但日本人却笑李顿先生：

收回吧，你的白纸黑字！

就从那个时候起，

诡谲的日本人就已把英美的棋局看死。

我们不会数错，

从那个时候起

有六个年头，我们都在污辱里偷偷地喷气。

一直到了一个可纪念的夜里，

卢沟桥上的一颗子弹，

才把旧的日子完全打碎！

而是现在，又已经是四年又六个月，

这些日子每一分钟，甚至是

每一秒钟都染着我们的血。

□使这偌大的中国屈服，

日本人第一次的夸口

只需要三十六小时

但第三十七小时中国还吐着愤怒的枪声，

于是他又盘算着中国的战志

最远走到北平为止；

可是事实是"八一三"上海又开了战场，

比之"一·二八"中国有更坚强的抵抗；

三个月后，冷风正吹着苏州河，

她看着往南京去的弟兄仓忙地走过，

于是日本人的希望又寄托在南京的失陷，

但南京在血泊里卧倒，

中国仍然打下去！

之后战火又沿着长江卷上汉口，

在初霜的十月，

我们又离开了她

离开了丰腴无比的广州……

从此敌人封锁着我们的海岸，

她咬住长江，珠江……

除了铁路线，它还占有不少大城市……

可是从此我们和我们的敌人都明白：

这虽然不是中国的失败的终结，

却是敌人失败的开始。

一年，两年，我们打下去，

首先叫我们相信了自己的力量，

我们用自己的血肉

磨光了世界人士的眼。

这期间，让我记一下欧洲的事情，

要记欧洲，先得从西班牙说起，

西班牙，她是欧洲裙袂上的

一朵瑰丽的鲜花，

那里，天天有开启智慧的门的海风，

每一个园圃都有葡萄的眼睛在发亮，

每一个少女的眼睛都像葡萄一样成熟，

像葡萄一样，使朝拜的人迷醉……

但我爱她，并不是为着这些可爱的事情，

我爱她，是因为一个民主国家

将在她热情的抚育下培成。

可是当她刚从痛苦里醒来，

希特拉和墨沙里尼

便来敲马德里的城门。

于是她的人民用理想武装了自己，

守卫着每一寸温暖的土地。

那时候，耄耋的张伯伦先生，

虽然不见得欢喜希特拉，

但又不能不战栗，对着西班牙的未来，

于是便在希特拉的炮火之外，建筑了一层不干涉的铁环，

于是人民的西班牙便给活活地缢死。

饮过了西班牙的血酒，

英国和侵略者便做了奇怪的朋友，

后来在慕尼黑他们做了一次漂亮的交易

几只可怕的手

替捷克订了一个卖身契。

跟着在一九三九年，

波兰又被囚禁在渴望里，

结果是在张伯伦的援助下，

假定地战胜了德国。[①]

在这些纠葛中间，

苏联都是站在弱者的一边：

可是那些背向着人类未来的绅士们，

却永远把自己的砝码加在反动的秤盘上面。

直到马其诺防线向世界显示了组织的落后，

才知道这秤盘压着了自己，压出可怕的血流。

到了第三共和国被出卖的人民

流着泪听着将军们喊出了："不要依赖国家！"

不列颠便成了失去手足的盟友。

气喘着，气喘着……

然后在英伦海峡的雾幕下

来计算自己的财产，

预备一个最后也最可怕的大赌。

一九四一年有一件更惊人的事，

希特拉的闪击队、飞机和坦克

向着俄罗斯平原驶去，

于是，迎着十月的寒霜，

正义与阴谋

光明与黑暗

在欧洲开辟了一个典型的战场。

[①] 在波兰被德国征服以后，张伯伦在国会演说，他要求议员们必须假定是波兰征服了德国。

从夏天到冬天，

希特拉用了大炮一万九千尊，

坦克一万五千辆，

还付了一万三千架飞机和二百万可怜的生命，

暂时换得了一个基辅成。①

莫看希特拉这个鬼样子

不懂得铺排，如果要预备一个不成功的典礼，

我敢推荐他，让世界的人请他设计：

十一月间他还没有望见那美丽的莫斯科，

他就已经在德国缝衣店，

定制了在红场上举行阅兵典礼的制服。②

这把戏不独疯狂了的德国人信他，

就是在我们中国也有以三个月的时间

来赌莫斯科的所谓"专家"……

可是战争的故事，

并不像那些人□得这样容易。

今年，斯摩棱斯克的雪花

从十月就落起。

从东北到西南，

从芬兰湾到黑海，

雪花飘呀飘呀，

---

① 莫斯科当年12月15日（青年）中央社路透电：苏联情报部宣布，德军五月来之军械损失，计为大炮一万九千尊，坦克车一万五千辆，飞机一万三千架。上项数字未包括11月至12月的统计。

② 见爱伦堡"克哩！克啦"一文，载1941年11月17日桂林《大公报》"文艺"。

一寸，一尺终于向世界宣告：
冻结了，那艘从法兰西的血海
转到白俄罗斯去的
希特拉号！

我应该说一声对不起，
我虽然写了两个晚间，
但，罗斯福总统的美利坚
我还没有提到你。

一提到美利坚谁不羡慕，
他与黄金，快乐，丰富的生活……
好像就是一件东西的许多不同的名字。

自从在第一次欧洲大屠杀里洗了手，
二十四年来都平安地躺在
大西洋和太平洋的弹簧椅里
靠着四面的茫茫大水，
你总想掩着眼睛和耳朵
逃避不可免的战斗。
可是时辰钟虽然
仍是一分钟等于六十秒，
六十分钟为一个小时；
但发动机这奇怪的家伙，
早改变了人类的时间观念，
而驱逐机，轰炸机

那一天比一天更快的赛跑，

无时不在缩短世界的距离。

因此华盛顿的神经系统，

就不能不透到英伦海峡，

透到莫斯科，

透到我们的重庆去。

因此听着地中海的

波罗的海的

甚至中国海的炮声，

白宫也就不能吝惜警惕的战栗。

因此美国才愿把自己白嫩的手

放进民主国家的兵工厂。

可是就在不久以前，

每天，在美国的海岸

还是开出着无数的日本船和美国船。

美国船像送私生子似的送着一点点的东西

到中国，从滇缅路入口，

而日本船却天天向帝国主义输血

装去马达，装去铁，装去精炼的电池……

美国啊！精神上和善良的人类结婚，

肉体上却和强盗做着贸卖。

这些年来美国常常抛出一卷失了灵的法宝，

那就是已经在太平洋浸坏了的九国公约。

有几次同是对太平洋说话，

邱吉尔反比罗斯福说得更充实。

不错，美国也做了一些漂亮的事。

比方九月间，曾有不少油船

不管日本人的警告如何

吃饱了仍然是经过日本海

游向海参威去。

但美国始终还是有点神经衰弱，

当哈立曼在克林姆宫

与史大林讨论着军火援助的时候。

他还没有忘记提出好像"信教自由"这一类古典的题目。[①]

以日本帝国主义做悲剧的主人翁

ABCD

这文明剧场里的几个台柱，

可能串一出从来未有的好戏。

这悲剧的主人翁在中国跑了四年

已经是精疲力倦，

但我们这一次的结合，

却是要使他更快地跌倒。

在这一幕开幕之前，

一个日本的经纪人——

来栖先生他到了华府。

白宫里的筵宴虽未见如何欢乐，

---

① 1941年9月末10月端，美英苏曾在莫斯科举行了一个三国会议，时论英美军火援苏问题。美代表团团长哈立曼□国后表示，□□自由亦曾向苏联提出讨论。

但先前这一幕就不能不宣告暂停排练。

于是大家都相传：节目当然仍是悲剧，

但怕要移到中国，这演出的地点，

而且那悲剧的主角，以中国的呼声为最高

可是中国呢，他自己并不恐惧！

世界上的人都眼巴巴地

看着这一次滑稽的交易，

看着一个无赖和一个绅士

在做着无希望的商量，

两家用不同的本钱：

一个用诡诈与欺骗，而另一个用的

却是无知和幻想。

十二月六日罗斯福先生

还向天皇写了一个长函，

这些商业上的来往账我们虽然不能知道，

但无可怀疑地充满着情感。

看着它，日本人一定可怕地笑过，

因为后来的事实证明：

早在这痴心的情信发出以前，

日本人已在马尼拉，檀香山，星加坡……

安排好了单独开场的刀枪与□鼓

十二月八日用轰炸机和炮舰□开了布幕，

日本人应该又可怕地笑了一次，

因为美国虽然提出过三个强硬的要求 ①

但美国原来是徒手地站在这些要求的后面。

这一次美国人付出的交际费

我们真无法计算

英国为着陪她

也付了"威尔斯亲王"和"抗拒"

一共是六万七千吨。

可是我曾为人类打过一次算盘，

结果：美国和英国这一注本钱并不完全是浪费。

这一轮才把做梦的人打醒，

才把林白上校他们那石化的脑壳敲碎，

为这一轮，欧洲和亚洲的战争，

还有，所有善良的人民，都得到亲热的携手。

从此那一边是希特拉，那丢脸的

意大利我们不要算它，

再加一个帝国主义的日本。

而这一边第一还有从失败里长生的中国，

还有一个希特拉打不倒的苏联，

还有二十多个愿献身的国家，

还有呻吟在黑□下的巴尔干

和贝当出卖了的法兰西……

凡是爱光亮的人民都将站在我们这一边，

---

① 11月27日（1941年）中央社会众审……赫尔文件……其中要求：一、日本立即脱离其与轴心之关系；二、自华撤兵；三、停止支持"汪组织"。众认乃美国对日之直爽之最后通牒。

在二十万万的人类中

我们至少有十五万万，

我们至少有百分之七十的欧洲

和百分之八十的亚洲

南美洲和北美洲我们可以说是全面！

我们怕什么？只要我们拉得紧，

不要让突起的风沙埋了双眼。

毁灭了十四个国家

纳粹以为自己是铁，

可是再闪击和发射吧，

苏联却是一重钢壁！

一九三七年日本帝国也并不看轻他自己，

可是到了一九三九年就不能不疲弱地

在中国的辽阔的土地上叹气。

如果算盘打得住，

日本的内阁就不必常常掉班主，

希特拉也不必要戈培尔

如果他用坦克车和大炮

建筑的宫殿并不空虚。

所以我们要考虑的并不是打得过打不过的问题

要考虑的只是我们如何打下去！

八月间罗斯福总统和邱吉尔首相，

在"奥格斯泰号"相会，

除了谈美国和英国的命运，还花了

一些时间去谈世界的未来

且为世界未来，写下了一些预约：

贸易，原料，相互做平等待遇，

每个民族都自由，在一切的大洋与公海；

还要把侵略者的武装完全解下，

让大家自由生活和自由享受……

一百几十年来

为人类未来而定的计划真不能算不多。

不独罗斯福总统和邱吉尔首相曾经长谈，

张伯伦和贝当他们我想也不只一次地向世界说过。

不独是那些政治家外交家，

就是罗马教庭的主教也曾为人类未来而祈祷……

这些声音响在世界上像开着留声机，

而唱了又唱的唱片，最常见的是"正确"和"人道"。

可是不管这些歌唱得怎样，

墨索里尼还是向着阿比西尼亚

把"文明"不断地发射进去；

日本帝国主义带着"人口论"，

一次又一次到中国撒布死亡的种子；

希特拉更演出了不少惊人的杰作，

无论"开场白"或者"本事"上写的都是"大日尔曼主义"。

如果仁慈有用，

一本圣经就可以救起世界。

当第二次世界大战一开始便有人后悔：

在第一次世界大战没有把德国完全打毁。

其实德国是给打毁了的，不过不是

威廉二世的德意志而是人民的德意志。

第一次战争俄罗斯也被打毁了的

但其实被打毁的并不是俄罗斯而是沙皇的统治！

二十四年时间不能算短也不能算长，

可是在那两个不同的地方

结果是非常的明朗：

那一边

说起来也不是没有

世界知名的地方，

有些就连小学生也知道，

比方那牌子最老的克虏伯□厂。

那边有不少世界上

最精巧的机器，

所出产的军械都可以拿去和人家比赛

无论它们的量和它们的质。

只是有两种机器那边十分缺乏，

一种是制造牛油的

另一种是制造面包的。

此外还有一种著名的出品，

它们的商标

是一个卍字，

而原料

是"我的奋斗"和"国社主义"，

只是在出口贸易上情形不大好，

除了这几间商店：

佛朗哥、日本帝国和意大利。

□一□□□□泰□，

它们躲在地板底下

又眼晶晶地看望着每一个窗户。

要笑要哭都要有一个样式，

尤其不能提起自由与饥饿。

希特拉，戈林，里宾特洛甫……

那些老板们日以继夜地忙着。

算盘打了又打

题目换了又换，

而事情只有一项

为人类死亡编制着预算。

而这一边，人民在血泊里跑步，

起来，卧倒，卧倒了又重新起来。

那时候谁个裂开□刺的口

看着那奇怪的人一边在思索着

轻工业重工业，而手里只有

半块吃不饱的黑馒头。

第一个五年计划

把一万七千万人的需要都写上去，

这大胆又引起了不少近视的人的说笑，

只是一年，一年，

电力、化学、煤铁石油和粮食

都按时到计划上来报到。

从瓦尔戴丘陵流出的聂伯河。

他的畔边立起了一个水力发电厂，

每天，它看着无数的谷物

来自"欧洲大谷仓"，它想想俄罗斯的历史

再抚摸一下自己那钢铁的身躯

然后以发火的热情喊出：

"谁说俄罗斯是农业的?"

接着是第二个五年计划，

又接着是第三个五年计划，

每一年，像在红场上检阅红军

史大林检阅着

钢铁、冶金、电气、纺丝和粮食……

一切农业轻工业和重工业。

它们都在一些简明的图表上列着队。

在每一个名字的后面，一年比一年

都增加了数字的装备。

无论是苔原区针叶和阔叶森林区，

黑土区和东南草原地，

阳光都照着集体农场的村舍，

无数的圆碟军犁翻了

古旧的泥土和古旧的时代

人类用优越的政治指挥着优越的技术

解决了生产方法的落后。

闪光在犁尖上的草叉上的

再不是咸苦的眼泪，

而是从心底涌出的明朗的微笑。

在每一个工厂和每一个农场，

劳动再不是奴隶的苦役

而是神圣而愉快的工作。

文化和娱乐再不是少数人的私产

而是大多数人的精神的粮食。

在终年积雪的北极有不少英雄在工作着，

一个光明的理想把人类的刀斧

从向人类自身搏击转到与沉默的自然搏击。

在那里生活的最高意义是责任和工作，

在那里每一个日子都充满着平和与愉快，

在那里阳光照得比什么地方都要亮，

歌声唱得比什么地方都要响。

这些事实都说明了一部历史。

也完成了一个历史的讽刺：

希特拉多少次涂污了苏联的面孔，

举出来向所有的胆小的国家吓唬，

因此得了不少时间和便利去历练它的指爪，

等到他把狰狞的面目露出来

大家才愿意知道事实原来如此，

才有人敢想如果不把人民的德国窒死，

二十四年来人类该可以少流不少的血。

这二十四年的历史，

现在都应该拿出来想想。

历史是残酷的而真理更残酷，

无论你爱它或怕它，

它每天指示着地球的去向：

这一次战争的结果，

不独是希特拉、墨索里尼

和日本帝国主义的卧倒。

我们的旗帜上写的是正义，

我们的刀剑所维护的是所有善良的人类。

巴尔干无疑地要给他解放，

沿着波斯湾到阿剌伯海

那些谟罕默德和释加牟尼的虔信者，

和那些终年被太阳炙黑了的人子，

也要还他一个独立的人格：

那些飘零在太平洋上的岛屿，

必须由他们自己选择去处；

那为赤道所横断的"黑暗大陆"①

那"黄金海岸"该再不是"奴隶海岸"，

那些名贵的象牙名贵的金刚石，还有生命

都要让那等于中国三分之一的人口

让他们自己做主……

这一次战争，流的是人民的血，

每一个国家都该跟着他的人民的意志走，

每一个人民都有他起码的希望：

面包、工作和文化，和培育这鲜花的

土地和肥料：和平与自由

---

① 阿非利加洲因为腹地开发最迟，有"黑暗大陆"之称，又有"黄金海岸"，"谷物海岸"，"象牙海岸"等名字，都是以前航海者□它的出产命名的。还有"奴隶海岸"，是以前贩运黑奴出口的海岸。

谁是世界的国家的建筑师，

谁都要把这些组织在他的图样里。

至于我们中国，

在这千多个火与血的日子，

筋骨已磨得坚韧眼睛已磨得雪亮，

中国有资格向世界

要一个他应得的位置，

中国要求于这一次战争的

并不是几条破旧的战舰

和在另一些国家的卖身契约上签字。

中国所要求的

是打碎自己的身体上

那大和小的所有的枷锁！

一百年只是一个世纪，

但中国生死里挣扎已经不止一次。

一百年前中国的血疮第一次被戮破，

一百年后的今日中国要有一个新的开始！

我们要用十年，廿年，

用四万七千万双勤劳的手，

使一千一百十七万方公里

每一个角落都开遍粲然的花朵。

从世界的屋脊向东走去，

昆仑山，泰山……

每一条山脉是一个宝藏的瓦顶，

鸭嘴锄和电火钻

在古旧的地层里歌唱，

那些煤、铁、金、银每一天

从最黑暗的地方被送到

最光明的世界！

纵横的河流是纵横的血脉，

向着太平洋、印度洋和贝加尔。

载去了文化也载来了文化

水流不到的地方我□□

蛛网似的铁路和公路

或者用蓝空做轨道的飞机达到的。

东南望不尽的太平原，

米麦铺满了每一个成熟的季节。

撒种机，割稻机

一年比一年有更多的出现，

替代了手工业的和个人的生产的

是集体的和机器的生产。

星期日以外的每一个清早，

有十万二十万支烟突发响。

而□□息的时间有为大众而设的

公园、戏院、体育场和图书馆……

农业和工业成了最亲爱的兄弟，

工作和快乐是分不开的孪生子，

那时候，谁跑到类非尔士峰去一望，

都见到中国这地方满是阳光闪亮，

那时候，全世界天天都倾听着

中国的声音：

XGOA

中国中央广播电台

每天把新中国播讲。

民国三一年（1942年）一月十一日，初稿于桂林寓所

| 作品点评 |

周为在桂林，也写了一些较出色的好诗，《李莉》《纵横的构图》两首尤佳。前者写一剥削阶级出身的知识青年，在革命队伍里的锻炼过程和她的成长与进步，这在当时是很有现实意义的诗作，后者力图概括近百年来中国所遭受的凌辱与苦难，讴歌了在民族解放战斗中站立起来的新中国和世界反法西斯的进步政治潮流。诗作构思宏大，思想深邃，颇为令人瞩目。他还写有一些表现战时情感的抒情短诗，如《北行草》《黄皮树花开的时候》《旅行篇》等。

——李建平：《抗战时期桂林的诗歌创作》，《广西社会科学》1988年第2期

画题三首(其一)

胡危舟

给阳太阳

你描绘这棵大树的折倒么
我的好画家
著有很好的颜色呀

你画个铁匠打着复杂的刀么
我的好画家
那刀是他的,你的,我的呀

你捉住了一个"寂寞"的构图高兴着吗
我的好画家
那是你捉住了一个生活,一个知识呀

作品信息

原载《诗创作》1942年第13期。

无数无数双眼睛交流于你写实的"山水"呀

我的好画家

那山里有煤矿，水里有解粮船呀

你在最阴暗的屋子里画着最光热的图景吧

我的好画家

你竟掘着红土做颜料，撕旧衣裳做画布吧

你病着也笑着自己病得有意思么

我的好画家

健康吧，准备给大家坐着火车来瞧你的画展吧

义侨逃亡曲

林焕平

十二月八日

这历史的日子

太平洋骤起空前的骇浪——

敌人的飞机大炮向

南洋群岛轰□了!

任是有如东方纽约的百载繁华

任是有如蜂巢般的工事堡垒

天堂般的香港哟

忽儿变成了恐怖的地狱了!

港币二元换一元军票

炮弹轰断了商业的命根;

街头鬼子随便举枪杀人

作品信息

原载《诗创作》1942年第10期。入选袁行霈主编、赵仁珪执行主编《诗壮国魂——中国抗日战争诗钞》(中国青年出版社2015年7月出版)。

直视侨胞当作苍蝇！

像饿虎搜寻食物

日日夜夜上门讨

花姑娘；

看银钱财物

像月儿一般亮

劫掠了机器五金和汽车

又把数月米粮搬清；

三元买不到一斤米

空场僻巷满添了新坟！

沉重的空气窒塞着我们的呼吸，

凌迟的恐怖威胁着生命的安全，

我们哪能长此忍受

我们哪能长此忍受

我们宁愿回到自由的祖国

做叫化子

不愿在魔窟般的沦陷区

当顺民

万千义侨便开始了逃亡。

年稚婴孩父母挑

老弱长者儿女（用手车）推

断臂残足的废人

也借朋友的两条腿

踏上光明的征途；

养尊处优的书生

弱不禁风的姑娘

也不落后过劳力的员工；

虽被绿林土匪

给自己换上一身破衣裳

燃烧的愤火

掩盖了栖风宿露的痛楚，

番薯当牛扒

煽起全身的生命力

由九龙到惠阳

三百里路当家常便饭一样。

踏着了自由的大地

祖国像慈母一般的温暖

欢迎我们回来

重新靠拢抗战的阵线。

后记：一九四二年一月十五日由港脱险，二月七日抵老隆乘车赴韶，车坏，停在牛背脊二天，复停在忠信修理三天仍未毕，十二日晨，于雨雪下成此诗，四月十五日改正于桂林大埠。

祝　福

芦　获

我要唱一支歌

为你诉说生命的故事

来自绿的海岸

绿的乡土的孩子

你的脚步为什么那样深沉

你走过血的路，泪的路来么

这儿，山是陌生的

水是陌生的

人是陌生的

你的足音也落在陌生里

作品信息

原载《青年文艺（桂林）》1943年第1卷第5期。

我常常听着你心的歌

和为你制一篇乐章

□进我的七弦琴

许多日子

我独自行吟于漓水边

让忧郁的来

又让忧郁的去

苦恋着点滴的微波

我知道

你恋慕着幸福和自由

你像一个圣徒

正以智慧的眼睛

向忧患的世代祈祷

我将永远为你祝福

为我们同时代的年轻友人祝福呵！

一九四二年十二月十五日

路（三章）

麦 紫

一

无尽长的原野的路

蜿蜒而来

复又蜿蜒而去

在河川流过的地方

作者简介

麦紫（1916—1982）广西荔浦人。十九岁时担任修仁县黄洞小学校长，对新文学发生兴趣，阅读冰心、普希金等中外名家作品，开始写作。1936年到荔浦城厢任教，并受聘为《广西日报》特约记者，开始发表通讯、散文、小说和诗歌。抗日战争爆发后到桂林，曾在中华职校任教。其间受到进步作家影响，发表大量新诗，1940年与友人创办《新诗潮》，任主编。1943年到湖南乡村师范任教。翌年夏回桂林参加文艺抗敌协会工作，同年12月底到重庆。1945年在国立清溪高职校任教，在重庆加入朱学范领导的中国劳动协会。1946年到上海劳协总会，继续从事工人运动。此后，曾一度靠卖文为生，在《文汇报》《时代日报》《大公报》，《文艺复兴》《诗行列》《新诗潮》等处发表诗、散文和散文诗。1948年在上海复刊《新诗潮》，并参加编辑丛书《风雨篇》和《鲁迅的方向》，其间曾先后在上海新专和南汇简师任教。上海解放初期，在新成小学、杨树浦高职校等处教书。1972年退休。解放后在《新民晚报》。

作品信息

原载《现代青年（福州）》1942年第6卷第5期。

大地的子民构筑了桥
路从这里爬到那里
深山荒谷中
路□破□莽的囚困
攀上千万□峰顶
与白云絮语

像绿叶上错综的脉络
我们拓路者的队伍
在祖国辽宽的原野上
开辟了公路
又筑起了铁路

于是路
流遍了祖国的原野……

二

我曾听过关于路的故事
路是上帝给我们筑好的
路是上帝伸在大地上的臂膊
又有人告诉过我——
"路本来是没有的
因为走的人多了
就有了路。"

我看见有许多人

反交着手

或是把它套在袖筒里

不敢宽跨一下步子

走在命运安排给他的路上

到最后

不是溺死在黑色的深渊里

就会滚落在悬崖下

要是给石块绊跌了

不再去拾取倒下的箩筐

羔羊惯于在歧路上徘徊

有理想的人

却在顽石蟠错的地方

埋藏一些炸药

而我　　也走过了一段路

道路　黑漆而漫长

举着一个吐燃的火把

烧开夜　赶走豺狼

我通过了黑无星闪的漫野

驰行于铺满阳光的路途

三

在给烽火灼伤的

亚细亚的土地上

中国人民带着创痛和仇恨

破坏了用自己的手筑好的

平直而熟稔的道路

像六月天的蝗群

他们又□集在

西南高地　西北高原

看哪　在他们到过的地方

就又坦开了路

他们——

以生活拥抱路

以血汗与辛劳

□访通到明日的□□

如灯蛾扑向夜灯的光辉

今天　有更多的人

参加了　拓路者的队伍

赤着脚　卷起裤管

高举千万支百炼的钢锤

拓击世纪的花岗岩

岩石上

飞起激越的巨响

通过劳动的创造

从帕米兰高原

流向关外草原

绕过黄河　长江

与珠江

明天有一条大路

连紧我们自由的新版图

一九四二年三月

食　堂

麦　紫

红海椒，

水盐菜，

甜苔焖饭。

炒萝卜，

萝卜汤，

豆豉回锅肉。

花旗鱼，

菠萝排，

咖啡冲牛奶。

作品信息

　　原载四川威远县文化馆编《清溪》1988年第1期，本书编者据罗念生著《从芙蓉城到希腊》(上海人民出版社2016年5月出版)录入。

烤羊肠，

烤野猪，

松香葡萄酒。

烧对虾，

熘黄菜，

香槟酒加蜜。

大头菜，

官米粥，

多渗薛涛水。

绘画饼，

闭门羹，

叫花子鸡。

| 作品点评 |

原编者跋：这首诗作于1948年，由申奥同志介绍给《新诗潮》编辑罗迦同志，由于刊物停刊未能问世。现由钦鸿同志自麦紫先生遗留的杂稿中发现寄给我。诗仿古希腊抒情诗体，写四川乡间、学校食堂、美国餐厅、雅典郊外、北京新婚、四川教学以及流浪时期的生活。希腊酒加松香以利保存，有异味，喝久了，甚香。"官米"是发给教授的劣质米。成都四川大学前面有望江楼公园，园中有古井，因唐代女诗人薛涛投井而死，水甚名贵。"叫花子鸡"不去羽毛，鸡腹内加盐，外面裹上湿泥，用带火的灰煨熟。

——原载四川威远县文化馆编《清溪》1988年第1期

杜鹃花红遍了天涯

郑　思

春风是个绿色的说客
春风的话，是遍开的野花

当春风拖一地绿色过草原
你红色的杜鹃花啊，
就像是春风的话，落遍了天涯……

像爱野兔的眼睛
我爱你红色的杜鹃花，
我爱你的野生
我爱你这春风的话。
因为，你很像人类所渴望的幸福
那么新鲜，那么红。

作品信息

原载《青年生活（桂林）》1942年第3卷第2期。

看吧！痛苦的土地上，落满春风的话

杜鹃花红遍了天涯……

| 作品点评 |

郑思写诗有一股气势，所谓"一气呵成"；此诗尤为突出，恰如题目本身一样，红灿灿一大片杜鹃花从眼前一直染透到天际，诗中澎湃的激情像花一样"那么新鲜，那么红"，给人一种视觉上的愉悦感。

——黄绍清《不屈的诗城　愤怒的战歌——抗战时期桂林文化城诗歌荟萃》，

中国文史出版社，2005，第1001页

年轮集

严杰人

冬　天

冬天

又带引着朔风和冰

傲慢地大摇大摆地

向大地走近来了

冬天是一个暴虐的权威呀

他君临着大地

在他的治下的生灵

都战战兢兢地震颤着

预感到死亡的到来

而朔风与冰雪——

作品信息

原载《力报副刊·半月文艺》1942年第19期。

——这两个冷酷的刽子手

永远是像狗尽忠于它的主人一样

效忠于冬天

那么驯顺的为冬天服役

听从冬天的驱使

在冬天的怂恿下

气势汹汹地

毫不留情地向一切生命开刀

大地

——慈爱□生命的母亲呵

受着秋天的风霜

——那群冬天的先遣队的

蹄铁的践踏和蹂躏

早就忧蹙得苍黄了

在这冬天降临的第一个晚上

受着冰凌的积雪的

过度的淫辱

她的脸容是更其愁惨灰白了

□那些要发芽的花草

——那大地怀孕中的儿女呵

还不曾见到阳光

就不幸地

胎死在大地的腹中了

溪流

那千万条蛇蟒似的溪流
唱着仿佛不同其实是一样的歌
从四面八方走来，
朝着仿佛不同其实是同一的方向
走去参加他们的群众大会的溪流
被顽固的坚冰扼住了咽喉
已经不能再唱出他们的歌了
而在一重重的
冰雪的封锁线前
也不得不停止下
他们的向前行进的步伐

那不甘寂寞的响尾蛇
已经不能继续他的远方的旅行了
那爱□不平的控诉的蝼蛄和蝉虫
也被寒冷封缄了咙喉
而喑哑着
再不能再宣泄他们胸中的积怨了
都被胁迫着
不得不蛰居在他们的孔穴里

而凛冽朔风
——□冰雪的同谋者
还冰雪的帮凶
这冬天豢养的御林军呵
挟着千军万马的

翻滚的庞杂的奔腾声

嘚嘚的清脆的马蹄声

杂沓的急促的步伐声

轰轰的雷鸣似的战鼓声

响亮的尖锐的号角声

凄厉的惨绝的喊杀声

从塞外的荒漠

卷土而来

山峦

仿佛一群野兽

在朔风狠命的鞭笞下

负了过重的创伤

而遍身发紫了

狼藉地

躺卧在大地上……

村庄的黄茅□

披着褴褛的补丁的衣衫

可怜地觳觫地蹲踞着

仿佛被晚娘虐待的婴儿

那些欹斜的木门

——他们的□了的嘴巴

哀哀地咿呀着

在被痛殴的酸楚里

还不敢放声痛哭

只凄涩地饮泣着又咽哽着

丛杂的树林

蕴积着隐藏着太深远的悲哀

像一群失去温暖的家的难民

在朔风里发抖着

他们的叶子片片地飘坠下来

——簌簌地滴落下来的泪珠呀

而枯槁的树枝却高擎着

——多少只无助地伸向天空去乞援的

瘦棱棱的手臂呀

栖宿在林间的鸟雀

此刻都瑟缩在巢穴里

蜷伏在他们的母亲的翅膀的庇护下

互相拥着

求取些许的温暖

只有那生成一副挺俊的姿首

与一副与姿首相衬的骄倨的性格的鹰隼膀

还敢于跟风寒搏斗

振着他们的坚硬的翅

在空中傲慢地飞翔着

撕破了朔风的衣衫……

只有那智慧的先知的枭鸟

在这大地上的生灵都已沉默的

冬天的夜晚

从一株枯树上

敲出了一个预言

——假如冬天已经到来

春天还会遥远吗？

在这些日子里

太阳

那像一个恋人一样热爱着我们

曾经用他的厚软的手

永日温抚我们，拥抱我们

曾经用他的滴密的香甜的嘴唇

长吻着我们

给我们以生命的热与力的太阳

是日渐离开我们而远去了

难道他是一个无情的薄幸郎吗

难道他是一个狠毒的负心者吗

难道□在最初的日子

用甜言蜜语引诱了我们

使我们发了誓要永属量他的

现在又忍心丢弃我们

对我们一点也不眷恋了吗

难道他使我们萌苗出了生的意□

现在又要我们抱憾死去了吗

不啊

我们确信□的爱情的坚贞

在我们的长久的痛苦的等待里

他将与春天携手同来

把我们从寒冷的禁锢里

拯救出来

那时我们当以被感动得流泪的情热

迎接他的到来

我们要倒在他的怀抱里

向他泣诉自他去后

我们所经历的痛苦

那时

朔风将被放逐到天边外去

冰雪坏溶解变成了泥土

大地从昏厥里苏醒过来

溪流□又歌唱着

继续他们的愉快的行程

蛰居的响尾蛇

又开始他们的不寂寞的旅行

伏在地下的鸣虫

又蠢动着

唱出他们所要唱的歌

□□恢复他的茁壮

有着奔驰的跳跃的战马的雄姿

林树也披上了她们的艳丽的□□

重新回青春的年华

鸟雀充满□欢悦

飞鸣过明朗的天空

而现在

冬天

这个暴虐的□威

还君临着大地啊

春　天

为了大地的相思

不负生灵的苦恋

□天边外旅行去的太阳

又回来了

对受冰雪欺迫的大地

太阳说：我爱你

对受寒冷凌辱的生灵

太阳说：我更爱你们

太阳用金亮的眼睛

爱怜地看着大地

太阳用燃烧的嘴唇

疯狂地吻着大地

太阳用温暖的手掌

抚着大地和所有的生灵

太阳醉□了脸

向大地和所有的生灵笑着

承受了太阳的□情

大地披起奇丽的新装

群树萌苗了青绿的嫩芽

恣放了缤纷的丛花

啊！随你走到什么地方

遍地都是鲜艳的野花

桃花李花开在果树园里

红玫瑰、白蔷薇绽放在荆棘丛中

山茶花，杜鹃花，山茉莉从山边吐了出来

凝冻□岩石上

也簪上几朵棕子花

□□红的白的花

好像一张张擦了胭脂的少女的面靥

娴雅地笑着

而那晶洁清冽的花蕊

是少女的红□呢

冒出一阵醉人的芬芳……

褪落美翎的珍禽

重新生长出华丽的毛羽了

那活泼的小播谷

那伶俐的黄□

那长尾的伯劳

那背上泛着紫亦色的波纹的鹧鸪

那催人耕种的杜鹃和斑鸠

那学人说话的鹦鸪

稚气地跳跃在

稠密的枝叶间

仿佛千只□坡□□儿女们的□□

弹动在大钢琴的键板上

奏出一支庞然的交响乐

啊！这花的颜色

啊！这鸟的歌声

仿佛都在说啊

这是春天，这是春天……

啊！春天

春天是冬天的儿子呢

生长□的母亲：冬天

已因为难产的痛苦死去了

她通过了死亡扼守的关隘

来到人间

春天是在冬天的怀里

长久地被孕育着的

因为经过长久的孕育

因为历尽孕育期的痛苦

春天

来到人间

才显得如此成熟，如此壮丽呵

山　民

严杰人

以一个偶然的机缘

走进你们荒僻的山乡

我仿佛在历史的河床里

溯流而上

游到了历史的源头

——初民的原始时代

这些耸接天边的

终年住宿着白云的山峦

一圈圈地

圈成一个铜墙铁壁的大监狱

你们便像罪犯似的

被囚禁在它的封锁里面

作品信息

原载《文化杂志（桂林）》1942年第2卷第1期。

这些苍翠蓊郁的常绿树和长春藤

组成的丛密的大森林

好像一片翻涌着绿色的波涛的大海

你们便像水族一样

被淹没在它的深绝的渊底

我走在两山削壁的峡谷之间

一条崎岖的狭径上

仰望

那震颤地蹲匐在巉岩的山上的

你们的山寨

用石块砌成的城墙上

已长满了青苔

城堡的雉堞

像老人的牙齿似的

残缺了

而那些用竹板编成门扉的

你们的寒碜的茅屋

土墙是颓废了

茑萝在上面播散着红红白白的斑点

败坏的茅草

仿佛上坟去的孀妇的乱发

蓬松松地披散下来

而你们

为了这干瘠的

梯级似的田园

像悭吝的狡猾的商人一样

和你们做着太不公平的交易

以低贱的代价

——山芋，玉蜀黍，高粱

收买你们宝贵的血液和汗珠

使你们终年劬劳

还得不到一夕的温饱

你们便在腰间悬着一柄斧头

或者束着一张镰刀

你们便背负着一个篾篮

或者指着一把圆锄

走在那长满了没胫的

野草和荆棘的幽径上

□行在比你们还高的

萑兼、马尾草和羊齿类植物的密丛中

或者攀援依附削岩上的茑萝

和峡壁的罅隙间倒悬下来的葛藤

坠下了黑魆魆的深壑

然后又踏着梯形的石纹

爬上盘旋在山腰间的曲折的羊肠路

也不怕那些偃伏在路边的草丛里

对着你们伸出红色的织舌头的毒蛇

和那些蔽匿在稠密的树叶的丛簇里

伺候着你们临近的时机

撒下几滴有毒的便溺的

灰褐色的蜥蜴

去斫伐千年的古树

去扫夜间被山风摇落的松针

去采薇菜，堇荁，检芽，

去挖掘不知名的山药根

唉

你们被幽闭在这荒僻的山□

嵯峨的高山

摈拒了朝阳和落日

伸来要抚你们的

充满了情热的手掌

参天的密林

又隔绝了中午的太阳

低下来要吻你们的

滞蜜的嘴唇

那太阳仿佛不是为你们而存在的

而你们仿佛也不知道太阳的存在

你们被囚在这深山中

你们的日子是阴暗的

而你们的命运

正像这堆满巉岩的怪石的山道

一样的崎岖险峻

你们的生活

正像这出生在山中的羊角果，毛楂果

和不知名的野生的果实

一样地充满着酸苦的果汁

你们的肌肤

正像这山岩一样的

干枯而瘦削

你们的骨头

正像这山峰一样嶙峋

你们的眼睛

正像这大森林一样

黑黝黝的

蕴藏着寂寞和悒郁啊

但是

我也知道

你们长年受着山色的感染

遂具有山峰的固执和倔强啊

然而

为什么呢

你们只是整日吐出沉闷的叹气

让它化成浓重的白雾

弥漫着山林间的溪谷

只是整夜掉落悲哀的眼泪

让它凝成累累的

晶莹的露珠

挂在叶尖和草茎上呢

小麻雀

严杰人

喝……啾……

喝……啾……喝……

我的可爱的小麻雀

你们的歌声像一朵朵

小小的铃兰花

开在早晨清朗的空气里

使我听见的时候

仿佛同时嗅到了

一股清新的淡淡的香

你们童稚地

跳跃在人家的屋脊上

做着快乐的游戏

作品信息

原载《诗创作》1942年第16期。

我看见

你这善良的母麻雀

在用你的尖嘴

抚弄着你那爱子的羽毛

温暖他的幼小的心

你这佻皮的雄麻雀

在追□着那只雌麻雀

不断地对她发出

求爱的啁啾

还有你这好心的家伙

在把辛苦找来的食物

喂给那病了的

邻居的老麻雀

啊！你们是多么的天真而活泼

多么的纯洁而善良

你们的小小的一颗心里

包裹着无限博大的

对于同类的爱

你们穿的

不是华丽的而是朴素的衣服

泥土色的工服，灰白色的短褐

你们吃的

不是腥味的血肉而是植物的颗粒

禾稻的花实，树上的果子，溪边的流水

你们各尽所能各取所需

丰富的自然养育着你们

你们没有犀利的趾爪

没有尖锐的武器

在你们的世界里

没有互相陷害的阴谋

没有自相残杀的战争

你们的日子是和平的

我们行将坍倒下去的人类社会

正要以你们的世界做模型

重新创造，再建起来

啁……啾……

啁……啾……啁……

你们每天早晨出窗外叫着我

因为你们的呼唤

我才从沉睡里醒来

啁……啾……

啁……啾……啁……

你们的歌是那么地诱惑着我

我愿化为你们中间的一个

一同飞到广阔自由的天空里去

　　严杰人的诗作对社会最低层的人们苦难的生存状态也给以真诚的关注和深切的同情。他从《小麻雀》们"没有互相陷害的阴谋","没有自相残杀的战争"的世界里看到了"行将坍倒下去的人类社会"的黑暗与残酷的现实及其给人们所造成的深重灾难。

　　——黄绍清:《抗战时期桂林文化城诗歌漫论》,《社会科学家》1994年第1期

亚当夏娃的被逐

严杰人

这就是耶和华所创造的伊甸园

这就是耶和华所祝福的伊甸园

泥土是那么的丰腴

是那么的润沃

密密地丛生着

瑰奇的花草和果树

比逊，基训，希底结，伯拉

四条莹激澄澈的河

静静地流着

滋润着伊甸全地

灌溉着伊甸园里的果树和花草

还滚出无数美丽的

金砂和红玛瑙

作品信息

原载《现代文艺（永安）》1942年第5卷第5期。

密麰麰的果树

组成一个郁茂的树林

去那稠密的枝叶上

满结着累累的

染着黄金的色泽的

绚烂的果实

那些透着熟意的果子

在大气中

迸散着异质的清香

青草长得青

展开一片碧色草原

驯顺的肥美的牛羊

散点在草地上

徐徐地啮啃着

刚刚萌茁出来的草叶

野玫瑰

月季花

山茉莉

还有那无刺的蔷薇

绽开在山巅，原间，谷里

烂漫的群花

竞赛般舒展鲜妍的朵瓣

在朗丽的阳光下

闪映出明霞似的

璀璨的光辉

微微缓缓地轻掠着

播送着阵阵浓冽的芬芳

世间第一个男子亚当

和世间第一个女子夏娃

一点也不感到羞耻地

毫无遮掩地裸露着

并排地躺在一条清溪边

树林幽深处

一丛果树荫下的草地上

亚当枕着夏娃柔软的胳膊

夏娃枕着亚当结实的手臂

那一片碧绿的青草

做了他们欢爱的床席

那密密层层的树叶

做了他们的篷帐

他们并排地躺着

透过垂生累累的紫实的

葡萄的藤蔓

仰望那蔚蓝色的

高阔的太空

听着树叶骚颤的微吟

山泉清浅的幽咽

和那群鸟清脆的啼啭

不时互相交换着

温婉的情话

和亲昵的蜜语

"美丽的夏娃

在那最初的日子

耶和华用水揉和泥土

照着他自己的模形

塑造了我

把我寄顿在这伊甸园里

肚饿的时候

可以随意摘吃各样树上的果子

口渴的时候

可以痛饮葡萄的甜浆

那些日子我是幸福的

但是因为过度的孤独

没有多久我便感到厌倦了

朝日的光辉

我不觉得它的瑰丽

黄昏的晚霞

我不觉得它的煊煌

群鸟的晨歌

我不感到愉悦

那含露的花草果树

我也不觉得它们的芬芳

我对月亮投诉我的孤苦

我对星星独白我的愁惨

因为我找不到

丰满的爱情

这个杂色纷披的世界

遂也不能使我感到有所留恋

自从耶和华使我沉睡

抽取一条我的肋骨

撕下一块我的肌肉

揉造了你

并且把你赐给我

做了我的伴侣

我才重新发现这个世界的美丽

我才重新知道

人生在这苹果形的行星上的价值"

"啊，亲爱的亚当

我是你的骨中之骨

我是你的肉中之肉

我还仿佛记得

那天我伫立在一个湖边

俯首探视清澈的湖面

发现我的影子

比花朵更要明媚

比苹果更要妍丽

比月亮更其温存

因此便感到无上的骄矜

等到耶和华带引着我

走到你的跟前的时候

看见你那挺秀的姿首

我便毫无抵抗地投顺你了

你的俊美的容颜

攻破了我的傲慢的心

你张开两臂

把我攫在你的怀抱里

你爱抚的手

抑下了我倔强的头

从此我便变成了你的俘虏

从此我便变成了你的奴隶

朝朝地承欢

夜夜地沾恩"

夏娃说着

把她隆起的酥胸

贴近亚当宽敞的胸膛

亚当伸开两臂

把她紧紧地搂抱着

他那一双明眸

含着脉脉的深情

俯视着妩媚地转动着的

夏娃的眼睛

并且伸嘴过来

轻轻地亲着他的柔唇

他们互相拥抱着

躺卧在草地上

蔷薇的花瓣

纷纷地洒落在他们的裸体上面……

他们站起来了

脸颊上泛着淡淡的红晕

亚当整理他那海仙花般的卷发

分披在脑背后

夏娃把她葡萄卷发般

卷曲的金丝发

蓬松松地披散着

一直垂到她的蛮腰

他们并肩地穿行在

繁密的绿树丛间

去向一株株的果树

摘取新鲜的果子

他们把采摘来的鲜果

放在一个铺着茸茸的苍苔的土墩上

然后播散花叶

坐在土墩的旁边

开始咀嚼肥美的果肉

夏娃看见那株智慧树

卓拔地挺立在

距离他们不远的地方

满戴着粉纶的美果

它的树干吐脂

它的花朵滴露

它的叶子流馨

它的果实播香

便走过去

站在它的脚下

"智慧树啊

你的枝干

因驮载过多的果实而弯垂

为何不让我们

来减轻你的负担

我们嚼厌了各样的果子

现在要来尝试你的新鲜"

说着便伸手上去

要摘满结在上的果子

亚当仓皇地走了过来

拉下她那待举的手臂

"我的夏娃呵

你不要这样狂妄

耶和华创造了我们

把我们寄顿在这伊甸园里

允许我们随意摘吃

生长在这伊甸园里的

各样树上的果子

却禁止我们触动

这株智慧树的果子

我们应该听从他的吩咐

不可违反他的命令

因为他说

我们吃智慧果的日子必然死去"

就在这个时候

撒旦向他们走来了

他是一个先知

他是一个圣者

并且有着一个倔强的

叛逆的灵魂

为了不愿做耶和华的涂膏者

为了不愿做耶和华的奴仆

他曾第一个起来

反抗这主宰的权威

他对我们人间的祖先宣称

"耶和华岂是真说

不许你们吃这株树上的果子么

这是一株智慧树

它的果子贮着智慧的汁浆

这种智慧为什么被禁呢

这分明是一个谎言

人类获取智慧

为什么是一件犯罪的行为

因为耶和华要你们永远地

愚昧地生存在这大地上

要你们永远卑贱地

做他治下的子民

他才禁止你们摘吃

这株树上的果子罢了

因为耶和华知道

你们吃智慧果子的日子

你们的眼睛就明亮了

你们便能和他一样地生存"

于是夏娃便把手臂

伸向智慧树的枝头

摘下果子来吃了

又分给亚当也吃了

他们的眼睛

顿时明亮起来

才知道自己是在裸露着

便拿无花果树的枝叶

为自己编织裙子……

耶和华缓步走在伊甸园里

看见亚当夏娃所灌溉的

树是繁密地茂生

花是灿烂地盛开

草是青葱地茁长

心里正为他所创造并管治的

子民的服从和劬劳

而感到欢欣

但是，寻找不到他们

他们上哪儿去了呢

他们听见耶和华登登的足音

早已藏匿在暗密的树丛里了

耶和华用他宏亮的声音

呼唤他们

喊着他们的名字

"亚当和夏娃啊

你们躲在哪里"

亚当和夏娃

被一种死亡的预感占据着

因为过度的恐惧

互相拥抱着

挤在一处

好像在发疟疾似的

不停地哆嗦着

耶和华的声音又在响了

"亚当和夏娃

你们躲在哪里

快点出来罢

难道你们还怕我么"

亚当和夏娃

更厉害地哆嗦着了

因为一种灾难的袭来

他们更紧地拥抱着

最后，亚当终于鼓着勇气

以一种带颤的声音说了

"耶和华

我们的主宰啊

看见你走来了

我们就要害怕

听见你的声音

我们就战栗起来

因为我们赤条条地裸露着

我们便躲藏起来了"

耶和华的心

突然悸动起来

使用带怒的声音

愤愤地说

"谁告诉你们赤身裸体呢

莫非你们偷吃了

我吩咐你们不可触动的

那棵智慧树上的果子么"

"是的……"

一个微颤的声音

"你们既偷吃了

我所吩咐不可触动的

那株智慧树上的果子

不许你们再住在这伊甸园里了

现在我打发你们出去

耕种你们所自出之土

你们不能再享有

伊甸园里的幸福的日子了

你们必终身劳苦

才能从地里得吃的

你们必汗流满面才能糊口

直到你们是从土而出的

你们本是尘土

仍要归于尘土"

亚当和夏娃的眼睛

噙着模糊的泪水了

为了就要从这伊甸园里

被驱逐出去

他们伤心地哭了

是那样地悲悒

是那样地悲伤

用着含泪的声音

亚当向耶和华

做最后一次的祷告

"耶和华

我们的主宰啊

你创造了我们

把我们寄顿在这伊甸园里

派我们做这伊甸园的看守人

让我们在幸福中

过着快乐的日子

让我们在恋爱中

度着甜蜜的时辰

我们自由地欢笑

自由地歌唱

我们承恩于你的赐与

受着你的宠爱

从来没有停止对你的称赞

就只因为冒犯一次

你的庄严的律令

你怎忍心就把我们逐出

这个我们久居的伊甸园

我们走熟这里的每条绿径

它们也亲过我们的脚踝

我们涉惯这里的每条浅溪

它们也抚摩过我们的肌肤

我们熟习这里的每一棵树

每一根草

每一朵花

它们都和我们有着深深的默契

我们听惯这里的鸟的歌声

了解它们的语言

对于这里一切的一切

我们怎能不有所眷恋

耶和华

一切的主宰啊

愿你宽赦并且降福我们罢"

"不能再挽回了"

耶和华伸出了拒绝的手

"那么，我们走罢

亲爱的亚当

我们走出伊甸园外去

垦殖那广阔的荒芜的土地

纵然那土地因为我们的缘故

受了耶和华的咒诅

长出了丛密的蒺藜

但是我们可以除荆斩棘

辛勤地耕植和灌溉

把那一片荒凉的土地

变为田稼荣茂的沃土

我们要让岩石上有水流

我们要让沙漠上有花开

走罢，我们去

凭着我们的智慧

去创造一个新的伊甸园"

于是

带着眼泪

他们走出去了……

归国谣

陈迩冬

——给侨生某某

太平洋上不太平，你挨过
一个长季节的浓雾，
接着是狂风，斜密雨，
袭人的冰雹。
                你来了！
少年人，早熟悉地理方向，
历史方向和政治方向，
真理的方向，唯一的方向，
还用得着摸索吗？
你好眼力，好脚劲！
我不是夸奖与应酬；
你可别客气，别害羞；
用不着抱怨或者忧愁。

谁不是落荒而定哩，

你跋山越野渡江河，

越陌生的古道，陌生的城，

你来了。

这儿没有"巴士"，

离椰子与榴梿更远，

且把你自己压在胸口

——你自己的手，放开吧，

不寻找梦里的南洋，

来驰骋书本上的新天地，

从工作上□岁月，

从战斗中熬炼气力……

唉，反正是老生常谈。反正

你来了：

你从亚热带，

热带乃至于近赤道

带来的少年主人，

就你心里的气候也使你陌生：

不想北温带的祖国，

也竟是这么温暖！

父亲的逆子

严杰人

我要用一首短短的诗

记下你长长的历史

不管我的诗体积这么小

而你的生涯是那么博大

你的父亲是一个地主

你是他的独生子

在你父母的爱里，你诞生

在他们的抚育中，你成长

他们希望你长大了

再做土地的主人

承袭他们的遗荫

但是，你长大了

能够独自走路

作品信息

原载《现代文艺（永安）》1942 年第 6 卷第 1 期。

不靠他们扶持

你便走上了

你父母不愿意你走的道路

朝着你父母不愿你趋往的方向

你自由地飞

划动着你的翅膀

吮佃农的汗大

喝佃农的血肥

你说你有罪

看见他们劬劳

看见他们饥寒

你怜悯他们

对着他们，你发誓

要许福他们

赎还你的罪恶

像黎明

它是黑夜所生

又亲手杀死了黑夜

你

是你父母的爱子

又参加消灭你父母的斗争

你做了你父母的不肖的儿子了

你做了你父母的不孝的逆子了

你号召众人反抗你的父亲

你的父亲切齿地痛恨你

众人却赤诚地爱戴你

而你

就在你父亲的恨

和众人的爱里

悲壮地死去了

你这父亲的逆子啊

众人的兄弟

蜕 变

严杰人

像一条蛇，古国在蜕变，
腐败的细胞，
变成一张干瘪的皮，脱落；
又长出新的细胞，组成健康的血肉

是一只蛹，伏在茧里，
剥着自己的壳，秘密地；
换上多彩的新装，即飞出
播唱再生的歌，向着世界。

年青的，青春长驻，
老年人转过背脊来对着坟墓：
他们都勇敢，在荆棘上举落脚步。

作品信息

原载《现代文艺（永安）》1942年第6卷第1期。

在火里栽树，

用血灌溉，发叶开花；

新中国从难产致死的母体里诞生。

伊甸园外

严杰人

一、牝牛的死

嘘出了最后一口的

微微震颤的沉闷的气息

粗壮的两脚

便僵直地

朝向满结着蜘蛛网的

牛栏的茅蓬

——唉

我们的牝牛死了

牝牛的骸骼

僵硬地躺在

作品信息

原载《诗创作》1942年第8期。

铺着一层稀薄的稻草的地上

那被疥癣虫和瘌痢虫寄居着的

褐黑色的皮上

只剩下几根稀疏的

失去光泽的灰毛了

那两只巨大的眼睛

再也不能蠢笨地转动了

只茫然地张开着

流露出未尽的痛苦和悲哀

那年幼的小犊

第一次尝到生命的辛酸

眼睛噙着泪水

发抖着站立在

它的母亲的旁边

不时用着它那

刚刚萌茁出来的角

抵着死去了的母亲的颈项

不时用着它那流涎的舌头

舐抹死去了的母亲的面靥

不时又把嘴巴伸向

死去了的母亲的腋下

咬取那往日滴着香冽的奶汁的

温柔的乳房

——而它吞下的是什么呢

已不是柔白的乳液

而是吮吸不完的悲哀了啊

为了它的慈爱的母亲的死去

为了它的孤苦伶仃的来日

小犊咩咩地咽呜起来了

我的母亲也哭了

哭得那样伤心

记得父亲死去的那时

她也不曾哭得如此悲恸呢

而我

对于牝牛

是负载着很重的罪□的啊

她来到我家的三年间

我不曾让它得到一刻的喘息

春天踏着残雪

犁着冷硬的土地

夏天在炙热的溽暑的阳光下

耙着泥沼一般的水田

秋天，冬天

又驮着我们的收获

送到租主的家里去

一年四季

它永远是背着重轭

艰难地

举落着因过度困厄而颠踬的脚步

踏着不由自主的道路

迁缓地走去

在快要不能支持的重压下

在快要麻木的劬劳里

还受着恶毒的咒骂

和无情的鞭打

而它所吃的是些什么呢

却是那些富纤维质的

干枯的稻草，落花生，番薯藤

和那些虽然有着犀齿

也咀嚼不完的苦楚与辛酸

虽然有着反刍的胃口

也消化不尽的冤抑与悲哀啊

然而

牝牛

使你受苦的不是我啊

我的命运

不是和你的一样悲苦吗

我们都是被枷锁在土地上

执行劳役的奴隶

在这世界上

快乐和自由的门

是不曾为我们开启的

而温暖和饱足也向我们

伸出了拒绝的手

我们与疾病，痛苦

结下不解的姻缘

饿饥和寒冷

和着我们同居

现在

牝牛

你已经死了

你不再受苦了

我的生命

从此却要耕犁着

更枯涩更坚硬的岁月啊

二、饥渴着的田亩

田亩

仿佛一个产妇

难耐酷暑的煎熬

裸露着酥胸

仰卧在苍穹下面

不停地吐冒着雾似的白气

她的肚皮

因过分的干枯而龟裂了

而在她的怀抱里的婴孩

——那一根根绿色的禾苗

因为吮吸不到一滴奶汁

他们的富有生命的绿色的脸孔

也变得如此可怕地苍黄了

他们的纤弱的身躯

在这稚嫩的幼年

就受到饥饿的摧残

已经逐渐地羸瘦了

而天空

依然板着酗酒的狰狞的脸孔

伸出赤血色的舌头

——那烧燃着的太阳

舐着地上剩下的仅有的水滴

河流

——禾苗们的保姆

日夜不倦地向禾苗们

唱着摇篮曲的

日夜以新鲜的乳液

哺育年幼的禾苗的

辛劳的奶妈

也被酷暑榨干了

而在长久的时日里

不见霖雨以轻曼的姿态

旋着翩翩的舞蹈而来了

风的合唱队也停止了许久许久

再听不见他们欢悦的歌吹了

代替着风，代替着雨

溽暑的热气

毫不知道自己的丑陋

蹲踞在大地上

密密地拥挤在每一个角落里

在每一个罅隙里

生命在炎热的窒息下

痛苦地沉默着

除了蝉虫的微弱的幽怨声之外

已听不到什么声音

而禾苗也在无助绝望里

一个个颜萎悴地

低下了枯槁的头颅

对于田亩

我们是有着丈夫的心情的

而对于禾苗

我们也怀有为父的心啊

在她们受着饥渴的绞杀的时候

我们的快乐的旗帜也已偃息了

忧愁毫不费力地

俘虏了占领了我们的心境

三、仲夏夜

蝙蝠是夜来的先遣机群

当那金色的大鹏鸟

拍击着它的辉煌的翅膀

从那西方的天空

飞落山峦的后面去时

她们出动了

它们从那些人家低矮的屋檐下

摇动着轻翼飞了出来

毫无忌惮地

穿掠在人们头顶上的低空

散发着烟雾

散发着黑暗

虚冥的暮霭

潮水一般泛滥起来了

而且摆着阵势

向着我们包围过来

我们是在晦暗的烟雾里迷惘着了

我们被驱赶着

从田野上

从打谷场上

带着极度慵倦的身躯

回到自己的黄茆草里来

而我们的孩子

牵牛进了栏里之后

正在门外的空地上

扬手赶着鸡群

鸡群在呼噜的呼喝声下

咯咯地走进埘里去了

而我们的女人呢

一边蹲在散发着秽气的猪圈里

跟着一只母猪和它的儿女们

一边还得照顾灶间的炊火

担心着锅里的番薯，芋头

煮得不熟或者烧焦了

我们在茅屋的一角

放下了和我们一起劳碌的

锄头，圆锹，镰刀

好让它们也静静地憩息一个夜晚

然后含着旱烟管

坐在门槛上

看着从自家的屋顶

飘起来的缕缕的轻烟

看着那被炊烟缭绕着的

门前的高秃的树上

一群抢夺着觅来的口粮的鸟雀

吱吱喳喳地在巢里吵架

我们也像吵架的鸟雀一样

抢夺着不曾煮熟的番薯芋头啊

我们拿起一个番薯芋头的时候

不曾剥皮就囫囵地

吞下空虚的肚子里去

而我们的黄狗

——我们的忠实的守卫者

张着乞索的眼睛

跪在旁边看着我们

我们的黑猫

用着和它的名字一样的声音

哀哀地呜咽起来了

坺里的鸡群也喔喔咯咯地喊叫了

母猪和它的儿女们也唔唔地嚷闹了

它们都不曾喂饱

而诉出了它们的要求

对于畜牲们

我们有比对于自己的儿女还甚的溺爱啊

我们没有吃完的番薯芋头

让给畜牲们先吃了

然后生火再煮一锅

就在这时

栏里的耕牛

又不安地转动起来了

它的沉重的步声

从牛栏里播送了过来

对于耕牛

我们是不知怎样才能报答它的深恩的啊

它终年背负着苦轭

为我们担载着最沉重的痛苦

我们还忍心让它挨饿吗

我们拿着准备烧煮番薯芋头的稻草

去给耕牛吃了

让它躺下来细细咀嚼

还祝福它这天晚上睡得很好

祝福它这天夜里有个美好的梦

而我们却没有了稻草

不能烧煮番薯芋头了

我们在一天不停的工作之后

也得不到一顿饱餐

然而这又算得什么呢

对于我们

□□并不是一个生疏的客人啊

它是我们的血亲

我们带着极度疲乏的身躯

走进暗黑的卧房里去

瘫软地躺在床上

用眼泪

从窗口洒遍满天的星花

用叹气

从门口撒出满地的萤火

而村边池塘里的青蛙

屋外草地上的蟋蟀

墙根下的蝼蛄

　　却不歇地

　　在长夜里

　　为我们控诉不平呢

| 作品点评 |

　　他在《伊甸园外》里描写了一只牝牛劳累一生终于死去的惨状："两只巨大的眼睛"，"茫然地张开着"，"流露出未尽的痛苦和悲哀"。这些描写，当然不是仅仅为牝牛的不幸命运而悲哀，为田亩的饥渴而叹息，而是想告诉人们："我们今日其实还是住在伊甸园外，过着悲惨的生活"，"地球八分之五的土地和生息其上的芸芸众生，还是沉浸在黑暗和痛苦里"。

　　——黄绍清:《抗战时期桂林文化城诗歌漫论》,《社会科学家》1994年第1期

小牛犊

彭燕郊

这里闻闻一下
又往那边跑去了
你忙些什么呢?
你这小傻瓜。

当你还没有长大
你是美丽而可爱的
小小的四蹄和小鹿的一样玲珑
初生的皮毛
绢缎般平滑，水波般有光
没有长过角的头部
像小孩子的
没有皱纹的前额

作品信息

原载《文化杂志（桂林）》1942年第2卷第5期。

到你已经长大了

到你已经出角了

你知道吗——

你将有很繁重的工作的？

性情暴躁的农人

由于泄愤，由于对生活的无奈何呵

将会像鞭着自己的爱子般

把细韧的柳鞭挥起

抽到你拖着笨钝的犁轭的

肥大的背上……

之后，命定的事

也终于来临了

会有一个孔武的屠夫

从你背后，猝不及防地

把大的，铁硬的杵槌

朝你的颡门

敲去……

饕餮者流

将用细巧的牙签

悠闲地挑剔着，从齿缝里

挖出来你曾经酿造过

辛酸的汗的

肉的纤维……

搬运夫衣肩上

就扛起用竹竿挑着的

你的被剥下来的皮

那带有污血和泥浆的标记的

就像军士扛着他们的大旗

偃息的旗，受伤的旗

沉重的旗，连风也不能飘动……

随着被委弃的骨

你将把你的整个的灵魂

（那是刀所不能割，手所不能剥的）

化入到

你所钟爱的土地里去……

| 作品点评 |

　　《小牛犊》描写了小牛犊短短的一生，既写了其没长大时的美丽可爱与天真，更写了长大后繁重的工作以及遭受鞭打，尤其是到年老干不动活了遭遗弃被屠宰，在表现对动物热爱的同时，借动物的悲惨命运象征农民的命运，从而表达对农民的深深同情。

　　——曾思艺：《彭燕郊早期诗歌与俄罗斯诗歌》，《邵阳学院学报（社会科学版）》2016年第5期

太阳系

胡明树

太阳是一个多妻的夫
太阳是一个大家庭的族长

行星是他的妻们
卫星是他的妻们的婢仆
使她们隔着相当的距离
从来未尝冲突过一次

太阳是一个驾驭力极强的王者
太阳是一个宗派的首领

他有下属，有群众
他自成体系，远离众恒星

作品信息
原载《诗》1943年新3卷第6期。

在以太的海洋里

统治着宇宙的一角

在星球宇宙中

有行星的恒星像太阳那样是罕见的

在银河中倒有不少一夫一妻制的双星呢

太阳有着人类的性格

人说太阳是会衰老的

或者一旦患了肾亏症了呢

失了驾驭众星的力

这大家庭的纠纷真是难堪设想的了：

水星与金星相撞

天王星、海王星、冥王星扭做一团

月球也远离而去了……

一九四三年十一月中旬旅次

愿我们隔着一条河

胡明树

不过仅隔一条河而已

不是人的而是星的牵牛与织女

相隔的不是百公尺千公尺的河

而是千光年万光年的大宇

人说七月七日是他们的会期

我说他们永不能碰在一起

我的 amato（被爱者）在何处？

在山那边，坐车去要十天

在海那边，乘船去要半月

但我今天失去躺在她身边的幸福了

我倒愿意变成一颗星，像牵牛

她也变成一颗星，像织女

作品信息

原载《诗》1943年新3卷第6期。

于是，我可以时时刻刻地看见她

闪着眼睛，用眼睛说情话

一九四十年十一月中旬旅次

雨 天

秦 似

窗外，雨像抽条一般下着
我住的是一间楼上的板房
几根街灯的电线，
像五线谱般整齐，
映入我的眼帘里。
现在那凝聚的雨点
沿着倾斜的电线滑走，
一颗碰着一颗跌下来，
好像成列的白色小甲虫在爬行。

在看不到的街路上，
我知道一辆人力车
正辗着泥泞走过。

作品信息

原载《诗》1943年新3卷第6期。

一阵颠簸摇响的铃声……

空气像是那么黏结而重浊……

就惯常在这样的雨天，
我隔绝了世界的一切，
把自己关在心里面；
偶尔听到隔壁人家的挂钟，
像破锣般一下又一下地敲鸣。

时间啊，在我看来
你是一条长链，
不知谁为着给生命加上限制
才把你划或碎段了！

街头树

韩北屏

秋空是明亮而蔚蓝的

北平，马德里，或是那水城苏州吧，

总是与此地毫无二致；

看嵌在池中的天，

看以窗户为框的天，

看微露在房屋的井上的天……

仿佛是一幅一幅的水彩画。

和秋天结伴而来的，

北方是雁的鸣声，

像二胡一样寂寞的鸣声；

在江南的晴空中，

则响着明□的鸽铃，

作品信息

原载《艺丛》1943年第1卷第1期。

像箫声一样动人的鸽铃。

南方的秋来较迟，

十月还是没有霜花的。

然而，当北风

从那遥远的北方吹来，

树叶落了，

蓝天衬着空疏的林木，

到处都是镂细工的杰作呵。

今早，我打开临街的窗户，

贫穷的街道树，

无衣无着的街道树，

如一群裸体的男子，

排列在干燥而尘土飞扬的路边。

一条枯枝伸进我的窗口，

我像握着故人的手似的握住了他。

这是一只老年人的手，

还是一只在忧患中陶冶过来的手，

皮肤爆裂了，血管胀露着，

我紧握而又抚摩着他，

我含着眼泪凝视着他。

是不是因为外面寒冷，

而伸手向我乞取温暖呢?

是不是因为看到我通夜工作着，

而向我问着早安?

还是见我无视于健康，

而像父亲似的指着我，

严峻地沉默地责罚我？

我将这一只枯干的手，

拉到了胸前，

我的眼浅滴在手背上，

我惭愧地向他问着安好。

街道树，

这些排列得像军队的男子，

这些威严也如士兵的男子，

他们坚守着他们的岗位，

他们看过千千万万的行人，

从他们面前走过；

他们听过千千万万的语言，

飘扬在他们的耳边，

他们应该是最智慧的智慧者，

因为他们除去感怀的歌唱之外，

他们永远沉默。

他们是最坚定的勇士，

他们一生只献身一次，

当他们握紧了脚下的泥土，

他们便决定永不离开。

他们送走一批过客，

又接来一批匆忙的行人；

他们并不幻想过客的去处，

尽管另外一处地方是怎样的神奇；

他们也从不为新来者的梦样的叙述所打动。

因此，当那些追求者

日夜苦恼纷忙的时候，

他们依然坚定的笔立者，

他们的爱只有一次，

他们永远不会舍弃着有他们的土地。

除非他们的生命到了尽头。

因此，在无数的时间里，

在无数的灾难里，

他们昂然地接受了，

一个勇士应该有的命运：

——死在爱者的身上，

为爱者而死。

所以，一个城市的毁火，

他们坚持到最后，

一个寒冷的冬季的来临，

他们抗拒到明春。

今早，我站立在窗口，

抚摩这干枯的手，

我让他分我一些温暖；

我又将他贴近我的胸口，

让他感到我为他所激动的心跳。

我看到那些站立在寒风中的勇士，

他们在摇摆着身子微笑，

是讪笑我的衰弱吗？

我含泪问讯他们的早安。

省　亲

刘雯卿

母亲心内斑斑的泪痕，

变成了褪色的血点；

是十个短命儿女的毒剑，

……刺破的创伤，

沉重的忧郁，

伴着她的残年

忧伤是杀人的，

母亲病了，

我从数千里外奔去，

用一极系恋游子的长线，

缝补她破碎的心！

作品信息

原载《现代妇女》1943年第2卷第6期。

艰苦的旅程，

挨过了月余的时间，

我毕竟见到了瘦弱的慈母，

她面上的喜悦，

隐避了心中的悲痛，

她笑了，

快乐地笑了！

母亲的心开了，

病减轻了，

辛苦给了我的安慰。

啊！这是野兽威胁的地方，

刚得到母亲怀抱的温暖，

敌人的炮火又响了，

剧烈的炮声传来，

摇震着周遭的一切，

而我的心情，

决不为威力所动摇，

静静地守在母亲的身边，

为她的生命祈祷！

晚上，枪炮弹在交响，

敌寇乱窜过来，

距我们只有五六里，

两阵探照灯的火光，

在黑暗中交流，

弹火飞花，

扯成横斜的长线，

织成深夜的战图！

在生命危急的瞬间，

正淋着大雨，

我扶着母亲，

奔上一条陌生的小路，

枪炮震着我的心弦，

烂泥拉紧我的脚跟

前面是黑沉沉的，

现出了更黑暗的影子，

啊！在黑暗中寻着了一颗灯光！

一间破烂的茅屋，

挤满了难民，

命运握紧了他们的生命，

屋子没有一根稻草，

潮湿的地上，

就是临时床橙，

外面的大雨，

像难民流出的酸泪，

泪海似仇恨一般的深！

有的空手逃出来，

有的带着行李衣箱，

一些失了家的老小，

挤满了一个村庄，

在黑沉沉的夜里！

土匪围来劫抢，

一阵枪声响了，

我出去探听方向，

自己有什么东西呢，

身上仅仅一套破旧的军装！

我叹了一口气，

刷了身上的风尘，

途中别了年迈的母亲，

我要回到西南的山园去，

有些工作在等待我，

没有车辆，

没有船只；

小船扎了浮桥，

大船抢运军粮，

敌机成天地猖狂，

像寻找葬埋尸骨的坟场！

畏缩是力量的自杀，

冒险是进步的成长，

要在艰苦中，

才能提炼出新生命的力量；

在我读过的书籍中，

我都删去了"难"字！
在我的生活上，
没有一个"怕"字，
"难"与"怕"两个字
早被生命的烈火毁灭了

湘江洞庭封锁了，
而不能封锁我的勇气，
一叶小舟，
像风雨飘落的一片残叶，
浮在洞庭波上；
没有桅蓬，
只有标桨，
头上戴着一个破斗笠，
身上围着一条绿油布，
任冷雨敲打，
任寒风剌刮，
我像一个病人，
躺在自然的手术室，
静听命运的诊断！

滔天的波浪，
在翻腾着；
不知是在哭？
或是在笑？
它把小船吞下去了，

又吐出来！

船舱浸湿了，

身上浸湿了，

这是自然的眼泪么？

不，这是生命的圣水，

我受到了新的洗礼，

现在，我知道上帝在宠爱我，

我应当把生命交给人类！

四月二十八日，广西绥署

唉你倒下去了！

黄药眠

唉，你倒下去了，

这不应该是你最活跃的时候吗？

唉，你这扑火的苍蝇，

现在竟躺在这里不得起来……

唉，你倒下去了，

你看你的手是举得那么高，

手里的枪还是抓得那么紧，

我知道，你是在催呼着我们前进呀，

现在我们是前进了，

然而你却睡在血液的中央！

你看，你的血还在流，

但这不是你的血液哟，

作品信息

原载《文艺杂志（桂林）》1943年第3卷第1期。

这是我们的血液，

我们感到流血的苦痛！

唉，你看，你的口唇已像两片枯叶，

你那曾吐露着慷慨的言辞的口唇，

你那曾下着铁石般命令的口唇，现在已默然不语了……

岑寂的山才起了忧愁的襞□，

连树叶也凝冻在空中停止了呼吸！

只有那盘旋在山顶上的苍鹰，

做着凄惶的惨叫……

我记起了你那比枪尖上的火花，还要热情的眼睛，

你那握着拳头的坚决的姿势，

你那曾唤醒过千万个灵魂的声音，

当大地蒙着烟尘在炮弹下战栗的时候，

是你，面向着敌人的弹丸，

做着骄傲的微笑！

你举起手臂对我们说：

"兄弟们死是我们的情人……"

谁相信，这样强悍的汉子，

现在竟会躺在这里不能再起！

为什么敌人的子弹会打中了你，

而不选择我们中间的任何一个！

你常常警戒我们谨慎，

而现在竟是你，首先离开了我们……

唉，你倒下去了，

这倒下去的好像并不是你，

而是那光辉的旗帜，

它曾永远站在我们前面闪耀！

但是现在不能起来了，你！

那曾坚实地走在我们前头的背脊

已浴着发紫的胶血！

我现在才觉悟到你真的是不会起来！……

吓，你听，那是什么声音在我们的耳边作响？

那是松涛给狂风吹动吗？

那是河水给乱石激鸣吗？

啊不！我知道了，这是你的呼声，

这是你叫我们前进的呼声；

是你的呼声激动了我们的怒火。

前进吧，伙伴们，向炮弹飞来的地方冲去吧！

但是怎的？为什么我们的脚都趑趄不前？

虽然，我们都不是贪生怕死的弱汉！

唉，是什么使我们的胸前壅塞，

使我们不能吐露出欲说的语言？

唉，我看见了，每个人的颊上都凝着泪珠，

大家都在追悼：

追悼这永别的灵魂！

记得是在去年，敌人进攻丘山

一阵恐怖像疾风般拂过了原野，

是你率领了一小队人从千里外赶来，

像一座山般挡住了潮水似的攻围。

老百姓们为此舒了一口气，

而战败的士卒也因为你而恢复了胜利的信心。

接着是当北风割裂着肌肤的时候，

是你不顾敌人的优势

半夜里率领着我们爬入积雪的山沟，

你的坚挺的手指像指南针般，

指向敌人篝火的地方

用刺刀向敌人，北风和雪混战！

最后，是胜利了，你站在敌人的尸体旁边

向我们摇着一面血染红了的军旗！

但是现在你倒下去了，

再不会举起手来指引我们了，

吞在你枪膛里的子弹也永远不能飞出

我们不知道用什么才能够填补这个空虚！

唉，几滴凄酸的眼泪又有什么用处呢！

当英雄的已经流尽！

你看敌人的炮火还在打着前面山头

烟火在烧红着生着冻疮的发紫的天色，

然而我们已失去了最好的伙伴……

啊，你倒下去了！

战马也在低着头在枯草丛里逡巡，

它露着雪白的牙齿嚼着铁勒，

寒冷的北风在绕着电杆上的电线，

弹出了悲欢的哀弦！

但是伙伴们，前进吧，趁着黄昏

我们的刺刀已闪着复仇的怒□，

那什么地方摇着红旗的不是你吗？

但不，我们知道你已经躺下去了。

无论在什么地方也□能找你回来！……

在城市里

彭燕郊

娼女之誓

嘲笑我吧

手指着我的前额而

唾骂我吧

现在

你们又装得这样傲慢

这样庄重了

他懂得你们那一套的

我知道的——

我是一直地被玩了过来的

而且以后，也还要被玩下去的吧

作品信息

原载《人世间》1943年第1卷第4期。

看我的苦恨的

毒辣的眼珠吧

它会告诉你们这些的

我还没有完全麻木呢

而且我——也不是没有憎恨的

不是没有报复的冲动

虽然——我是这样软弱呵

看我的媚眼里的笑意吧

而且玩我

当我还这样年轻

当我还没有枯槁下去

玩我吧

喷出你们嘴里吸的香烟在我的脸上吧

伸出你们的□烧的手托住我的下颚吧

而且听我的颤抖的笑声吧

那对于你们

该不会是可怕的吧

我——

虽然有着愤怒

却没有悲哀的……

记忆的乡愁

冬天来了

我又想着雪了

我又有奇异的，新的幻想了

我又想着雪了

怎样的海那边的少女

软帽上有一枝鸽羽呢

我想：如果我有魔术

一定的，我要把那些雪片

做成许多枝小的燃起来很亮的白蜡烛

一定的，我要到山岩上去砍一株松树来

做成一座幸福树

把蜡烛点在它的溜亮的针叶间

而且，我想

我该怎样祷告呢

向着我的圣洁的，全裸的全白的小天使？

可是，这里是没有雪的呵

也不会有什么胡子跟雪一样白的

圣诞老人的丰富的袜袋子了……

让他们去狂歌吧

我是连记忆都冻结着了

而且，人们还会说这样些闲话的

这是中国没有的，想什么呢……

是的，是异国的风俗呢

在北欧、瑞典或是芬兰的渔村里

或是挪威

那个把人鱼和海怪当作家畜的

童话的国度？

不，不是这些

我还要想我们自己的……

我们也有圣洁的国度的呵

只是我离开它了——而且有这样远呵

不是吗

在这里

我是像一个异国人一样不习惯地过着日子

冬天来了

在那边——现在是有喜事了！

雪要来了呀

看她打扮得怎样美丽的呵

看她怎样地挽着冬天的手臂呵

就像新娘

挽着新郎的手臂

从礼拜堂里出来一样……

十二月十四日午后重改

渴　望

金色的星点喷射地飞进着

肺叶要干裂似的鼓动，又鼓动

为什么我的唇片烧焦着

而且出血和发痛呢

陌生的，不调和的

怪样的我的歌

是和你们不能两立的

是绿林草莽里来的生客呢

在这里，我是野兽一样地受伤了

野兽一样地被捕杀威胁着

我受了伤——这就是我的休息了

我把脸贴在地上

我——

是不要理睬别人的慰问和抚爱的

夜了

万家的灯火呀

精致的茶点和精彩的节目

在伺候有结实的钱袋的人们

而我——

溜达着

感觉到时间是这样快地在流逝

感觉到这样大的空虚呵

我是被什么样的热望

所燃烧着的？

我的心——

我的血中的肉

我的灵魂的躯壳

在跳跃

在突突地跳跃呀！

像才经过一场大病的人

我知道——

这是我该回去的时候了

永不回顾地

向前狂奔吧！

是殉情的渴望呢

虽然

我不晓得

是要殉于爱呢

还是要殉于憎

或是——要两样一起？

不！

就是两样一起呀

那是分不开的！

十二月二十五日，午后改作

耍儿猴

这里是一只猴

瞧他在干着什么呀——

这是一只猴

瞧他是怎样化装的吧

怎样梳洗他不晓得

怎样刮胡子他不晓得

怎样甲花膏他也不晓得

这是一只猴

瞧他是怎样打扮的吧：

怎样的礼帽呀——蓝布和厚纸糊成的

怎样的眼镜呀——银锡包扎的，又没有水晶

怎样的手杖呀——居然是漆得那么好的

怎样的怪像呀

没有穿裤子

让尾巴露出来了

没有穿皮鞋

打赤脚呢！

这是一只猴

瞧他是怎样行动的吧：

怎样的不雅的姿态呀

怎样叉腰

怎样挺胸

怎样走八字脚

他不懂！

怎样的下流的怪脾气呀

本年可以只用两只脚老的

而他把四只脚一起拿出来了！

这是一只猴

瞧他是怎样在表演的吧：

怎样漂亮的一根旗杆呀

怎样恶劣的心情哪——不懂得挂起旗子来

却急于翻跟斗

怎样廉价的牺牲呀

动不动就跟人叩头呢

只为着讨一些喝彩和一些零钱！

怎样低能的计策呀

幸好是言语不通

要不——他的浅薄的说教

我们一定是受不了了

一辈子也听不完的！

这里是一只猴

他是聪明的

但是——请瞧一下他吧

看他怎样化装，打扮

举动和表演的吧

看他是怎样地

在破坏绅士的尊严的吧！

街·人流

麦　紫

街

街，痉挛地呼吸

袒露着苍古的身体

无声无息地活着

也无声无息地被蹂躏着

在骚动的日子

街总是沉着灰暗的脸孔

飞扬着尘沙的街呵

飞扬着嗥啸的街呵

那疾驰而过的汽车

碾碎了那重叠街心

作品信息

原载《人世间》1943 年第 1 卷第 4 期。

辛苦的足印

和苦力们刚滴落的汗粒

街，自从受了侮蔑

于是，便开始了

无声的糊涂的哭泣……

而街

容纳了凌辱

还是忍耐地

而且是倔强地

活着

而且，更神经质地

拉长颈脖

凝望蓝空

它以土地的虔诚期待着

雨水喂饱自己

阳光温暖自己

而街

唯一的愿望

是身边有着

从柏油中解放出来的

绿色的伴侣

和绿色的梦。

人　流

……向着宽澜的街市流去呵

那些浩浩荡荡的

花斑的，紫色的

黑色的和绿色的

有的以喧嚣的嬉笑，以得意的叫喊

有的以疲惫的动作，以暗哑而模糊的声息向远方流去……

这些人们

常是如此地匆忙

为着温饱而骄傲的人们

是一群又一群地过去了

"123·123"地歌唱着的车辆

也一群又一群地过去了

这里还继续流着的是不为别人注意的

而且是荷负着重担来不及意自己的

他们连抬头看太阳和吐一口气的余暇都没有，他们——只是走着，

只是默默地走着自己的路给生活所煎迫的人们

也随着新的人流流去……

而人流

依旧是浩浩荡荡地

不息地流呀

旧的消逝了，又继续涌起新的人流

而新的人流——那些有着饥饿神情的人们和着生的悒郁

流向远方

愈远愈小，始终给尘雾收藏了。

一九四二年五月，桂林

祝　福

严杰人

——呈给征军

你是在海上长大的
你是海的儿子

敌人从生你的乡土上
放逐了你
你便不得不流着眼泪
离别了你那可爱的
常年开花的海岛
来到我们这僻□的山园
谪居在我们这寂寞的山乡里

作品信息

原载《人世间》1943年第1卷第4期。

在走向圣地耶路撒冷去的路上

我们相遇又相识了

我们同是向圣地耶路撒冷走去的

虔敬的朝拜者中间的那一个

和你

被流贬的诗人呀

我们曾在那些寒冷的冬日

谈说温暖的春天

曾在那些黑暗的夜间

谈说光明的日子

我们热烈地讨论

"那世界成熟的事"①

我们的心都有着一个渴望

"渴望着祖国这涂血的种子

似火一样的焰

食吃着广大的土壤

繁茂而自由地生长起来"②

于是，我们遂用着同一的歌调

用着同一的节奏

在这世界上

合唱出我们的歌

借着我们的歌

---

① 征军作《他寻金去了》中的诗句，见诗集《红萝卜》。

② 征军作《春》中的诗句。见诗集《红萝卜》。

把众人的希望

从今天寄给明天

把光明的消息

从明天寄给今天

我们做了行吟的歌者了

我们的身体是船

载着我们的生命

在人生的海里流浪

随便走到什么地方

就把我们的歌声

播散在什么地方

亲爱的友人呀

为了这，我们到处所碰到的

遂尽是嫉视的眼睛

恶毒的舌头

为了这，幸福和温暖不在我们身边

不幸和饥寒成了我们的知己

为了这，爱情和快乐与我们疏远了

痛苦和忧愁做了我们的至交

更且是为了这

死亡时常在窥伺我们

灾祸做了我们的牧者

但是，亲爱的友人

我们曾为这些而战栗吗

这是永远不会的

我们既已对虚荣

投出了轻蔑的一瞥

既已大声地嗤笑过

低俗的昧梦

我们既已决心

用喉咙去吞咽一切的不幸

用胸膛去呼吸一切的灾难

我们既已决心

用肩膊去担负世间的痛苦

用肉体去代替人民承受

一切残酷的刑罚

对于死又有些什么惧怕呢

即使我们有一天

面对面地站在死的面前

我们也还要昂着不垂的头

亲爱的友人啊

如果说我们要走路

就当走在针尖排成的路上

如果说我们要睡觉

就当睡在柴荆叠成的榻上

如果说我们要有长眠之地

那就□是痛苦的地狱

而我们所要为众人预谋的

却是幸福的天堂

我们是缪斯的子弟

在这人间

我们所要寻觅的

不是用桂花编成的

而是用荆棘编成的冠冕

亲爱的友人

我们都是生长在温暖的

南方的地带

你的故乡是那常年开花的海岛

我的故乡是这四季长青的山乡

由于海，你的保姆的启示

你遂有海一般的壮阔

由于山，我的母亲的感染

我遂有山一般的倔强

祝福你啊

像海边的椰子树

飓风愈吹愈茁壮

也祝福我自己

像山中的常绿树

烈日愈晒愈更茂长

安南女郎

严杰人

在国境上

我看见你

我用审视的眼光

看着你半裸的肉体

你头顶着蓝得像法兰西人的眼睛的

碧蓝的天空

伫立在亚热带的红色沙壤上

全身呈露出了

和你祖国的版图一样的

S形的曲线

你的姿态

使我想起了一株

作品信息

原载《文学创作》1943年第2卷第1期。

生长在你乡土上的椰子树

你真像一株椰子树啊

你的身体

像椰子树干一般赤裸地挺立

而且有着椰子树干一样的颜色

你的头发

像椰子树的叶子一般郁绿而蓬勃

那垂悬在你胸前的

两个结实的乳房呢

也像椰子树上的尚未成熟的果子

和你的众姊妹一样

你也嗜好槟榔

让它染紫了你的红唇

染黑了你的皓齿

你们执拗地继承着

你们种族的嗜好

像继承你们种族的血统

是不是为了要使你们自己

不忘自己的种族？

啊

你又唱起歌来了

痛苦和冤抑

拗歪了你的歌喉

使你的快乐有如悲哀

使你的歌声好像哭声一样

听着你凄凉的歌声

我仿佛同时听到了

那条由你们的男人的血汇成的红河

和那条由你们的眼泪汇合成的湄公河的呜咽

而我

当你唱的时候

（也是你哭的时候）

我却哭了

因为你的歌声

（也是你的哭声）

传染给我一种无可压抑的

浓重的悲哀

安南的女儿啊

你可知道

我的种族和你的种族

分担着同一斤两的苦难的重载

我的国家和你的国家

也同受着一样残酷的待遇

你可又知道

你的痛苦和悲哀

也就是我的痛苦和悲哀

我们同是在一块被灾的土地上生长的草木

风暴袭来的时候

怎能不会相顾号啕

一个半世纪了
中国，安南，缅甸，暹罗
还有朝鲜和印度
都被驱赶着走在
一条用针尖排成的难走的路上
亚细亚——
这一个专有名词
被侵略者改成了
"耻辱"的代名词

现在
推翻侵略者的时候到了
中国首先揭起了
反抗的旗帜
隔着喜马拉雅山的那边
印度的兄弟们
也吹起了进军的喇叭
亲爱的安南姑娘啊
你听见了吗

我们这一代的亚细亚人
是受了上帝的差遣
为了对侵略者争战
而来到这世界上的

只有在斗争里

每个亚细亚人的生命

才获得存在的价值

那么

让我们每个亚细亚人

都为斗争而存在吧

亲爱的安南姑娘啊

甚至你和你的众姊妹们的

乳房里的丰盛的奶汁

也只为哺育斗争的下一代而流

今天

让我们每个亚细亚人

大声发出我们的盟誓——

我们要让喜马拉雅山的血脉流过的地方

都充满着幸福和喜悦

而且站立在额非尔士峰

这世界的屋顶上所看见的全宇宙

也都一样地充满着快乐和自由

生命艺术

刘雯卿

——寄慧——

你生命的白纸，
写的是什么诗篇？
写过了血染的字句，
写过了温情柔语，
在一片空白的最后，
写下了两行生命延续的动力……

你生命的舞台，
演的是什么戏剧？
布景是这般美丽：
演果戈里的喜剧，

作品信息

原载《广西妇女》1943年第3卷第7期。

演沙士比亚的悲剧。

我知道，

闭幕之后，

你不爱笑声，

爱眼泪？

你生命的画布，

画的是什么景致？

画出了时代标准人物，

画出了一幅静美画图：

紧紧贴在凤凰山的胸腹。

清风明月，

爱欣赏这生命的艺术！

你生命的琴弦，

弹的是什么情调？

弹出了沉默的悲苦，

弹出了泪海的浪花曲。

啊！琴弦弹断了。

却没有弹出响亮声音的节奏！

| 作品点评 |

这是一首体现了女诗人艺术感受力的诗，柔婉的情思、细腻的笔墨与追求的生命力相融相织，以"生命的白纸""生命的舞台""生命的画布""生命的琴弦"四重奏组合成"生命艺术"这一主旋律，既有反复咏叹的旖旎风采，又有各个独立的基调。

诗表面上是寄给女友，有着一种哀怨，然而并不给人忧郁的沉重，在阅读指向性上创造了一个淡进淡出的境界，打破了女诗人们在写感伤诗时的低音调模式。有对女友的慨然惋惜，却更有赞赏和自己无形中升华的自勉。这首诗的现实性很强烈，同时又有跨时代性，能够给予不同时代的女性以创造生命的共鸣。刻画出了一定深度的生命真谛。

——黄绍清:《不屈的诗城　愤怒的战歌——抗战时期桂林文化城诗歌荟萃》，中国文史出版社，2005，第662页

重来（外一章）

黄药眠

重　来

绿鹅绒般的青草
在我的鞋底下滑过，
即查，即查……
他说：
"我是认得你的
我是认得你的……"

溪水在生满了
苍苔的石上溜过，
骨碌，骨碌，
它说：

作品信息
原载《当代文艺》1944年第1卷第3期。

"我是认得你的，

我是认得你的……"

周围的山，侧着头

向我凝视了好久，

它沉默着，

忽然用云遮住了脸哭泣，

"你那个同来的人呢？

你那个同来的人呢？"

路旁的野花努着绯红的嘴唇，

远远地送给我清香的吻。

它说：

"久违了，你这个从万里以外回来的人。

你瞧，我还是和从前一样美丽吗？

经过了十五年的春天，

我每年都发一次春天的梦。

在什么地方不是一样，有春天吗？

在塞纳河旁边有同我一样美丽的花么？

在莱茵河旁边也有同我一样美丽的花么？

在伏尔加河旁边也有同我一样美丽的花么？

可是，怎么的？

从你的眼睛里我看出了你的伤心……"

依然是青年们的声音

飞过我的耳边，

但前一代的青年呢？

一个人指着山脚下的

寂寞的碧绿的潭水对我说：

"自从你走了以后，

前一代的纵火者

很悲壮地自杀在这山间！……"

半　夜

我好像是在梦中，

那溪里的水变成了银河，

挂在蓝色的天空，

水和月混溶成千缕万缕的

透明的细丝，

喷着玉一般的细雾，

发出了流水的声音。

它的周围还装饰着；

玛瑙色的、紫色的、宝石似的星星，

我愉快地浮游在那河里，

弄着水晶做成的白鸽。

我又好像不是在梦中，

蓝色的月亮睡在我的枕上

她用手抚摩着我的面颊

抚摩着我那蒙尘的行囊，

抚摩着我那多刺的伤心的日记，

然后吐出微雾似的花香。

但终于是微风把我摇了醒来，

所有的朋友们都已散了，

月亮徘徊在窗子外面，

我梦里面的溪水还在那里呐喊。

从遗忘的海里浮起了那些人的歌声，

闪光的树叶下，唧着不吐的那些琴□的余音。

迷茫的溪声使我回想起

在这里停过足的青春！

月亮牵着那无尽长的

银色的带子，飘在虚遥遥的梦中，——

那水边的足迹和人影哪里去了呢？

啊，它是早已沉没在千寻的海底……

| 作品点评 |

　　这是一首怀念革命战友的诗，仍然采用了"诗出侧面""诗酿而为酒"等传统作诗法，甚至觉得写得很隐晦，如诗中的一个诗节："周围的山，/ 侧着头 / 向我凝视了好久，/ 它沉默着 / 忽然用云遮住了脸哭泣，/ '你那个同来的人呢？/ 你那个同来的人呢？' / 我低着头含着眼泪。"黄药眠1979年对这首诗的作注说是悼念20年代与自己一同战斗过的林觉烈士的。他在自注中说："因当时在蒋帮统治之下，所以诗写得比较隐晦。"正是"比较隐晦"才使这首诗与当时众多的是"炊而为饭"而不是"酿而为酒"的流行诗作相比，更有诗味。

　　——王珂、代绪宇：《黄药眠是被遮蔽的优秀诗人》，《南都学坛》2008年第6期

橙花开放的地方

彭燕郊

水

甘美的水——
想方法把它收藏起来而且终日带着吧
是因为甘美的水
我才喜欢注视那水一样澄清的青空的

四月是一个明亮的月份
在我的注视里
青空是像正在恋爱的女人的
变换着颜色的眼珠子一样地陶醉着的

像花朵用自己的酒杯饮着阳光

作品信息

原载《改进》1944年第9卷第3期。

用你自己的眼睛饮着青空吧
那里有一种朦胧，一种半透明
一种春天的爱娇呀……

游泳吧，游泳吧
在我的注视里——金色的云朵
就像游泳在水里的美好的少女
浮在水面上的金色的卷发一样呵

而月亮的独木船
只是缓缓地从天海的蔚蓝里划过
而掀起了银河的细细的浪的天风
只是春水一样柔软地向我招手
把土地上的景色
都当作倒影在水里的景色吧
那么，说树叶不是给风吹动的
说是波纹使影子颤动起来的吧

田野——是广阔的水的领域
村庄就是田野里的群岛了
把那青色的花丛
当作退去的潮水留下的水洼吧

坐在岸边上静静地看着，想着
没入夕照里的那两只小船——
哎，是那个粗心的女孩子

来到这里洗脚又把木鞋遗忘在这里的呢

静静地数着从水底下浮出来的

一朵朵的水泡

静静地计算一下

有几朵花在水底下开放吧

胆小的孩子从可怕的噩梦醒来

是望着灰暗的天窗等待天亮的

但是，到水面来跳跃吧，小鱼们

不用再望着灰暗的河面的冰层等待春天了

水面已经明亮起来了

春天已经明亮起来了

到处都是甘美的水了呀——

让我收藏着它，携带着它吧

收藏着它而且携带着它吧

什么时候我渴想着而注视着青空

什么时候我听见土地的急情的话语

低声然而用力地喊："我干渴！"

一队小鸡

一队小鸡

朝青色的草场跑去

这样的新鲜，明亮

就像清晨时

朝向东方走的

一队早霞呵

一队小鸡

在青色的草场上滚动着椭圆形的身体

这样的极快和灵活

就像山坡上

从绿苔的岩石前面

滚过的金色的松花呵

一队小鸡

在青色的草场互相追逐和游戏

这样的友爱、亲热

面貌像同胞兄弟那么相似

像藏在一条豆荚里面的

几颗豌豆呵

一队小鸡

向青色的草丛里跑去了

原野用她的绿色的胸衣掩藏着他们

多么像一个少女

掩藏自己的才成熟的乳房呵

这样谨慎也不能阻止他们的跳动

一队小鸡

在青色的草场的圆形的水洼上

饮着雨水

细嫩的声音轻轻地叫着

多么像围在铃鼓的圆周上的

一队小铃铛呵

小心哪，孩子们

这样急速，这样热衷的

一匹苍鹰

从宽阔的天空里

把自己的身体石子一样地

向你们掷过来了

树、桥和风

风

那村野上的好事者

在河边散步着

树已经把它的奔腾静止下来了

树已经把它的跳跃停住了

风

那村野上的浪荡子

存着不良的心事

怂恿固定在土地上的把身体移行过去

怂恿着放开四蹄的马匹

和舞动着腰肢的水蛇

和拍击着翅膀的鸟们

都来模仿

树的姿态……

怂恿着

智慧的人类依照倒在水面的树的姿态

架在流水上面的

那一座桥

树已经停止跳跃了

而桥却永远做着准备跳跃的姿态

在土地被水流隔绝的地方

流水把自己的影子附和着风

使桥永远隐现而渺茫

像正把光亮凝收起来的下弦月

和短命的素白的虹……

遨游着，散布着不安

风的赤着的脚无声地

踏进了原野的每一圈声浪

从那些意志薄弱的树叶间往过

之后，很快地

像是偷走了家中的财产

这原野上的浪荡子呀

他卑贱地屈着腰

从桥上跑过去了……

诗五章

彭燕郊

近郊建筑

那边，一条泥浊的小河
隔开了城市的最后的幅员了
在那一片生着疲草的沙坡上
逃难的人们
在那里搭盖了他们的简陋的家屋

看不见树木
看不见庭院
看不见道路
看不见烟囱
他们的竹屋

作品信息

原载《青年文艺（桂林）》1944年第1卷第6期。

紧密地拥挤着

站在新筑的公路上

人可以望到

他们的用对劈的竹筒

并排地连缀起来的屋顶

和他们的篱笆一样的墙板

以一片土色的泥污

和一块块暗淡的昏黄

寒怆地做成了

与豪华的城市的

截然的对比

没有石块

没有砖瓦

没有木材

没有油漆

没有铁的窗栏

从他们的狭窄的门口经过

人可以想到

由于他们的粗糙的急就

和没有防御的大意

天灾与人祸

是可以怎样方便地

一脚就踏进他们的大门

而，从他们中间

好像是出于不意地

一根路过的电杆木

高高地向灰空矗去了

以一条长长的直线

和几根有力的横杆

衬出了

它们的低矮，促局和荒凉

广告牌

在城市的入口

守卫着广告牌的队伍

在城市的入口

它们的队伍

被齐齐地排列着

被鲜艳地装置着

使人生长着敬意和爱慕

出奇的匠心

聪明的设计

骄傲的大言

慷慨的允诺……

绚烂的色彩

在城市的入口处

嘈杂地喧嚷着

像是急于应接的

城市的不休息的司□人

城市的勤殷的招待员

广告牌的队伍

成阵地，不相让地

站立在那里

它们的好客的手

热情地伸长着

向着每一个行人

它们的体贴的絮语

甜蜜地□徕着

向着它们的交易的对手

向着它们的热心的顾客

而且这样

它们的挑战的语气

好像在齐声发问了

而且这样

由于它们的没有止境的夸大

广告牌

成为可以抵敌他们的最锋利的刀矛的

城市的最坚固的盾牌了

而且，随着商业的贪欲的扩张

广告牌的队伍

是要更多，更美丽，更善于辞令而

更相像一群绅士的队伍的

广告牌

城市的礼貌呵

旧剧演员

旧剧演员是有着朴素的天真的

他们永远不肯忘记他们是在演戏

他们永远忍耐不住他们的孩子般的兴致

他们永远要兼享有一个观众的乐趣

当演员的他们演到滑稽的时候

观众的他们就赶快停下来笑他一下

当演员的他们演到危急的时候

观众的他们就赶快停下来

和台下的观众一起吃惊怪叫

或且就诉苦着：

——唉，我太老实了！

或者就亲信地向观众发问：

——这怎样得了呵？！

不忘记自己是在演戏

而且更不能忘记

演戏

是为着要讨好观众

旧剧演员们

有孩子一样的天真

桥

一切的路都要经过桥

一切的路都依靠桥而生活

那边，作为城市的重要的建筑

桥——弓身在宽大的江流上

凌驾于水而又深入于水

驾驭着水而又制服着水

冷淡地，严峻地

俯视着混浊的波涛

以张开的大口

桥鲸吞了一匹匹江船

而又魔术师似的把它们再吐出来

以亲族的慈祥

桥□携着南岸与北岸

那罪恶的双生子呵

那边，在夜的深处

在雾浓起来了的那边

紧张得像爬山者

系于两座山峰之间的一根绳子

桥

在十二小时的劳动之后

在十二小时的疲倦之前

像是一个闭住了的喘息

在那边

把铁的骨骼平伸着

把人生之狼狈的不幸

和盘地拖了出来

那边，在雾的深处

黑夜像星相家一样

放 ·点点光在那上面

桥又开始

以它的十六盏风灯

闪映着不眠的白夜了

在那蓝色的

熟果似的风灯下

在那隐伏着深邃的危机的

夜的深夜

桥

成为城市的唯一的

公开的捷径而屹立着

在那边，它让那些

为点点蝇头小利而奔走的人们

匆匆地走过

而且微微地以呻吟应和着他们的脚步

让那些倦游者

乌鸦般地栖止在它的园栏上

交谈些什么

而破坏了它的睡眠

那边，在夜的深处

在那隐伏着危机的蓝色的风灯下

现在呵

在年辰之砭骨地冷的

尖风一□辛辣的剥蚀下

桥的木质的皮肤、嘴唇、和声带

是在压抑着似像是非常之事的机密

葡萄在黑色的河身上

而像一块

有弹力有跳板似的

将尽它所拥有的便利

有一朝呵

要一变而为可惊叹的

另样的解释了！

边 镇

我爱恋
我寄居的小镇呵

我所寄寓的小镇
是简陋的小镇哪
不是它的随便和懒散
不是那些穿拖鞋走街的女人
不是那些走路剥花生的孩子
不是那些把腿搁在板凳上的茶客
不是那些坐在路上晒太阳的老太婆
叫我喜爱我的小镇的

同中□的到处的乡镇一样
我所寄寓的小镇
也是破败而不整齐的
不是那些高下不齐的石板
不是那些隐藏在石板下的水洼
不是那些会碰着头的屋檐角
不是那些□酸□沟血
叫我喜爱我的小镇的

不是橱窗里的摆设不鲜丽
不是霓虹虹不明亮
不是播音机广播出的音乐不热闹

我不喜欢城市

是那里没有

属于我们的声音和颜色呵

我喜爱

我寄居的小镇哪……

每天晚上

当我跨出了城市的最后一条街

我便长长地嘘了一口气

而且决心着

要把那从城市里身受的侮害

一点也不遗漏地

带回到我的木板屋里去

而且当我

想到在城市的堂皇的外表之外

也有我所爱的心上的人在着

这样，我便有了勇气

我喜爱

我寄居的小镇哪……

每天晚上

当我走出城市

我便点亮我的火把

跨过石桥，走在我熟识的石板道上

迈开大熊一样稳重的脚步

去敲打我的住屋的板门

她从泥土中复活

刘雯卿

这块土地，
是文化风景区，
也许——
在原始时代，
兽吃人的时候，
滴了血在上面。
人吃人的时候，
流了血在上面？
经过了千年万载，
土地肥沃起来，
长出了时代文明。

这块土地，

作品信息

原载《现代妇女》1944年第4卷第34期。

像火山一样，

活动起来了。

岩浆在地底下燃烧，

和生命熔化了，

发出一种脆弱的吟呻，

被人发觉了一个奇迹；

他们把这一堆新土挖开，

拉出了一个女童的尸体，

不，她还有一缕呼吸！

这是主人的体念吧；

在生时饥饿鞭策了她的血肉，

所以在她的脸上盖着一个饭碗，

手也用棕绳紧紧地缚着，

肚皮贴紧了脊椎骨，

一件御寒的单衣，

是这样破烂污秽，

说明了她悲惨的身世，

染透了变色的血浆；

这潮湿的血浆呀；

封锁了遍体鳞上的创伤！

她锥子似的小脸上，

糊满了血色的泥土，

衬托出紫黑色的面皮，

口中拉脱了三颗当门牙，

嘴角里吐出血沫，

头骨粉碎，

只有心儿在跳动，

鼻孔在呼吸，

她还留恋着这残忍的世界！

雁山村的男男女女，

怀着一颗惊奇的心，

拥上了这块无情的土地，

广西大学的学生和工友，

也奔驰出来打救。

人们都惊恐失色，

纷纷议论她的来历；

有人说：

她是十岁的年纪，

生长在××地，

家乡沦陷了，

父母被敌人杀死了，

被人拐带，

沦为婢女！

有人说：

活埋她的主人，

是豪富人家的子弟，

他学的，

是法律！

谁也不知道他的心，

究竟是什么做的？

两个工友，伸出手来，

摸摸她的胸口，

是否还有热气？

他们给与这女孩的同情，

是一声沉重的叹息！

连忙把她抬回雁山村，

安放在他主人的屋子里，

广西大学的某生，

都义愤填膺，

也顾不得什么关系……

把这个凶犯，

紧紧地缚了双臂，

世界虽然混乱残酷，

终有真理，正义！

这不幸的女孩，

终日昏昏迷迷，

她从未梦见人间，

还有这样温暖的同情；

医师在诊治，

学生在看护，

工友在捐钱，

邻居都在喊着：

"申雪奇冤！

申雪奇冤！"

医师第一步手续；

打强心剂，

注葡萄糖，

洗去浑身的污泥，

换上清洁的衣裳，

医师第二步手续，

检查创伤，

洗灌大肠，

浑身大小创伤，

在她的大肠里洗涤出来的；

尽是草纸，树叶，树皮，

这是她主人发明的充饥的东西，

仁慈的医师，

他的手战栗了，

不禁下了热泪！

不要问良心的价值？

她可换得女童生存的权利，

经过了十□天的诊治，

她从泥土中复活了！

这可怜的孤儿，

不知费了多少人的精力？

但凶犯有律师的辩护，

谁又能保障，

从泥土中复活了的她，

在律师的笔下，

她不会变成罪人？

岩石及其他

彭燕郊

岩　石

山间的小路断了

两条并排的桦木干

接连了通向断崖那边的路

阴邃的石潭的上空

突出着一块巨大的岩石

这样深褐

这样椭圆

又这样倾斜

走在那摇动不定的桥梁上

我们感觉到我们悬空的身体有点飘浮

而倾斜的岩石

作品信息

原载《文艺杂志（桂林）》1945 年新 1 卷第 1 期。

好像就要压到我们身上来了

我们感觉到一阵战栗

和战栗所带来的一种快乐……

晴　朗

雨把岸上的杂草

和滩石上的藓苔

都冲洗过了

甚至溪水

也像才洗过的一样明净

蓬松的成团的云块

奔跑着，逃避着太阳

一朵朵水雾，飘荡着——散开了

太阳以加倍的热力

焙烤着地上的万物

万顷的广大的光的幅员

无限地扩展开去……

忽然——

一片熠亮的光波，照射到

岸上一株高大的橛木上

如同一个来到溪边汲水的农妇

它显得这样新鲜，这样嫩绿，这样丰满呵

好像从前

此地就不曾有过这样一株树

而现在——它是存在着

而且被照耀得更加美好了

西照的阳光斜斜地

西照的阳光斜斜地

日影渐渐地淡薄，稀花了

从消失了的地平线的那方

傍晚的风冷冷地舐过旷野

一个年老的，孤单的农人

还在继续扒松薯菜厢的土地

汗已随着地面的冷气发散尽了

这时，他取起了放在田垄上的棉袄

并不拍去粘在上面的泥屑

歪了一下颈脖，就把身体套进了

那宽大的，坚硬的物事里去

把胸前的纽子扣上一个

又吐了一口唾沫在手掌里

搓了两下

立刻又拿起锄头

显得有点迟笨地反复着他的单调的劳作

阴暗的傍晚的旷野上

传来了几声空洞的干燥的

咳嗽的声音……

阳　光

人们从她的小手

把她牵到墙脚下来

让她把脸朝向阳光

可怜的小生物呀

她不住地眨着眼皮

前额露出好奇的皱纹

两手沿着背所靠住的墙

微颤地摸索着

全身收缩在沉静里

像在倾听来自天外的美妙的音乐

不愿受到一点最小的纷扰……

呵！那是什么

使她从没有眸子的眼窝里

流出眼泪来的？……

像一座阴暗的屋子

忽然把所有的窗户

都打开来了——

一种饥渴

一种感动

一种发自内心的感激

竟使一个盲女

懂得光和热了……

掳鱼排

空明而阴静

江水里有一些凝滞的云块

几只蜻蜓

单调地反复画着抛物线

从岸边的樟木林里

渔夫把被水泡黑的竹排拖出

轻轻地放进水里

混浊的江水已涨得跟岸身一样高了

几片草叶的尖稍颤动在波纹间

他把网罟放在竹排上

又安置了筐篮和鱼鹰

那些水上的忠实的猎犬

咻咻地唱唤着

发出一阵难闻的骚臭

随着推涌向前的急流

很快地他的竹排就到达江心了

从岸上看过去

显得这样渺小，这样遥远和苍茫呀

而他的女人，手里抱着乳儿

站立在泥泞的江边的路上

很久地，很久地注视着他……

夜的抒情

郑　思

一

夜还长呵

还有黑得更深厚的时候哩

守夜人

且把平静当着德性吧

都迷于浓睡的时候

原是醒者寂寞和孤独的时候

可贵的醒者呵

没有几个寥落醒者

作品信息

原载《戏剧与文学》1946年第1卷第1期。

人间真会葬在夜里了

且用低沉的 Bass

抒一抒情吧

或者说一说夜

吐些夜的感觉

让我们呼吸得平易些

我们还要熬下去的……

二

夜像一个瞎子

一个披黑巾的

坏心肠的巫婆

一个酒樽

放黑香的酒樽

夜叫你不要眼睛

三

夜是一只黑狐

一只狐的血嘴

把丰富的猎物

不停地咀嚼

风是獠舌

雨是牙

河流是夜嘴里滴流的血污

四

呵！
夜

变形的夜
伪装的夜
藏贼的夜

一棵小树
换上黑皮
就想吓唬我了

夜使灯花显露
夜有扑灯花的贼

坟墓变大厦
骷髅得意忘形了
去下活人的罩子

无常手里的铁链响了
阴差出来勾生魂
阎王圈名单
活人会进地狱

虽说

也有杀气蒸腾的勇者

敞开赤膊

传　说

严杰人

沾水河打哪里来？

沾水河打大明山的左边来。

红水河打哪里来？

红水河打大明山的右边来。

大明山左边的人民在灾难里流泪，

他们的泪便汇成了一条沾水河。

大明山右边的人民在灾难里流血，

他们的血便汇成了一条红水河。

沾水河的河水为什么这么清？

因为那是人民的泪。

红水河的河水为什么这般红？

作品信息

原载《文艺生活（桂林）》1946年光复版第8期。

因为那是人民的血。

因为那是人民的血，

所以红水河的水味儿腥。

因为那是人民的泪，

所以沽水河的水味儿咸，

大明山左边的人民啊！

你们的泪流到什么时候？

大明山右边的人民啊！

你们的血什么时候才停止流？

献给·B·G

麦　紫

我们对敌人的恨，是比天还大，比火更烈……

谁都知道，在许多苦难岁月里面，
我们的脚步是坚强地吻着负痛的土地，
我们更亲眼看到人民的灾难和人民的血，
我们要紧张地工作呵——去救人民！

两条大路已隐显地横在眼前：
我们要沦落地狱，还是走向天堂？
为着这点，我们才不怕苦难与苦刑，
我们才捧着生命为理想斗争！

作品信息
原载《骆驼文丛》1947年新1卷第1期。

狂暴的风雨已经降临。

天空有阵啸的阴霾，有闪光的郁雷——

从这块土地到那块土地，

无耻的黑流在蛮横地泛滥着……

那无耻的黑流呀：

一切罪恶的总账，

我们要堵塞住，而且马上消灭它，

美丽的太阳才会快快地升起来！

对啦！朋友：勇敢是最大的智慧——

我们知道，你在深恨着——为了人类爱！

而你，正是罪恶的见证人，

为此，你忠勇地长期为人民服务。

对啦！朋友：我们更知道，

我们的路是长远而光辉的：

你是伙伴们中最勇敢的一个，

你以铁拳打击敌人；市侩们也无法避免。

在南方的一隅，

同样的可以看到罪孽，看到陷阱：

但从北方到你的故乡哟

还是暗沉沉地像鬼域一样可怕。

记得：你，对于朋友，对于家人，

都是那么忠厚，可爱而亲切——

为了营救友人，在黄浦滩边，你说：

就只靠两条腿跑路，它们多可靠多有力量！

当然，你是带着天真的爱回到故乡了：

你要去爱你的亲长，你要看看灾难的家乡，

但无耻的黑流呀，显然存心要把你潦没，

你虽已被困，你的灵魂插着翅膀要飞！

大勇者一定有着大的忍耐！我相信你，

像相信自己和真理的胜利一样。

当然啰！罪恶者老早已是色迷了眼；

当然啰！市侩们正举杯庆幸，得意地高歌。

但，让他们听听我的歌唱和一切有力的声音吧：

为了战友——一个诗人说：

即使牺牲了生命！——一个小说家在抗辩：

要以生命争回生命——还有亲爱的人民！

朋友哟，只有信心和力量才不会欺骗我们：

我们靠着它撑住生命，而且会获取到胜利。

呵呵！一切黑流我们会马上消灭它。

人民马上要靠拢彼岸了！

朋友哟：有消息我便快活哪！

当我知道勇敢的战友还活在人间：

汹涌的心语便随着血流尽情地在叫叫嚷：

我的战友还活在人间呀！我为我的战友歌唱。

一九四七年六月二日黎明

南　方

麦　紫

颤动的南方

悲愤的南方

朴素的南方的土地

朴素的南方的人民

南方在向！南方已发出信号——

在崎岖的山岳

在神秘的河畔

涌现着人民军队

南方的铁流在沸腾……

我，南方的歌人

战时的选手

我从远方归来

作品信息

原载《文艺》1947年第3期。

归来迎接战斗

不准敌人损害土地的尊严

不准敌人侮蔑我们的人民

我含着泪水

默默地向故乡

庄严地致敬——

好吧，马上动手搞起来

我们的誓言，是——

不胜利誓不罢休

为着人民的解放！

群山默默的南方

辛勤寡言的南方人民

在今天

我们绝不能再沉默

眼见河流将改变颜色

眼见都市将成为废墟

伙伴们面对在愤怒中的南方

年青的一代都要求马上战斗

而我，为战斗已唱出青春的战歌

南方的人民都起来了……

麦田绿呀，稻花香——

我爱这里的土地，我爱自己的家乡

山坳里藏着游击队伍

新的旗帜将插在解放的村庄

新集结的人愤怒得如同烈火

那震撼着宇宙的力量正伸涨

大家都把战争当作盛会

连小姑娘也怪模怪样地全副武装

为着南方的安宁，为千千万万子民

祖国的生命继续在灾难中生长

我们在进行战斗——

我们有一个高尚的愿望！

一九四四年八月，湘桂疏散期中

夜

麦　紫

夜是可怖的世界啦……

那死气沉沉的牢狱中之夜呵
那肃穆的修道院中之夜呵
那阴森可怖的墓地之夜呵
那穷人的夜，那失恋者的夜
那继续蠕动的，那蔚为大观的
许多许多没有爱情之夜……

南方的夜许是温馨的吧
没有风暴会摇撼大地
没有砂石会击伤行人

作品信息
原载《警务月刊》1947年第2卷第1期。

南方的夜在灿发美丽和星月的光辉 [①]

给夜拥抱得很紧的我，仍在侧耳倾听——

那辛劳的鼾声多局促

那可怜的虫曲多零碎

还有野鸟在怪叫

还有夜犬的狂吠

还有

夜间列车的嗥啸

夜间罪恶的嗥啸

夜是难于安静下来

和着失眠者沉里的心语

夜是可怖的世界啦……

——一九四四年九月十五日，柳州

---

① 此句系借喻——见 N·果戈理《五月的夜》，在这篇作品中有温爱，有星月，更有风趣横生的笑声，歌声，欢乐……是一个极美丽的夜的故事。

· 737 ·

雾

麦　紫

……而宇宙

已变成了雾之海呀

雾，从无垠的旷野

涌起来了……

你不让堤柳抬头的

你不让河流歌唱的

你制造了可怖的日子

你制造了可怖的罪恶

你蒙昧人间的巨魔呵

你蒙昧了我们的眼睛

你蒙昧了森林的眼睛

你更蒙昧了土地的眼睛呵

作品信息

原载《骆驼文丛》1947年新1卷第2期。

这白皑的

这蓬蓬松松的

雾之海呵——雾之海

神经地泛滥着……

任雾之海澎湃吧

真理没有闭上眼睛呀

呵，森林开始歌唱了

呵，河流开始歌唱了

而雾已无骸地死去了

天那边涌起一轮红日

有紫色的燕群

迎迓上去

一九四七年重改于沪

新年童谣：新年 ①

胡明树

灯光光，照着爷娘摆镜妆。

一碟银黍角，一抽麦芽糖，

一对红烛交加点，

各样骑龙摆两边，

阿姑阿嫂齐头辫，

听朝打扮过新年！

作品信息

原载《新儿童》1948年第17卷第3期。

① 这童谣为广东东莞儿童在除夕所唱，银黍角即白粽子，作供神之用。

新年童谣：闹元宵 [1]

胡明树

正月半，闹元宵，

父亲出去烧元宝；

阿妈养弟弟，

哥哥讨嫂嫂。

作品信息

原载《新儿童》1948年第17卷第3期。

[1]　此谣流行于江苏太仓，"讨嫂嫂"即"娶嫂嫂"。

仇　恨

麦　紫

去告诉他们吧

仇恨就是力量！

无底的仇恨的海呵——

仇恨在人民心中生了根，

仇恨在中国的土地发了芽

……尽管重重的压迫吧，

重重的压迫有啥用？

牢狱屠杀

只撩醒了

怒愤的灵魂…………

失望越大

作品信息

原载《新诗潮》1948年第4期。

仇恨越深

呵！饥饿的人民，

勇敢的青年伙伴，

都站起来了呀！……

啊！拳头是人民的旗，

让它去见强暴者吧！

让它去见丑文人——

在我们的武器下。

谁也不能逃跑！

去告诉他们吧：

仇恨就是力量！

无底的仇恨的海呵——

仇恨在人民心中生了根，

仇恨在中国的土地发了芽！

一九四七年六月二十六日

小牛犊

麦 紫

我的温顺的小牛犊

它睡得好不好呀……

小牛犊的住处

是一个肮脏与潮湿的破旧牛栏

它已接受了先祖那种愚昧而忠朴的传统

要安分地在遍地牛粪和腐草的住处长久地生活下去

而我，正住在这腐臭的牛栏上面

人虽然有智慧也要忍耐着在这里活下去

小牛犊无言地忧郁着

人的忧郁却能够嗥啸……

我的小牛犊多么乖巧

像因笑而张开没齿的小嘴巴的婴孩般使人怜爱

黑黝黝的夜，黑黝黝的牛栏

作品信息

原载《文艺》1948年第4期。

在夜间我见不到小牛犊而憔躁了——

它

往往在深夜仍开着失眠的眼睛

任毒蚊和虱子吮吸它的血液

任痛苦和恶臭不断地嘲弄着它

它的先天不足的瘦弱的身躯

只是无力地支持着，站立着，而且，久久地

不动也不叫，连短小的尾巴也不摆刷一下

因此

夜间我总是歪着耳朵倾听

如同暗自偷听少女夜半的梦呓一般

直到小牛犊和谐的鼾声

和着牛臭与青草气味混杂着飞腾而起时

我才放开自己的心事，我才安静地睡去

每天

我都跟着村里的姑娘们一起

在平原的草地

看顾自己的牛只和我的小牛犊

而且，我的小牛犊显得更憔悴了——

它总是竖起两只尖小的耳朵

如同饥饿的山鹿

但山鹿是自由的呀

而牛只的一生只有劳役

这小牛犊也和它的世代祖先与先主人一样

永远是忍耐，而且长久继续繁重工作

有一天

我又和那位穿浅蓝色衣衫的姑娘

到那块我们心爱的大草原去看自己的牛只

公牛和母牛成群的在前面走

小牛犊也快活地跟在后头

而且还——哞——哞地在叫喊

而母牛

和着那来自深广山群的答复

也亲昵地回应着小牛犊的呼唤——

我们到了碧绿无际的草原地带了

清晨的太阳是那么的温柔那么明亮

多么广漠的爱的大陆呵

它爱抚着空中自由的小鸟

它爱抚着周围的山峦和土地

它爱抚着绿树、鲜花和这块可爱的草原

它更爱抚着草原上的牛只和牛只的主人和我的小牛犊呀！——

小牛犊静静地拉着母牛的乳房

母牛和公牛也静静地啃啮青草

这无边无际的平静呵

我们的小牛犊也有了片刻新鲜的幸福了

最后

小牛犊离开了沉静的同伴

和着母牛一同走去！——

群山闪耀着蓝花

小河闪烁着蓝光

母牛和小牛犊的身体闪耀着蓝光

连我和我的姑娘身心也闪耀着蓝光

静静的蓝光

静静的流水

当母牛带着小牛犊静静地饮着清水

我同我的姑娘从平静中拨弄自己的心弦

我们微笑着！母牛和小牛犊也在微笑

最后，我们唱了一支美丽的山歌为它们祝福

一九四四年十月十日清晨，卢村

血

麦　紫

血——我们人民的血

一滴血呀

就是一笔血账

好多年的血账

还亮晶晶地记录在

中国人民的心上

血——鲜红的血

飞溅在叫人失去了自由的

铁窗上面

铁窗上面

在厚厚的铁锈底层

作品信息

原载《新诗潮》1948年第3期。

有不幸的记号，有我们的仇恨……

血——人民的血

飞溅在自己的土地上

土地，还是在

疼痛的呻吟中继续痉颤

我们的血呀！要索还的——

但今天

狼和狗又勾搭上了

那蠢笨的狗又在扶助野性的狼了

这一切呀！都撩醒了

人民的愤怒……

血，仇恨

高扬呀！高扬

文字——愤怒！图画——愤怒

这如同雷响的愤怒呀

中国人民的言语

向敌人说

向友人说

向世界人类控诉……

血，力量

歌唱的力量！勇敢的力量

我们勇敢的队伍呀

走在大街，经过小巷

经过山地，走在大路上

农村要翻身呀！都市要翻身呀

到处都有勇敢姊妹和兄弟。

桂林底撤退（节选）

黄 药 眠

桂林——无忧之城

唉，想起来

那好像是不久以前的事情。

那时候，

桂林城是睡在

幸福的软床上，

而战争，

呵，那可怕的战争，

却像是

一幅美丽的风景画，

挂在遥远的

作品信息

群力书店印行1947年10月。

洞庭湖的旁边。

啊，桂林，

那真是无忧之城啊。

十字街口，

音乐在奏着

商品的舞曲；

广告画上，

涂抹着诱人的

少女的乳胸，

大出丧的队伍，

浩浩荡荡的

护送着腐尸，

进入坟墓；

投机家的梦

是云，

镶着淡红色的金边。

桂林，

真是好繁华哪！

黄金，

在高贵的玻璃橱里

灿然地笑了，

他瞅着

那贬了值的人，

又瘦又寒酸，

因而更感到

它自己的自尊和骄傲！

啊，桂林，

谁还记起战争！

大饭店的橱窗里，

宝玉色的磁盘

盛着紫红的腌肉，

贵妇们的发饰，

彩蝶般

随意地飘，

鬓上的珠光，

在肉汤的蒸汽上

浮动。

谁敢说，

桂林不是一座

有权威的城！

四方的农民，

都匍匐在它的脚下，

恭敬地

献上了自己的贡品。

当夜悄悄地

踏着慢狐步走来的时候，

它也就

被红色的雾抱起，

轻轻地浮在空中，

巨大的建筑物，

射出微红的

媚眼，

格外显得它的

华贵和尊荣。

可是在这光芒的后面。

黑夜披覆着阴谋，

做着人命的

买卖，

这买卖比古代的魔术

和传说，

还要可惊！

而且日子久了，

军官们

因为被战争遗忘，

而感到寂寞起来了，

于是他们，

挺起了

生锈的刺刀，

以最勇敢的姿态

向人民逞起了威风，

他们说，只有用这，

才能够保持着

"秩序"与安宁。

唉，桂林城，

眼泪的海里，

浮起了多少

欢欣的泡沫！

呻吟被沉淀在

浮华的下面。

他们说：

它是永远无忧的，

永远繁华的，

永远幸福的。

谁敢说

敌人还会来进攻呢？——

这一个冒险家的乐园。

难民群的进军

难民像潮水般涌来。

有些是乘汽车来的，

有些是爬在车顶上来的，

有些是跑路来的，

每个人的脸色，

都像纸一般黄，

在黄昏的薄光中，

踯躅在

桂林人的屋檐下面。

不管你以前是工厂主，

是百万富翁，

是工人，是苦力，

不管你是绅士，是地主，

是农民，是佃户，

不管你是娇滴滴的

千金小姐，是贵妇，

是女佣，是仆妇，

不管你是学生，

是知识分子，是劳体力的

黄包车夫和报贩，

全都一律成了难民，

被塞进了古庙里，

学校里，招待所里，

戏院里，像是一堆

杂柴乱草。

有些人是半裸着上身，

手里还拿着帽子；

有些人是只穿着一只鞋，

脚上还套着银铞；

有些人头发像猬刺，

有些人则眼睛里含着

惶恐的余光。

有些人在路旁叩头

向路人告状；

有些人则退隐在屋角，

闭起了眼睛

沉静无言。

有些老太婆，

为怀念她的孩子

而哀呼着上天，

有些妇人

为思念她的丈夫，

而揩拭着

绯红的沙眼。

孩子在母亲怀里

张着饥渴的小唇，

但母亲没有了乳，

只是滴着一连串的泪。

还有那些生病的人，

明知是绝望了，

痛苦地咬着衣襟，

恳求着

谁来结束他的生命。

他们没有幸福和愉快，

喉咙是哑的，

舌头也变得僵硬，

从他们口里说出来的，

无非是：某人从火车顶上

跌下来流出了脑浆，

某人跑不动了

被遗失在路上，

某人因失去了身家

而气愤地投河，

某人在路上遇了土匪，

丢了钱财，又失去了

全家的性命！

这些伤心的话语，

只有伤心的人自己爱听，

不伤心的人，

为什么要来听这些话，

惹起了一阵无谓的忧愁！

所以人们嫌恶这些难民，

嫌恶他们扰乱了

桂林的快乐与平安。

——虽然另一方面

为了面子，又表示着

一点稀薄的同情。

只有到了夜深，

街市的骚音

已经止息，

跳舞会里的音乐，

也已经无声，

桂林周围的山

在侧着头倾听，

倾听那些难民们的

不幸的耳语，

呻吟、叹息、和哭泣……

谣言，谣言

耳语渐渐变成了谣言，

谣言从这一个耳朵，

传到那一个耳朵，

谣言变成了可怕的声音。

"衡阳失守啦！"

"敌人的便衣队已到了全州啦！"

"桂林准备放弃啦！"

谣言从每一个角落传出，

谣言仓皇地攒进每个人的耳朵，

于是这桂林市的人们

开始惊惶，回想起

长沙撤退的仓皇，

人们在担心着桂林的命运。

可是报纸上的标题是：

"战局稳定，胜利具有信心"

官员们说："我们的重兵

正布置在衡山和湘水之间

准备围歼敌人。"

有人又在高呼着"镇定！"

也有人预示着"不久反攻

第四次大捷的奇迹就要来临！"

谣言呢，谁去相信！

可是谣言呢，谁又敢不相信！

当敌人的队伍已冲进衡阳城郊，

我围歼的奇兵却还在"镇定！"

于是那些大呼镇定的，

已在暗中准备细软，

那些等候奇迹的，

也早已向银行里提款，

物价像水银柱般下降，

钞票在乘着飞机飞走，

安全第一啦，贵人的生命！

小汽车给桂林人留下一阵烟灰

向西方的山国驰去。

可是老百姓却抱着腿发愁，

没有钱，怎样去走？
人们想起了从衡阳来的
难民们的相貌，
看看自己周围的家室，
感到有点惊心！

疏　散

谣言像是蜂，
像是苍蝇，
像是蝗虫，
像是蚂蚁，
在空中乱飞，
在耳朵里乱嗡，
在我们的心中直钻。
每个人
都张大眼睛，
竖起耳朵，
听的是前方消息，
读的是前方消息
说的是前方消息
思索的是前方消息，
再也没有人辟谣了，
谣言和消息缔结了婚姻。
从前慢吞吞的绅士，
现在也跨开了快步，

从前穿着斯文的袍子的，

现在也换上了短装，

从前是涂脂抹粉的，

现在已露出了苍白的颜色；

从前是油头粉面的

现在是胡子满腮。

你瞧，那十字路，

往来冲突的人

正像是一锅沸腾的水，

惊惶的眼睛，

像是沸水上的泡沫。

疏散哪，疏散哪，

紧急疏散哪，

报纸在鼓吹着。

要人们在发表着谈话，

无线电在广播着

走罢，赶快走罢！

赶快离开这

无秩序的桂林城，

可怕的桂林城，

可咒诅的桂林城，

疯狂的桂林城，

腐烂的桂林城，

荒淫无耻的桂林城！

许多人想走，

可又走不动；

许多人想哭，

可又流不出眼泪！

呜——呜——呜——

警报呀！

呜，呜，呜，呜，

紧急警报呀！

走呀，赶快走！

走不动也得赶快走，

小汽车，流线型的汽车，

大卡车，公共汽车，

发了疯般横冲直撞地走，

尘烟腾起了一个个旋柱，

像是跳舞着的魔鬼！

至于老百姓，

失望而又焦急地

跑向城郊，

有些是推着手推车，

有些是背着包袱，

有些是提着箱子，

有些是拖着孩子，

一片沉默的面庞，

一片凌乱的脚步，

妇女们的粉脸上

突现出青筋，

男子们的额上

凝着麻斑般的汗！

太阳还是晒得高高的，

草还是摇着头，

树叶还是闪着光，

老鹰还是那么盘旋，

蚱蜢还是那么跳跃，

蝴蝶还是那么飞，

蚯蚓还是那么钻，

蚂蚁还是那么爬，

然而人呢，

人却给法西斯侵略者

弄得那样仓皇狼狈，

好像这样宽广的大地

都没有了容纳的空间。

有钱的，可以飞，

可是没有钱的人

两条腿能够走到什么地方！

乱　离

一到夜里，

灯火是被熄灭了，

阴森森的风

在马路上飘来荡去，

树叶打着寒噤，

只有巡查队的脚步

敲响着马路的脊梁。

桂林城是

全给悲哀淹没了。

每一个屋檐下，

每一个窗子里，

"没有钱怎样去走？"

"但我们不能在这里等死！"

"走到哪里去呢！

没有钱一步也难移动！"

男子直挺挺地倒在床上

而他的妻子，则伏在他的胸前哭泣！

是的，这是多么阴森森的夜啊！

守了十多年的夫妻，

在这个夜里丈夫忽然残酷地，

伸出手对他的妻子说：

"这笔钱你拿去罢！

我们从此离婚，不要见面！"

是的，这是多么狠毒的夜啊，

一个急于逃离的女儿，

忽然在私心里咒诅他的母亲早死：

"你既然这样多病，累赘，

为什么不早点爬到棺材里去休息！"

是的，这是多么凄厉的夜啊！

病在床上的父亲向围着他的

儿女们挥着手："你们走罢，

让我留在这里守在这里，

怕什么，反正是死啦！

让敌人的狼狗把我咬死好了……"

是的，这是多么无情的夜啊！

一个新婚的少妇，急心地

卸下了新装，准备着行李，

离开自己的丈夫，向不知名的

充满着恐怖的山野逃去！

是的，这是多么黑暗的夜啊！

读书人得抛弃天才的书籍，

诗人得停止他的创作，

花和月亮完全被人遗忘，

歌唱被忧愁所杀死！

是的，在这样一个夜里，

只有小偷们会摇弄着手指，

只有强盗的心坎里，

会点起希望的灯光！

只有汉奸在暗地里喝酒

加紧地酿制着阴谋诡计，

准备着傀儡的登场。

祖国的儿女们

可是革命的炼火

同样的也锻炼出英雄，

挺起了胸膛，

举起手

当成了旗帜。

"迎上前去罢"，

他们呐喊着，

他们擎起了国旗，

把战斗的歌，

重新带回到

晴朗的太阳底下。

整齐的队伍

出现在街上，

大出丧的

低愁的曲子，

被放逐到远方。

于是在戏院里，

在会堂，在街上，

广播着宏亮的声音：

"同胞们，

不要怕，

怕什么？！——

如果我们

敢同敌人战斗。

我们不是卑怯的懦夫，

让我们站住罢，

不要走！

逃！我要问你们

能够逃到什么地方去！

没有钱，

你能够逃吗？

没有钱，

你逃了以后

又能够活吗？

唔，逃难！

我们逃得够啦！

从上海逃到南京，

从南京逃到汉口长沙，

从长沙逃到衡阳，桂林，

唔，现在还要逃！

我要问你们

能够逃到什么地方去！

请你们看看地图

大后方还有多少地方！

请你们闭着眼睛想想，

大后方有什么东西会迎接我们！

与其到后方去

冻死，饿死，病死，

那就不如留在这里战死！

让那些有钱有势的老爷们去逃，

让那些花花绿绿的姑娘们去逃，

让那些卑怯的懦夫们去逃，

勇敢的祖国儿女们，

让我们站住罢！

你看那一个个山，

是多么勇敢地站着！

你看那些婆娑树木，

是多么惨戚戚地低头！

你看那些牛羊是多么依依动人！

你看那曲折的河

是多么值人留恋！

你们能够丢开它们吗？

不，不要走！

敌人如果打过来，

我们就向敌人所自来的地方

打过去！

我们不是花朵，

我们是坚硬的树木

从土地里生长出来，

也要在这土地里死去！"

这宏亮的声音，

吹散了

布覆在空气里的恐怖，

这宏亮的声音

正是一个庄严的宣誓，

打击了谣言

恢复了自己的信心。

这宏亮的声音

像是一支光芒的旗帜

插在高山的山顶，

又像是号角

在向四方召唤：

然而那些卑怯的懦夫们，

怕的不是敌人，

而是人民，

他们所惧怕的，

不是前线而是后方，

他们所关心的，

不是胜利，而是"秩序"，

所爱的是卑怯，

所恨的是英雄，

于是他们用毒蛇，蜈蚣

蝎蜥，蟾蜍，蜘蛛，臭虫，蚊蚋

口里炼出来的毒汁，

拿来喷到这些人的头上。

他们从外面去威胁

又从内面去分化，

于是这些人被迫着，

又不能不离弃岗位

一个个挟着火种逃亡！

桂林的命运于是被决定了。

几千万人挤拥成

逃难的行列，

这是最大规模的出丧哟，

千万人带着眼泪无声地

唱着大桂林的葬曲。

墓地似的街上

人都疏散完了，

每间店都关着门

像是黑色的墓碑。

一眼望过去，

两旁的树木，

交互拥抱着，

像是不忍离别的情人。

而在街上阴沉沉的绿荫底下，

冷冷静静的，

只有两三个

盲目的乞丐，

用破竹杖敲着

被千万双脚

所遗弃了的，

可怜的泥土！

没有声音，

连耳语都听不见，

车轮儿

轮到哪里去了呢？

那些美妙的歌喉，

那些滑稽的鼓吹手，

那些胡琴声音，

到哪里去了呢？

啊，它们

早已随着主人，

飞到了后方，

替另一个无忧的城市，

装饰着太平！

我仿佛看见了

一条给大水冲过了的

干涸的河床，

这儿剩下的

只是残渣和瓦砾。

一只耗子，拱着尾巴

不慌不忙地走过了街，

——是它才是主人，

啃食着桂林市的残骸。

漓江的夕暮

漓水有气无力地流，

早已失去了，

青山送给它的

碧绿的颜色。

黑黝黝地蒙着一种忧愁。

一向在它怀抱里的船，

也早都已远离，

它好像是一个

被孩子们

丢弃了的老寡妇，

在喃喃自语，

为怀念着旧梦而伤心。

中正桥，

没有一个人影，

它的腹底下

已被人安置了炸药，

它是不是也知道

只要命令一到，

它就要粉骨碎身？

几千百人的劳动，

结成的功绩，

只一转眼间，

就要被毫不吝惜地

炸作烟灰！

啊，你瞧！

那些黄澄澄的

含着谷粒的稻子，

那些披满了绿草

的原野，

那些在绿叶

怀抱里的

累累的柑橙，

肥硕的柚子，

那些一堆堆的村舍，

那些在夕阳底下

参差玲珑的楼阁。

唉，你这样肥美的土地，

你这忍受了多少饥饿，

流了多少苦汗

才培育出来的果实。

你也知道不知道，

不久要被换上

一个征服者的主人，

不久，象鼻山要插上

一支太阳旗，

向我们的山川嘲笑？

漓江的对岸

草还是青青，

訾洲上面，

淡黄的雾

渐渐变作紫灰，

穿山那里有一粒小灯，

一明又一灭，

像是垂死人的眼睛，

开一下又闭，

闭了一下又开，

但人都走完了，

谁也不会来给

这些寂寞的山河

以一点慰安！

夜　奔

"黄沙河丢了啦！"

半夜里

有人在街上大声喊着，

接着就是杂沓的步履

向四下惊奔。

有人在大声呼唤着，

有人在大声惊叫着，

几千只楼梯响成

轰轰轰的声音，

啲啲踏，啲啲踏，啲啲踏，

那是几万只脚在那里急走。

景灵拱隆景灵拱隆，

千万只箱子在碰撞！

那是敌人的机枪声吗?

那是敌人的车轮声吗？

那是敌人的马蹄声吗？

快哟，快哟，快哟，

来不及打叠行李，

在黑夜里，

大家摸索着乱走。

没有灯，

没有月亮，

没有星，

真是瞎了眼睛的夜啊！

有人跌倒在楼梯旁边，

有人绊倒在马路上，

有人哭哭啼啼，

一路丢弃着

过多的行李。

母亲失去了孩子，

丈夫失去了妻儿……

好像敌人就紧追在后面！

格格格……格格格……

突然一阵机枪响声，

啪啦，又是一管冷枪，

有人说：

"也许是敌人的伞兵来哟。"

于是大家跑得更快

更忙乱，

像失了魂似的慌张；

在黑夜里，

谁也辨不出方向，

只跟着黑影乱奔……

唉，黄沙河，黄沙河，

你为什么不变作

一条大大的绳索，

绊住敌人的腿哟！

火　车

唉，那是火车站吗？

那是由千人万人

积成的蠕动着的人堆呀！

几十万人哪，

就靠这么小小一条铁轨输送。

列车爬在地上不动；

每个车窗里都紧塞着

快要溢出来的人。

马桶和人头被堆叠在一起，

车顶上，车肚下，

车厢和车厢的间隙，

也全都是人呀！

两只手，两只脚的人呀，

两只眼睛，一个头颅的人呀！

车上的人哭着喊着骂着，

有些人刚要爬上去，

就掉了下来，

有些人爬了上去，

又给人推了下来，

有些父亲母亲都爬了上去，

可是孩子还在顿着脚

留在地下哭喊！

坐不到车的人

在车旁边巡来巡去，

他们恨火车为什么

不是橡皮，

可以多塞几个！

他们又恨自己

为什么不是苍蝇蚂蚁，

可以塞进最微小的间隙，

有些人痴望着，

眼睛像石头似的

没有了光彩。

几千个面孔

结合成乌黑的愁云。

有些人奔跑冲撞，

做着无目的的追求，

就是看见最熟的朋友
也忘记了理睬！

站长室里
有些人恶狠狠
用手枪对准他的胸膛说，
"赶快调车来，赶快！"
可是又有人眉来眼去，
偷偷地把钞票，
塞进他的袋里。

火车还是没有开，
车皮上，
反射着焦灼的阳光，
汗变成了胶汁，
热气吹成了风。
堆在车站上的人
一个个都变成了热锅里的蚂蚁，
一个个都就成了
发着腥臭的动物。

火车还是没有开，
司机伸出手来说：
"我们太苦了，
没有钱，我们不开！"
摇旗的伸出手来说：

"他们有了钱

我们没有，我们不开，"

拨轨的伸出手来说：

"拿钱来罢，

我们没有，你就休想开走！"

没有手枪，

而又没有钱的人。

那就只好永远堆在站上，

像货物般发朽腐烂，

一直给人们的脚踏成肉泥！

火车开啦，

绿旗子摇过了，

火车开啦，

轨道拨好了，

火车开啦，

轮子转动了，

有人从车顶上

一失足，

哇的一声跌倒下来，

有人从轮轴旁边，

坐不牢，

哇的一声跌倒下来。

他们都是人呢，

可是却像苍蝇般微贱地死亡！

火车移动了，

车轮在这些人的

腿肚上辗了过去，

车轮在这些人的

血迹上辗了过去，

老太婆爬不上车，

在那里跌足号啕，

孩子们爬不上车

在一面哭喊，

一面追赶，

车上女人掩着面哭泣，

男人在揩拭着

无可奈何的苦泪，

轰隆，轰隆，轰隆，

火车无情地驰走，

车站上的人，

呼号扰攘着

焦急而又惶恐地，

等着下一班车的命运。

这好像是世界的末日

轰！轰！轰！……

轰隆！轰隆！轰隆！……

啊，火！

啊火！

啊，这里是火！

啊，那里是火！

啊，这里是烟！

啊，那里是烟！

几十百个烟柱突起，

几十百个烟柱冲入天空！

轰！轰！轰！

轰隆！轰隆！轰隆！

炸毁飞机场呀！

炸毁中正桥呀！

炸毁东镇路呀！……

啊，墙壁在震颤，

地皮在爆裂！

啊，到处都是火，

啊，满天满地都是烟，

沙尘塞满了空中！

树叶干枯了，

高楼倒塌了，

耗子到处乱窜，

狗在狂奔，

河鱼在急跳。

轰，轰，轰，轰！

轰隆隆，轰隆隆，轰隆隆！

这里是火！

那里是火！

到处都是火！

啊，桂林的火，

把桂林都烧红啦，

桂林的烟

把云都熏黑啦，

烟球在大街上

打着盘旋，

窗子里

吐出了火舌。

唉，这是多么恐怖的日子哟！

他们炸哟，烧哟！

火在广场上，

放肆地

做着旋舞呀！

一切坏的，

好的，

没用的，

珍贵的，

都在一齐毁灭了。

那些平时骄纵的人，

现在也好像早已完全死灭了！

——唉，这真好像是世界的末日。

难民交响曲

难民，

被堆积在车上，

睡觉的，

发着噩梦，

诟谇声，

间杂着

悲惨的，

流浪的歌声。

窗子外，

树叶

已凋零，

车子里，

闷热得

吐不出气，

一个山

又一个山，

好像是强人

要拦劫

客人。

大家都十分疲倦，

又十分饥饿，

大学教授，

手抓着

混和着泥沙的

冷饭，

像饥饿的鹅

贪婪地

吞食，

睁着大眼。

小姐

对着镜子，

因看见自己的

苍老的

容颜而吃惊，

用手指

揩着额上的

皱纹，

而又轻微地

悲叹。

文绉绉的

绅士，

用手掩着

撕破了的衣襟，

几次拿出钱来，

都抢不到

小贩手里的

食品！

总算是，

把灾祸

遗留在后面了，

那不幸之城！

大家都这样想：

生命是获救了，

至于将来，

那谁去想哟！

如果会饿死，

那也只好

算是命！

逃出来了，

总胜过留在后面。

天渐渐黑了，

夜色茫茫，

冷冷的星，

点缀在

天上。

人们都舒了口气，

回头望望桂林，

正是一片

淡淡的红光

"桂林在烧哟!"
一个人惊叹着。

全车的人
都忽然被提醒,
想起了
那些亲戚,朋友,
那些没有走出的,
那些病死的,
那些辗死的,
那些被父母
遗弃在站上的
不知存亡的孩子,
有人在呜咽,
也有人在暗中
流泪!
唉,这一次惨劫,
死的人

真是
说也说不尽,
算也算不完!

逃难,逃到什么地方

从柳州到宜山,
到金城江到六甲,

到河池到南丹，

难民们像是一群羊

后面紧迫着追兵！

走呀，走呀，走呀，

没有时间喘息，

没有时间回想，

没有时间流泪，

脚都跑肿啦

背东西的肩上流着血，

露出了骨，

唉，真是走不完的路哟！

山层叠着山，

左一弯右一弯的路，

一起一伏的山坡，

尖牙利齿的石，

啊，逃难，逃到什么地方去呢？

后面的追兵一天一天近，

前面又说已紧急疏散。

不要走了罢！

难道我们真的要逃上贵阳，

逃上重庆，逃上成都，逃上西康，

向大雪山去哭诉我们的

流亡的痛苦？

啊满天满地都是雪呀，

那是北方的雪呀！

南方人没有见过的雪呀!

雪飘在冰凌凌的河床上,

没有声音,

雪飘在湿漉漉的泥土上,

没有声音,

雪飘在山顶上,

没有声音,

千千万万的难民

无声无息地倒下,

来不及留下一句遗言,

啊,让死去的都变成泥土罢,

变成悲哀的泥土,

愤怒的泥土,

复仇的泥土啊!

悲愁的天低沉沉地,

压在狭隘的幽谷上,

难民,拖着几里长的行列,

天色晚了,哪里去找宿地呢?

唉,这苦难的一群,

究竟还能不能算是祖国的孩子!

火　星

可是在这同时,

那些散布在敌人后方的

田野里的人，

却和茂密的森林般，

照旧植根在自己的泥土上——

他们没有走，

他们舍不得生命所依存的土地！

天有时晴，有时雨，

但你可曾看见海

它什么时候曾干？

人民是永生的，

铁锤打在铁板上

到处都飞迸着火星！

革命的种子被散开，

埋在稻田里的步枪

比土地还要沉默！

三三两两的人，

来往在偏僻的农村，

牛舍里开着会。

打散了的骑兵

拿着手榴弹向乡民乞食，

农兵们拿着米去买枪，

三个两个人变成三队两队，

步枪开始挂在肩上

这儿那儿，袭击着敌人，

成立了人民的武装。

他们像山一般，

袒开着胸膛

让温暖的阳光给予慰抚，

他们因为感到有力而骄傲，

他们不觉得忧愁。

牛背上的孩子

也张开口唱着战斗的歌：

"我就是坝上的荆棘，

在敌人走过时

也要狠狠地刺他一针……"

他们用粗糙的手

创造了新的天地，

可是，为了要歌颂他们

我们得另写一章。

| 作品点评 |

　　《桂林底撤退》是以1944年抗日战争期间，国民党军队在豫、湘、桂广大地区全面大溃败、大撤退为背景，重点描写了在日本侵略军面前，国民党军队怯懦地从桂林逃跑，以及由此给广大人民群众带来的深重灾难与痛苦。桂林的大撤退，是国民党表演的一出极为可耻的丑剧。诗人以充满憎恨与愤怒的笔锋予以辛辣的讽刺与嘲笑。

　　作者在许多篇章中描绘了人民在这场灾难中遭受的饥寒、困苦与死亡，抒发他们的爱与恨、悲哀与痛苦、希望与追求、挣扎与反抗。诗人展开的画面是相当广阔的，描写也是细致真实的。例如，在疏散与逃难中，由于群众在慌乱中颠沛流离、妻离子散、饥饿困苦、生活艰难，"有些人则眼睛里含着 / 惶恐的余光；有些人在路旁叩头 / 向路人告状；/ 有些人则退隐在屋角 / 闭起了眼睛 / 沉静无言。/ 有些老太婆 / 为怀念她的孩子 / 而哀呼着上天，/ 有些妇人 / 为思念她的丈夫，/ 而揩拭着 / 绯红的沙眼。/ 孩子在母亲怀里 / 张着饥渴的小唇，/ 但母亲没有了乳，/ 只是滴着一连串的泪。/ 还有些生病的人，/ 明知是绝望了，/ 痛苦地咬着衣襟，/ 恳求着 / 谁来结束他的生命"。

由于诗人对当时桂林撤退的情况非常熟悉，并亲自体验过这种生活，所以诗人在描写和叙述这一切生活景象的时候，能够根据不同描写对象的特点，倾注自己强烈的爱憎，选择适合于对象本身特点的视角，把那些从现实生活中摄取和提炼出来的生潜形象，变成了为诗人主观情感所拥抱、所融化的诗的形象。例如，在描写撤退前夕桂林富贵人家歌舞升平，"商女不知亡国恨，隔江犹唱后庭花"的丑恶生活时，诗人是怀着憎恶的感情，从揭露的角度来描写的。当写到国民党将军表面上装成爱国者，满口豪言壮语，但骨子里却准备妥协投降甘当逃跑将军和投降将军的情景时，诗人是怀着极其愤怒、鄙视和仇恨的情感来讽刺与嘲笑的。

《桂林底撤退》出版于1947年，它是五四文学革命以来最长的一部叙事诗。由于它反映了历史的真实面貌，在当时人民群众中起到了振聋发聩的作用。这一部有史诗意义的长诗，是值得中国现代文学史家重视的。

——黎风:《读黄药眠的长诗——桂林底撤退》,《人文杂志》1987年第4期

作为叙事诗，其叙事不同于通讯报道，不同于小说，它是诗的叙事，必须遵循诗的规律与诗的其他成分和谐有机地统一。叙事又是臻于诗境的途径和手段，叙事而无诗意或少诗意，不是叙事诗的叙事。在部分诗人中有一种误解，以为生活中充满着诗意，真实地记录生活中的人和事，就是诗。这不是简单化的理解，就是艺术懒汉的遁辞。"流水账"式的叙事，本不是诗人、艺术家分内的事。但我们有不少诗人、艺术家或乐于如是（这样简易），或不得不如是（以免受到"非大众化"的责难）。四十年代的长篇叙事诗中，不乏这类作品，且不说那些写真人真事的，即使

是以事件为题材的《桂林底撤退》和《溃退》，也都是单线顺序叙述故事。

——陆耀东：《四十年代长篇叙事诗初探》，《文学评论》1995年第6期

　　《桂林底撤退》一诗中，描绘了日寇入侵桂林时，人们在铁路线上逃难的情景……这些描写，与方敬的《行吟的歌》中所抒发的逃难行旅及其无比艰辛的感受和情思是一致的，都比较深刻具体地反映了那个"离乱时代"人们"负载生活重压"的深重苦难。这些描写虽有粗糙显露之嫌，但充满"真实"的艺术力量，令人心灵震撼，因为它把诗人的生命和难民的生命有机地融合在一起，呼出了那个特殊时代的无辜生命的真实感；真实的存在和切肤的感受是它感人力量的基石。

——雷锐、黄绍清：《桂林文化城诗歌研究》，中国社会科学出版社，2008，第92—93页